suhrkamp nova

W0001552

Friedrich von Borries

FEST DER FOLGENLOSIGKEIT

Roman

Suhrkamp

Erste Auflage 2021
suhrkamp taschenbuch 5161
Originalausgabe
© Suhrkamp Verlag Berlin 2021
Suhrkamp Taschenbuch Verlag
Alle Rechte vorbehalten, insbesondere das der Übersetzung,
des öffentlichen Vortrags sowie der Übertragung
durch Rundfunk und Fernsehen, auch einzelner Teile.
Kein Teil des Werkes darf in irgendeiner Form
(durch Fotografie, Mikrofilm oder andere Verfahren)
ohne schriftliche Genehmigung des Verlages reproduziert
oder unter Verwendung elektronischer Systeme
verarbeitet, vervielfältigt oder verbreitet werden.
Umschlagbild und -gestaltung: Ingo Offermanns
Druck und Bindung: C. H. Beck, Nördlingen
Printed in Germany
ISBN 978-3-518-47161-6

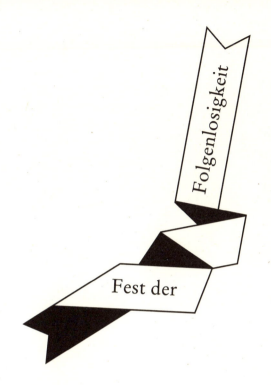

Kann Folgenlosigkeit ein Ideal sein, wie Freiheit, Gleichheit, Gerechtigkeit – unerreichbar, aber doch erstrebenswert? Oder muss das Denken über Folgenlosigkeit selber folgenlos bleiben?
Issa

Die Ästhetik des Unterlassens: Das Nicht-tun wird zur wichtigsten Handlung.
Bazon Brock

Lose, Lose, Lose – Leute, kauft euch Folgenlose! Hier könnt ihr gewinnen: keine Klimaerwärmung, keine Ungerechtigkeit, Zero-Emission und als Hauptgewinn: kein Weltuntergang. Macht mit bei der großen Folgenlos-Tombola und gewinnt: NICHTS!!!
Hannes von Coler

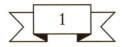

1

John sitzt am Lagerfeuer;
Anka verdrängt ihre Erinnerungen;
ich führe Adler und Drache ein

John hielt einen Ast ins Feuer und steckte sich eine Zigarette an. »Die werden versuchen, uns hier rauszukriegen. Und dann werden sie alles zerstören, damit wir nicht wiederkommen.«

Er blickte in die Runde. Die meisten kannte er, denn sie waren schon lange im Wald. Drei Neuankömmlinge, die er noch nicht kannte. Und die Frau, die die Presse machte. Er hatte schon öfter mit ihr gesprochen, aber ihren Namen vergessen.

John war nicht von Anfang an dabei gewesen, sondern erst vor einem Jahr zu den Waldbesetzern gestoßen. Vor drei Jahren hatte eine kleine Gruppe radikaler Umweltschützer den Wald in der Nähe von Goldbach, einem kleinen Dörfchen in der Lausitz, besetzt, was auch immer besetzen heißen mag, aber so nannten sie das, in Anlehnung an die Berliner Hausbesetzerszene, in der einige der Älteren aus der Gruppe früher aktiv gewesen waren. Sie waren im Wald, um, wie sie sagten, als lebende Schutzschilde die Bäume vor dem angrenzenden Tagebau zu schützen. Sie hatten Baumhäuser gebaut, dann Seilbrücken und Plattformen zwischen den Bäumen.

»Der Wald ist keine Goldgrube« war ihr Slogan, später kamen noch »Gold ist für alle da« und »Goldi bleibt« dazu. »Goldi bleibt« wurde schließlich zum Namen der Bewegung. Mit Unterstützung von Sympathisanten hatten sie eine Webseite aufgebaut. Auch in den sozialen Medien war »Goldi bleibt« aktiv: Die Waldbesetzer posteten Bilder ihrer Baumhäuser, berichteten von den Übergriffen der Polizei und baten um Sachspenden – Baumaterialien, Decken, Schlafsäcke, Essen. Mit der Zeit wuchs ein Unterstützerkreis, und mehr und mehr Umweltschützer kamen in den Wald. So war in den letzten drei Jahren eine Vielzahl von Baumhäusern entstanden, regelrechte kleine Siedlungen, die Fantasienamen wie Peacetown und Anarcho-Village trugen.

Insgesamt hundert Baumhäuser gab es, in denen rund 300 Menschen wohnten, im Sommer mehr als im Winter. Jetzt, zu Beginn des Frühlings, füllte der Wald sich wieder. Jede Siedlung hatte einen eigenen Charakter. Es gab eine mit Stacheldraht geschützte kleine Trutzburg, in der die Anarchos hausten, es gab die mehrstöckigen Konstruktionen der Hippiekommunen, mit großen, offenen Balkonen, Schrebergartenhütten auf Bäumen, in denen Familien mit kleinen Kindern wohnten, und es gab eine Gruppe von Baumhäusern, die nur Frauen offenstanden. Manche Besetzer hießen Besucher willkommen, zeigten ihnen den Wald, andere schotteten sich ab. Jede Gruppe organisierte sich selbst und gab sich eigene Regeln. Im Wald war ein kleines anarchisches Paradies entstanden, eine bunte Mischung sehr unterschiedlicher Menschen, die Autonome aus ganz Europa genauso anzog wie Öko-Aktivisten und Aussteiger aus der Region.

Diese Geschichte hat mit Nachhaltigkeit und Ökologie zu tun, mit Kapitalismus und mit Protest und natürlich auch mit Kunst; einer Kunst der Folgenlosigkeit, der Kunst, Dinge einfach sein zu lassen – und der Fähigkeit, zu wissen, wann Handeln dennoch nötig ist. Ich will von Menschen erzählen, die versuchen, ein möglichst folgenloses Leben zu führen, was auch immer das ist. Und von denen, die sich dagegen wehren.

Dafür brauche ich Protagonisten, die unterschiedliche Entwicklungen durchlaufen, in Konflikte mit sich selbst und miteinander geraten. Lisa und Florian, John und Bernd, Cornelia und Issa – und viele mehr.

Ich bin weder John noch Florian oder sonst jemand in diesem Roman. Ihre Erlebnisse sind nicht die meinen und meine nicht die ihren. Ob sie den Adler und den Drachen kennen, weiß ich nicht. Aber mich verbindet eine – schmerzhafte – Erfahrung mit den Figuren dieses Romans: das Scheitern. Lange habe ich geglaubt, einen Beitrag zur Verbesserung unserer Gesellschaft leisten zu können. Besonders erfolgreich bin ich dabei bislang nicht gewesen.

Zwei Regeln galten im ganzen Wald: Fremden nicht das Gesicht zeigen und niemandem, wirklich niemandem seinen echten Namen verraten. Wann immer möglich, Kapuze runterziehen, besser noch: Sturmhaube oder Strumpfmaske auf. Das, so die Überzeugung der Waldbewohner, schützte alle, denn wessen Namen man nicht kennt, dessen Namen kann man nicht verraten. Schließlich waren sie nicht ohne Grund hier im Wald. Sie führten einen Kampf, einen Kampf gegen einen übermächtigen Feind. Und sie hatten ein Ziel.

Der Feind war NEO, der große Energieversorger, und Ziel des Kampfes war, die drohende Rodung des Waldes am Goldbach zu verhindern. Etliche Gerichtsprozesse hatte es gegeben, diverse vom Aussterben bedrohte Tierarten wurden angeführt, um die Rodung zu verhindern, aber NEO hielt sich nicht immer an die Vorgaben, schaffte Tatsachen, indem bei Nacht und Nebel Waldstücke gerodet wurden. Und deshalb hatten die Waldbewohner die Baumhäuser gebaut, um vor Ort zu sein, aufzupassen, Widerstand zu leisten.

Natürlich war NEO nicht der einzige Feind. Die Verantwortung für illegale Rodungen schob der Stromerzeuger seinen Subunternehmen zu, und einer der wichtigsten Akteure dabei war RMW. Die Firma produzierte nicht nur die gigantischen Schaufelradbagger, mit denen die Kohle abgebaut wurde, sondern stellte auch die Sicherheitsleute – die Sekis, wie sie von den Waldbewohnern genannt wurden. Und dann war da natürlich noch die Polizei, die ab und an im Wald auftauchte. Diese übermächtige Phalanx an Feinden und das übergeordnete Ziel einten die Bewohner, je stärker der Druck von außen, desto größer das Zusammengehörigkeitsgefühl.

Immer wieder kam es zu Konflikten. Die Waldbesetzer sabotierten den Tagebau, blockierten die Bagger und bewarfen die Autos der Sekis mit Steinen. Die Sekis griffen Waldbewohner auf und übergaben sie der Polizei, mit der Begründung, sie hätten unerlaubt das Gelände von NEO betreten. Anzeigen wegen Haus- und Landfriedensbruch waren die Folge.

John zeigte mit seinem Arm auf die zwanzig Baumhäuser, die sich im Wald rings um das Lagerfeuer verteilten. »Das wird alles zerstört werden. Und alle anderen Siedlungen auch. Es sei denn, wir kämpfen. Wir müssen uns endlich richtig zur Wehr setzen. Ich kenne die. Die sind nicht kompromissbereit.«

»Woher kennst du die denn?«, fragte die Pressefrau.

Anka war eine der Wochenendaktivisten. Unter der Woche ging sie einem »bürgerlichen« Leben nach, von Freitagnachmittag bis Sonntagabend war sie im Wald, um hier die Welt zu retten. Viele der vor allem älteren Unterstützer schliefen nicht im Wald, schon allein, weil das Klettern in die Baumhäuser anstrengend und für den Gleichgewichtssinn herausfordernd war. Außerdem vermissten manche, die über Jahre einen gewissen Komfort gewohnt waren, dann doch recht schnell die Toilette, das fließende Wasser, den Stromanschluss. John mochte die Teilzeitbesetzer nicht, aber er wusste, dass die

Bewegung Menschen wie sie brauchte, weil sie eine wichtige Brücke waren, eine Verbindung zur Welt da draußen.

»Mein Vater arbeitet da«, antwortete er, »ich bin damit groß geworden.«

Einige in der Runde schauten erstaunt auf.

»Dein Vater arbeitet bei NEO?«, fragte einer der Neuen, die John noch nicht kannten.

»Hey, keine Namen, keine Strukturen«, rief ein anderer dazwischen.

»Dann machst du hier jetzt so einen familiären Protest? Spätpubertäre Ablösung, oder was?«, fragte die Frau.

John betrachtete sie eingehender. »Wie heißt du nochmal?«, fragte er sie.

»Anka, das weißt du doch. Du bist John, wir hatten schon miteinander zu tun.«

»Ich merk mir keine Namen. Sorry. Wie bist du hier gelandet?«

Sie warf einen Stock ins Feuer. »Ich würde mal sagen: soziale Verantwortung. Kann ja so nicht weitergehen. Und ihr alleine«, sie schaute in die Runde, »ihr alleine schafft das nicht. Nur Abenteuercamp reicht nicht.«

John schüttelte den Kopf. Innerhalb der Bewegung gab es Streit über den richtigen Weg. Manche setzten auf Kooperation, versuchten, die Menschen in den umliegenden Dörfern für gemeinsame Aktionen gegen die Rodungen zu gewinnen, setzten auf ein Einlenken seitens NEO. Andere glaubten, dass das nur einen kurzfristigen Erfolg bringe, mediale Sichtbarkeit, die dann wieder verpuffte. Sie sahen den Wald als Keimzelle für einen viel grundlegenderen Widerstand. Auch John hatte die Hoffnung aufgegeben, mit NEO eine friedliche Einigung zu erzielen. Er glaubte, dass es zu einer Lösung nur durch einen gewaltsamen Konflikt kommen konnte – den die

Waldbesetzer zwar verlieren würden, bei dem sie aber NEO oder wenigstens RMW mit in den Abgrund reißen würden. Auf jeden Fall würden sie ein Zeichen setzen, das andere ermutigte, den Weg des Widerstands weiterzugehen. Er war sich sicher, dass die nächste Eskalationsstufe kurz bevorstand; ihm war aufgefallen, dass in den letzten Wochen immer mehr Polizisten am Waldrand aufgetaucht waren, nicht um die Besetzer zu kontrollieren, sondern um das Gelände zu sondieren.

Die Art, wie John sprach, erinnerte Anka an jemanden, Bilder kamen hoch, die sie nicht einordnen konnte. Sie schob die aufkommenden Erinnerungsfetzen schnell beiseite und konzentrierte sich auf den Inhalt von Johns Worten. Seine Analyse stimmte. Die lokale Bevölkerung war gespalten. Ein Teil unterstützte die Besetzer, es gab Solidaritätsdemos und Leute, die Essen und Getränke brachten, Baumaterialien abluden oder manchmal auch ganz praktisch mitbauten. Es hatte Demos mit mehr als 20 000 Teilnehmern gegeben, die friedlich durch den Wald liefen, um gegen dessen Zerstörung zu demonstrieren. Aber es gab auch andere Stimmen. NEO war der größte Arbeitgeber in der Region, RMW der zweitgrößte, und viele fürchteten um die Arbeitsplätze, die verloren gingen, falls der Tagebau eingestellt werden sollte.

John sog an seiner Zigarette und schnippte die Asche ins Feuer. »Wir müssen Barrikaden bauen. Damit die Bullen nicht mit ihren Räumfahrzeugen reinkommen. Große Barrikaden.«
Barrikaden, Symbole des Aufstands. Seit Jahren beschäftigte John sich mit diesem Thema. Paris 1830, Julirevolution, Aufstand der Machtlosen. Sie füllten Fässer mit Erde, türmten sie übereinander, um sich vor den Kugeln des Militärs zu schützen. Architekturen des Widerstands. Er hatte die Bar-

rikaden, die er im Wald bauen wollte, genau im Kopf, sogar schon erste Zeichnungen angefertigt. Seit Tagen zog er durch den Wald, um mit den verschiedenen Gruppierungen der Waldbewohner zu reden. Sie waren nicht hierarchisch organisiert. Vieles passierte spontan. Aber Spontaneität, dachte John, kann man steuern, wenn man eine kritische Masse an Mitstreitern hat. Wenn ich aus jeder Siedlung nur zehn Leute begeistere, dann reicht das. Wenn wir gemeinsam anfangen, Barrikaden zu bauen, entfaltet sich eine Dynamik, die alle mitreißt. An jedem Zufahrtsweg in den Wald wollte John große Sicherungsarchitekturen bauen, aus alten umgefallenen Bäumen, die hier zuhauf rumlagen, aus Europaletten und natürlich auch aus Stacheldraht.

»Wenn wir uns nicht verteidigen, reißen die Bullen alle Baumhäuser in einer Nacht ab. Dann kommt am nächsten Tag die Presse, und alles ist weg. Wenn es uns gelingt, einen Angriff so rauszuzögern, dass es zwei, drei Tage dauert, dann haben wir eine Chance. Bilder von brennenden Barrikaden. Bilder von Menschen, die sich an Bäume ketten. Bilder von Bullen, die junge Waldbewohnerinnen schlagen. Wir brauchen hässliche Bilder von der Polizei, dann ist die öffentliche Stimmung auf unserer Seite, und die Polizei muss wieder abziehen. Asymmetrische Kriegsführung. Oder, Anka, so läuft das doch?«, brüllte John.

Am Lagerfeuer wurde es still. John sah Anka herausfordernd an. Erinnerungen an Gewalt und Ohnmacht, an Verzweiflung und Angst kamen in ihr hoch. Und plötzlich brach es aus ihr heraus. »Nein«, schrie sie, »so ist es nicht.«

*Florian und Lisa lernen sich im Zug kennen;
sie zeigt ihm ihren »geheimen Wald«*

Florian war auf dem Weg nach Cottbus. Ein Termin bei der Europäischen Agentur für Umweltgestaltung, einer Einrichtung der EU, die der Diskussion um Nachhaltigkeit, Umweltschutz und Klimawandel eine neue Richtung geben sollte. Oder, wie es auf der Webseite der Agentur stand: »Wir müssen Umwelt nicht nur schützen, sondern auch neu gestalten.« Schwerpunkt waren dabei die ästhetischen Fragen, die sich bei der Renaturierung von Industriebrachen und Tagebaulandschaften, beim Rückbau von Atomkraftwerken, bei der Errichtung von neuen Hochwasserschutzanlagen, Solarparks und Windkraftanlagen (an Land genauso wie offshore), aber auch bei der Einlagerung von CO_2 stellten. Die wissenschaftliche Erforschung und technische Entwicklung derartiger Maßnahmen war die Aufgabe anderer Einrichtungen, bei der AFED, wie die Agentur ihrem englischen Namen Agency for Environmental Design entsprechend abgekürzt wurde, wurden die technischen und ökonomischen Aspekte zusammengeführt und mit der ästhetischen Dimension verknüpft: Wie sieht die vom Menschen gestaltete Umwelt der Zukunft aus? Man hätte dieses Thema für eine Nischenproblematik halten können, aber die EU-Kommission war zu der Ansicht gekommen, dass genau diese Frage erheblich zur Akzeptanz von Umweltschutz- oder, wie man inzwischen lieber sagte, Umweltgestaltungsmaßnahmen beitrage.

Florian hatte als externer Experte den Auftrag erhalten, für die AFED eine Ausstellung zu kuratieren. Ein Stipendium für Künstler war dafür von der Agentur bereits ausgeschrieben worden, vier Wochen Arbeitsaufenthalt beim Center for Climate Justice, einer auf der idyllischen kleinen Ostseeinsel Meuws angesiedelten Einrichtung der AFED. Eine präzise inhaltliche Ausrichtung hatte die Ausschreibung nicht, was Florian für falsch hielt, die Freiheit der Kunst, so seine Erfahrung, wird oft mit Unbestimmtheit verwechselt, was letztlich zu inhaltlicher Beliebigkeit führt und Kunst zu Dekoration reduziert, statt ihr kritisches Potential zu fördern. Für derartige Diskussionen war es nun zu spät, aus Sicht der Agentur – oder vielmehr aus Sicht von Suzanna Schnejder, die das Projekt seitens der Agentur betreute – gab es nur noch administrative Fragestellungen zu klären, zum Beispiel Ablauf und Sitzordnung der Jurysitzung. Und dafür stand ein Vorbereitungsgespräch an.

Florian hatte sich nicht mit Suzanna Schnejders Vorschlag für den Zeitplan beschäftigt. Der Zeitplan interessierte ihn nicht, ihn interessierten die Menschen, die sich für das Stipendium beworben hatten, oder, um genau zu sein: deren künstlerische Arbeiten. Er blätterte in den Aktenordnern, die er von der Agentur zugeschickt bekommen hatte, vollgestopft mit Motivationsschreiben, Arbeitsproben, Lebensläufen, Projektideen. 147 Bewerber für vier Stipendien. Stipendien waren für Künstler besonders am Anfang ihrer Karriere wichtig. Stipendien bedeuteten Geld und Reputation. Manchmal waren sie mit der Möglichkeit verbunden, etwas auszustellen, was in der Logik der Kunstwelt wieder zu mehr Reputation und in der Folge zu mehr Stipendien und mehr Ausstellungsmöglichkeiten führte. Folgenlos waren Stipendien nur für diejenigen, die keines bekamen.

Überall war es das Gleiche: Auf eine Person, die sich über

ein Stipendium, einen kleinen Kunstpreis freute, kamen über vierzig Menschen, die nur ein unpersönliches Absageschreiben erhielten. Das ganze System war auf Erfolg und Konkurrenz ausgerichtet. »Wir danken für Ihre Mühen ... unter der Vielzahl qualifizierter Bewerber ... wir bitten, von Nachfragen abzusehen ...« Scheißsystem, dachte Florian, es produziert mehr Enttäuschung, als dass es Sinn stiftet. Aber, auch das musste Florian im Laufe des Prozesses lernen, die Agentur hielt wettbewerbsbasierte Verfahren – so der Begriff – für transparent, folglich für demokratisch, und deshalb war es ihr wichtig, in alle Entscheidungsprozesse möglichst viel »Wettbewerb« einzubinden. Er überflog die Exposés. Weckte etwas seine Aufmerksamkeit, schaute er es sich genauer an, ansonsten blätterte er weiter.

Die Agentur war kein Ort der Kunst. Auch wenn der Name »Agentur« zum Ausdruck bringen wollte, eine moderne Organisation zu sein, war die AFED letztlich eine traditionelle Behörde. Die Freiräume, die Kunst braucht, gab es dort nicht.

All das wäre für Florian Grund genug gewesen, die Finger von dem Ausstellungsprojekt zu lassen. Aber er fand es wichtig, gerade in diesem Kontext ein Konzept zu entwickeln, das »weh tat«, und damit zu vermeiden, dass – wie es bei politisch motivierter Kunstförderung leider häufig ist – die Ausstellung am Ende nur die institutionellen Interessen der initiierenden Einrichtung widerspiegelte.

Natürlich hatte es für das Projekt eine offizielle Ausschreibung gegeben, mit einem transparenten Bewertungssystem – Konzept, Erfahrung und Kosten, für alles wurden Punkte vergeben, auf deren Basis dann die Vergabeentscheidung getroffen werden sollte. Dennoch hatte es hier und da ein informelles – und durchaus sympathisches – Gespräch mit Suzanna Schnejder gegeben, was bei ihm den Eindruck erweckt hatte, dass die AFED oder zumindest die Leiterin des Kunst-projekts mit ihm zusammenarbeiten wollte. Zudem hatte sie ihm in den Vertragsverhandlungen alle künstlerische Freiheit zugesichert.

Im Rückblick war ihm aber völlig unverständlich, warum sie ihn als Kurator ausgesucht hatte, da sie im weiteren Ver-lauf seine Arbeit nicht unterstützt, sondern letztlich verhin-dert hatte. Vielleicht lag es daran, dass Institutionen nicht so leicht aus ihrer Haut können und, was Abweichungen von ihren Routinen anbelangt, unglaublich träge sind. Das merk-te Florian aber erst, nachdem er den Vertrag unterschrieben hatte. Die hierarchischen Gepflogenheiten der Institution drohten die versprochene künstlerische Freiheit aufzulösen: hier noch eine unbedingt erforderliche »Freigabe« durch eine übergeordnete Stelle in der EU-Kommission, dort eine »Steu-erungsrunde« mit externen Experten, die natürlich nicht von Florian, sondern von der Agentur ausgewählt werden sollten. Florian befand sich in einem fortwährenden Aushandlungs-prozess zwischen der künstlerischen Freiheit, die ihm wichtig war, und dem Kontroll- oder zumindest Teilhabebedürfnis der Agentur. Was es bedeutete, dass Suzanna Schnejder in der Agentur nicht nur für Kunst, sondern auch für PR zuständig und dass das Kunstprogramm der Abteilung »Marketing und Öffentlichkeitsarbeit« zugeordnet war, hatte Florian zuvor nicht durchschaut.

Dass er eine Vorbesprechung zwei Wochen vor der Jurysit-zung unnötig fand, hatte Florian Suzanna Schnejder in einem Telefonat ausführlich erläutert – leider ergebnis- und folgen-los. Suzanna Schnejder bestand darauf, zu besprechen, was auf der Jurysitzung zu erwarten sei; eine Art Absicherungs-gespräch, das Florian schließlich aus Höflichkeit und (aller behaupteten künstlerischen Freiheit zum Trotz) Abhängigkeit schlecht verweigern konnte.

So wollte er die anderthalbstündige Zugfahrt von Berlin nach Cottbus zumindest nutzen, um die Bewerbungen durchzusehen. Beim Blättern in den Portfolios verfestigte sich sein Eindruck, dass Künstler, deren Arbeit politisch motiviert war, zuweilen die formale Durcharbeitung vernachlässigten. Das galt natürlich nicht für alle Bewerber, aber für viele. Als würde es reichen, die Welt retten zu wollen, dachte er. Man sollte sich auf seinen guten Absichten nicht ausruhen. Idealismus führt eben nicht zwangsläufig zu guter Kunst.

Florian hatte das Projekt aber noch aus einem anderen Grund zugesagt, und das war sein Vater. Sein Vater war schon seit zwanzig Jahren tot, sie hatten sich nie besonders verstanden, nicht weil sie im Streit gewesen wären, sondern weil sie in verschiedenen Welten gelebt hatten. Florians Vater hatte im Umweltbundesministerium gearbeitet, er war Naturwissenschaftler gewesen, und mit den künstlerischen Fragestellungen, die Florian beschäftigt hatten, nichts anfangen können. Nun erschien es Florian, als ob das Projekt der AFED quasi post mortem eine Brücke schlagen könnte.

Diese Geschichte ist auch eine Geschichte über mich. Nicht direkt, sondern nur indirekt. Ich habe den Figuren ein paar Erfahrungen geliehen – ein Vorgang, den ich da, wo er passiert, als solchen offenlege. So hat auch mein Vater im Bundesumweltministerium gearbeitet. Und ich habe im Auftrag des Umweltbundesamtes ein Projekt über Kunst und Nachhaltigkeit durchgeführt, bei dem ich – allerdings mit wenig Erfolg – versucht habe, »Folgenlosigkeit« zu thematisieren. Immerhin ist dabei ein Film entstanden – *Die Kunst der Folgenlosigkeit* –, und auch die Idee für diesen Roman habe ich dort vorgestellt und mit den Beteiligten diskutiert.

Das Thema »Folgenlosigkeit« begleitet mich aber schon viel länger, eigentlich schon seit meiner Kindheit. Die Folgenlosigkeit meiner Kindheit war kein »Fest«. Sie war eine Qual. Ich habe meinen Vater vor Augen, wie er abends vor dem Radio sitzt, Nachrichten hört und sich Notizen macht, unleserliches Gekrakel auf kleinen Zetteln, die überall im Haus herumflogen. Warum? Wofür? Vielleicht hatten die Zettel für meinen Vater den Sinn, die eigene Existenz zu manifestieren. Für mich waren diese Zettel – und sind es rückblickend immer noch – der Inbegriff von unerfüllten Erwartungen: einer Form von Folgenlosigkeit, die ich nie erstrebenswert fand.

Diese Geschichte erzählt auch ihre Entstehungsbedingungen. Das ist mir wichtig, weil eine Geschichte nicht von alleine entsteht. Andere Menschen sind beteiligt – sowie der Drache und der Adler, zwei Begleiter, die ich mir nicht ausgesucht habe, mit denen ich mich aber abgeben muss.

Ob Florian seinen Vater geliebt hatte? Als Kind bestimmt. Für seine Empfindungen als Jugendlicher und Erwachsener war Liebe ein zu großes Wort. Gemocht? Bestimmt nicht. Gehasst? Auch nicht. Es gab kein Gefühl, das ihn mit seinem Vater verband. Es war einfach – nichts. Erinnerungen an einige wenige schöne Momente und einige wenige unangenehme; eine Geburtstagsfeier, Arbeit im Garten, Mathe für die Schule lernen, eine gemeinsame Reise. Aber alles fühlte sich seltsam leer an. Die positivste Erinnerung an seinen Vater war das Zucken der Augenbrauen, das das seltene Lächeln begleitete. Er versuchte, sich an das Lachen seines Vaters zu erinnern, aber es kam nichts. Hatte er nie gelacht? Bei seiner Mutter war er sich sicher, dass sie nie gelacht hatte, bei seinem Vater schlummerte irgendwo eine Erinnerung, die er nicht konkretisieren konnte. Wofür auch? Gefühle für seinen Vater würde er auch durch dieses Projekt nicht entwickeln können.

Eine Durchsage riss ihn aus den Gedanken, und er nahm wieder den Aktenordner mit den Bewerbungen in die Hand. Bei einer Bewerbung blieb er hängen, nahm die Mappe aus dem Ordner und begann zu blättern. Aggressive Kohlezeichnungen, dazu Fotos aus einem Wald und Fotos, auf denen nichts zu erkennen war außer einer krisseligen, unregelmäßig strukturierten schwarzen Fläche, deren Materialität Florian nicht identifizieren konnte. Das skizzierte Arbeitsvorhaben überflog er nur, irgendwas mit CO_2-Speicherung; klar, ein Umweltthema musste es ja sein, wenn das Stipendium von der AFED ausgeschrieben war. Letztlich interessierte ihn das nicht besonders, er fand die Qualität der Zeichnungen wichtiger, die abgefragten und entsprechend eingereichten Absichtserklärungen entsprachen meist eh nicht dem, was am Ende herauskam, und sie sagten auch wenig über die Fähigkeiten des jeweiligen Bewerbers aus. Stattdessen las er den Lebenslauf durch. Lauter Arbeitsstipendien, einige *residencies*, Preise, der liebe Gott scheißt immer auf den gleichen Haufen, ging es ihm durch den Kopf, aber eben nicht ohne Grund. Er kramte die Liste mit den Einreichungen hervor und zeichnete ein Plus hinter den Namen, das erste in der langen Liste.

»Darf ich«, fragte die Frau, die ihm gegenübersaß, und nahm, ohne seine Antwort abzuwarten, den zuoberst liegenden Ausdruck in die Hand. »Und, wie finden Sie das?«

»Gut. Interessant. Nicht zu Ende entwickelt. Die Künstlerin ist auch noch jung. Ungefähr so alt wie Sie, vermute ich. Interessieren Sie sich für Kunst?«, fragte er.

»Ein bisschen, ja, jedenfalls genug, um selbst zu zeichnen.«

Eine Liebesgeschichte.
Warum?
Weil ich die Vermutung habe, dass eine Liebesgeschichte

berührender ist als eine Erzählung über Kunst und Nachhaltigkeit. Es gibt noch einen anderen Grund, der viel wichtiger ist, weil er zum positiven Kern der Folgenlosigkeit führt: Könnten wir uns darauf einigen, dass es in der Liebe keinen Erfolg gibt?

Lisa liebte das Leben in der Stadt, aber sie liebte auch die Natur. Doch auch wenn sie mit John an vielen Aktionen von Ende Gelände in der Lausitz teilgenommen hatte, bezeichnete sie sich nicht als Umweltaktivistin. John hingegen war in ihren Augen ein richtiger Klimakämpfer. Ihre Leidenschaft war die Kunst. Sie hatte in Hamburg studiert, war dann nach Berlin gegangen, weil Berlin die deutsche Kunstmetropole war. London und New York hatten sie auch interessiert, irgendwie hatte sie nicht den Absprung geschafft, immer gab es einen Grund zum Bleiben; entweder eine Ausstellung, für die sie noch was vorbereiten wollte, oder eine Beziehung, die gerade angefangen hatte, oder eine, die gerade zu Ende zu gehen drohte. Natürlich waren das immer Ausflüchte gewesen, aber das wurde ihr erst nach und nach klar. Und selbst dann freute sie sich über jeden Vorwand, ihr Berliner Kunst-Habitat nicht verlassen zu müssen. Irgendwann hatte sie sich einfach damit abgefunden, nicht mehr die Welt zu erobern, oder, um es positiver auszudrücken: Sie hatte sich in ihrem Leben in der Berliner Bohème gemütlich eingerichtet.

Zu diesem Leben gehörte ein Ort, der ihr ganz eigener war, ein Stück Wald, das sie von ihrem Großvater geerbt hatte. Ungefähr dreißig Hektar, aber versteckt, abseits von allen Siedlungen und Infrastrukturen. Dem Untergang geweiht, davon ging sie aus, denn es lag in unmittelbarer Nähe der Tagebaugebiete, und irgendwann würde auch ihr kleines Stück Wald von den Braunkohlebaggern aufgefressen werden. Aber bis dahin war dieses Stück Wald ihr »Kraftort«, wie sie sagte. Hierhin zog sie sich zurück, wenn sie arbeiten wollte. Und der Ort war, in ganz materieller Hinsicht, Teil ihrer Arbeit.

Schon im Studium hatte sie fast nur gezeichnet, wobei sie Zeichnung sehr weit fasste; für sie war alles Zeichnung, was irgendwie aus Strichen und Linien bestand. Für sie war ein Baum eine Zeichnung, ein Wald und auch eine Wiese. Und wenn sie zu ihrem Wald fuhr, betrat sie eine Zeichnung, sie wurde ein Teil davon. Im Wald machte sie Fotos, die sie zerschnitt und dann wieder neu zusammenfügte, aus dem Wald schleppte sie Säcke mit Erde und Reisigbündel und Holzscheite in ihr Atelier, alles Material, aus dem sie ihre »Zeichnungen« machte.

Vor einem Jahr hatte sie ein neues Arbeitsmaterial entdeckt, nein, wiederentdeckt. Schon seit langem zeichnete sie mit Kohle, was natürlich nichts Besonderes war, fast jeder Künstler hat irgendwann einmal mit Kohle gezeichnet, in der ganzen Kunstgeschichte wimmelte es von Kohlezeichnungen, ganze Museen waren vollgestopft mit Kohlezeichnungen, aber Lisa, und das war etwas Besonderes, machte ihre Kohle selbst. Sie verwandelte ihren Wald Stück für Stück in Holzkohle. Kohle, mit der sie zeichnete, Kohle, die für sie selbst Zeichnung war. Und so, wie sie mit dem Wald zeichnete, wurde der Wald, den sie eh schon als Zeichnung verstand, zu ihrem Kunstwerk, einer von ihr »gezeichneten« Installation aus Erde und Holz und – vor allem – aus Kohle.

Sie sah Florian an, erkannte in seinem Gesicht Erstaunen und spürte eine gewisse Genugtuung darüber. Er war so in seine Unterlagen vertieft gewesen, dass er sie nicht bemerkt hatte. Sie hielt die Bewerbung in der Hand, ohne Anstalten zu machen, hineinzuschauen, warum auch, sie kannte sie ja schon.

Er streckte die Hand aus, als wollte er die Mappe zurückfordern, sagte aber nichts.

»Sie sind Florian Booreau?«, fragte sie.

Er schaute sie eine Zeit lang an. »Ist das ein Zufall?« Dann nahm er ihr die Mappe aus der Hand. »Sie sind«, er blätterte in den Unterlagen. »Sie sind Lisa Kostrovic, geboren in … Habe ich das richtig ausgesprochen, Kostrovic?«

»Ja, richtig ausgesprochen. Und Sie müssen mir jetzt nicht meinen Lebenslauf vorlesen, den kenn ich ja.«

Lisa schaute kurz aus dem Fenster.

Florian blätterte weiter in der Mappe herum. »Was ist das für ein Wald? Hier sind ein Foto von einem Wald und dann Kohlezeichnungen, da habe ich den Zusammenhang nicht verstanden. Können Sie mir dazu was sagen?«

»Wie viel Zeit habe ich denn?«

»Wann steigen Sie denn aus?«

Lisa schaute auf die Uhr. »In zwanzig Minuten.«

»Dann haben Sie zwanzig Minuten.«

»Das ist zu kurz«, sagte Lisa.

Florian zog die Augenbrauen hoch. »Gut, wenn Sie meinen«, und nahm eine weitere Mappe aus dem Aktenordner.

Sie stiegen an einem kleinen Bahnhof im brandenburgischen Nirgendwo aus. Die Fenster des Bahnhofsgebäudes waren vernagelt, auf den Bänken im Wartehäuschen saßen ein paar Typen und tranken Bier. Florian schrieb der AFED eine SMS, dass er ganz überraschend und kurzfristig unabkömmlich sei. Die Liste mit seinen Bewertungen, die, von einer Bewerbung abgesehen, fast nur aus Fragezeichen bestanden, schickte er ohne Kommentar per Mail. Er hatte kurz überlegt, das Plus hinter Lisas Namen noch zu löschen. Dass er mit ihr gerade den Zug verlassen hatte, war ja an und für sich nichts Verwerfliches, brachte aber eine gewisse Befangenheit mit sich. Sein Vater, dachte Florian, hätte das Plus bestimmt durchgestrichen. Sein Vater wäre allerdings erst gar nicht mit Lisa ausgestiegen, und deshalb wollte er, nur weil er wegen seines Vaters zur AFED hatte fahren wollen, es jetzt mit der Korrektheit nicht übertreiben.

»Komm, ich zeig dir was«, sagte Lisa und ging zu einem alten Auto auf dem Parkplatz neben dem Bahnhof.

Sie fuhren aus dem Ort raus, und während sie Felder und kleine Wälder passierten, erzählte sie von dem kleinen Waldstück, das sie von ihrem Großvater geerbt hatte. Der war Förster gewesen, hatte ihr beigebracht, wie man Bäume zieht und wie man sie fällt, hatte ihr die Geheimnisse des Waldes gezeigt, beigebracht, welche Pilze giftig und welche essbar sind, wo die Moose wachsen, mit denen man blutende Wunden stillen kann, hatte ihr verraten, an welchen Stellen man Walderdbeeren findet und wo man im Winter Futter für die Rehe auslegen muss.

»Und die Fotos in deiner Mappe sind aus diesem Wald?«, fragte Florian, als sie von der Landstraße in einen Waldweg einbog und das Auto am Wegesrand abstellte.

Sie nickte, beschied ihm zu schweigen und führte ihn in den Wald hinein, der, je weiter sie dem immer schmaler werdenden Pfad durch das dichte Unterholz und die dornigen Büsche folgten, immer verwilderter wurde. Schließlich kamen sie an eine große Lichtung. Der erdige Boden war dunkel verfärbt, und auf der gegenüberliegenden Seite stand eine kleine Holzhütte, daneben ein großer Polter mit rund zwanzig Baumstämmen. Einige Meter weiter befand sich ein schwarzer, vielleicht zehn Meter hoher Hügel. In der Mitte der Lichtung standen 49 junge Bäume, streng im Quadrat gepflanzt, mit jeweils anderthalb Metern Abstand.

»Dieser Ort ist mein Geheimnis«, durchbrach Lisa die Stille. Das stimmte zwar nicht ganz, John hatte sie davon erzählt, gelogen war die Behauptung aber auch nicht, denn sie hatte diesen Ort bisher noch niemandem gezeigt. »Mein Kraftort.«

Florian wollte etwas über Beuys sagen; die soziale Plastik, die kreative und gleichzeitig revolutionäre »Kraft«, das Übliche halt, blieb dann aber still. Er schaute sich um, atmete langsam und vorsichtig. Sein Blick tastete vorsichtig die Hütte, die Bäume und den merkwürdigen schwarzen Hügel ab. Dann drehte er sich zu Lisa und schaute sie an. Sein Blick war weder fragend noch erstaunt, er war glücklich, an diesem Ort zu sein.

»Es ist ganz einfach«, begann Lisa. »Erst fälle ich Bäume, dann mache ich aus dem Holz Kohle, und dann pflanze ich dafür wieder neue Bäume. Ein Kreislauf von Wachstum und Zerstörung, von Dynamik und Stillstand.«

Von ihrem Großvater hatte sie auch das Handwerk der Köhler gelernt, ein dreckiger Vorgang. Lisa verbrannte ihre Kohle nicht, sondern benutzte sie als eine Art CO_2-Senke, als Speicher. »Manche machen atmosfair, ich mach Kunst.«

»Die schwarzen Fotos sind von der Kohle«, sagte Florian mehr zu sich selbst.

Lisa nickte.

Dann gingen sie zu dem schwarzen Hügel in der Mitte, dem »Kohleberg«, wie Lisa ihn nannte. Lisa erzählte von Carl von Carlowitz, einem sächsischen Oberbergbauhauptmann im frühen 18. Jahrhundert. Carlowitz sei im Erzgebirge für den Wald zuständig gewesen, weil man das Holz damals für die Verhüttung der Silbererze brauchte. Er hatte angeordnet, dass Bäume nicht nur gefällt, sondern auch nachgepflanzt werden mussten, weshalb er heute als »Vater« der Nachhaltigkeit gelte.

»Der Wald und die Bäume«, sagte Lisa wütend, »interessierten ihn gar nicht, ihm ging es nur darum, genug Holz zu haben, um Silber aus dem Erz zu schmelzen, ihm ging es nicht um die Natur, nicht um den Wald, sondern ums Geldverdienen, so wie den meisten, die heute von Nachhaltigkeit reden. Ohne Holz keine Holzkohle und ohne Holzkohle kein Silber. Ohne Kohle keine Kohle. Und so ist es auch heute noch, oder?«

Sie waren nun bei dem Hügel angelangt, den Lisa aus der von ihr gekokten Kohle aufgeschüttet hatte. Florian stellte sich die wütende Lisa als rußverschmierte Köhlerin vor, die aus Holz, Gras und Erde einen Meiler baut und später die fertige Kohle in einer Schubkarre durch den Wald fährt – eine unheimliche Figur wie aus einem Grimm'schen Märchen. Er hob ein Stück Kohle auf, zerrieb es langsam zwischen seinen Handflächen und verteilte den Kohlestaub auf seinen Armen, bis sie schwarz waren.

Lisa schaute ihm zu, dann nahm sie ebenfalls ein Stück Kohle in die Hand und ging einen Schritt auf Florian zu. Langsam führte sie die Kohle an sein Gesicht und strich ihm damit über die Wangen, zeichnete ein ephemeres Muster dünner Linien auf seine Haut.

»Das ist ein schöner Ort«, sagte Florian leise, nahm Lisa das Stück Kohle aus der Hand und begann nun seinerseits ganz vorsichtig, ihr Gesicht damit zu bemalen.

*Bent ordnet sein Vermächtnis
und setzt Cornelia und Bernd in ein unangenehmes
Konkurrenzverhältnis*

Die Tafel war festlich gedeckt, am Kopf saß wie immer Bent Stohmann, dann, mit etwas Abstand, an der einen Längsseite Cornelia und an der anderen, ihr direkt gegenüber, Bernd. Außerdem war Hermann Berneburg mit am Tisch, der langjährige Freund und Berater von Stohmann, was darauf hinwies, dass dieser etwas Wichtiges zu besprechen oder, was wahrscheinlicher war, zu verkünden hatte. Das Essen zog sich, erst die Vorspeise, eine Gänsestopfleber, Bents Lieblingsgericht, dann ein leichtes Käsesoufflé, gefolgt von einem kräftigen Wildschweinbraten. Während der Vorspeise hielten die drei noch Small Talk, beim Käsesoufflé kam Stohmann schließlich auf den eigentlichen Grund der Zusammenkunft zu sprechen.

»Ihr wisst, dieses Jahr werde ich siebzig Jahre alt, und nach unserer Satzung muss ich dann leider, ja, leider, wie ich betonen möchte, aus dem Vorstand von Mining International ausscheiden. Und aus dem von RMW natürlich auch.«

RMW hatte er vor gut dreißig Jahren von seinem Schwiegervater übernommen und anschließend Mining International aufgebaut. RMW und Mining International waren unter dem Dach der Stohmann Holding vereint, die intern nur »Die Firma« genannt wurde, und es war Stohmann, der die Firma zu ihrer jetzigen Größe geführt hatte.

Sein Schwiegervater hatte für das traditionelle Bergbaugeschäft gestanden, Stahl und Kohle, damals, und diese lokale Industrie mit guten Maschinen auszustatten, das war lange das Geschäftsmodell von RMW gewesen, den Ruhr Maschinenwerken. RMW hatte alles hergestellt, was die Montanindustrie benötigte, Hochöfen, die gigantischen Schaufelradbagger und natürlich die Pumpen, mit denen das Wasser aus den Gruben geholt wird.

Bent hatte, zugegebenermaßen hochriskant, den Maschinenbau für das klassische Montangeschäft zwar nicht verlassen, aber das Geschäftsfeld erweitert. Statt nur neue Maschinen zu bauen, hatte er ein ganzes Servicepaket entwickelt, Leasing, Finanzierung, Security. Außerdem hatte er, lange bevor die technologischen Entwicklungen absehbar waren, auf Zukunft gesetzt. Mit den Gewinnen von RMW hatte Stohmann auf der ganzen Welt Schürfrechte für seltene Erden erworben, den Rohstoff, der heute den digitalen Kapitalismus am Laufen hielt, die Minen betrieb er unter dem Namen Mining International. Er wollte, wie er immer sagte, »eine Stufe weiter nach oben in der Wertschöpfungskette«.

RMW hatte mehr Mitarbeiter und machte mehr Umsatz als Mining International, aber die Minen in Australien, Asien und Afrika brachten mehr Gewinn als RMW. Es war, wie Stohmann gerne sagte, ein kleiner, aber auch nicht unbedeutender Akteur am internationalen Rohstoffmarkt, »eine Perle«, während RMW ein hartes Geschäft betrieb, mit geringen Margen und vielen Konflikten.

»Es ist also an der Zeit, über die Zukunft nachzudenken. Die Weichen zu stellen.« Er machte eine Pause, um Bernd und Cornelia ins Gesicht zu schauen. »Die richtigen Weichen.« Er machte wieder eine Pause, aß noch ein bisschen von dem Käsesoufflé, nahm einen Schluck vom Chablis, um dann zu ergänzen: »Die Weichen richtig stellen.«

Ich habe noch nicht meine beiden Gefährten vorgestellt. Den Adler und den Drachen. Sie sind keine Freunde, nein, aber sie sind Teil von mir. Sie sind nicht immer bei mir, nur manchmal. Der Adler treibt mich voran, und der Drache wirft mich zurück. Der Drache (der Herr meiner Traurigkeit und Bote des Todes) ist der Widersacher des Adlers (meines immer wieder sich aufbäumenden Optimismus). Manchmal kämpfen sie miteinander, und manchmal kämpfen sie mit mir. Sie erscheinen nicht immer als Adler und Drache, sie können auch ganz andere Formen annehmen. Wenn sie sich als Adler und Drache zu erkennen geben, ist ihr Wesen am deutlichsten. Am besten geht es mir, wenn sie beide weit weg sind. Dann vergesse ich sie, und dann bin ich glücklich.

Cornelia war die Situation unangenehm. Sie hatte nie »Vater« oder gar »Papa« zu Stohmann gesagt, auch wenn sie sich an ihre echten Eltern nicht mehr erinnern konnte. Ihre Erinnerung setzte erst mit fünf oder sechs Jahren ein, Kindergarten, vor allem Schule, da war sie schon bei Stohmann. Später, als sie vierzehn oder fünfzehn Jahre alt war, hatte sie versucht, etwas über ihre »wirkliche Familie«, wie sie es damals nannte, herauszufinden, und war bei ihm auf Granit gestoßen. Immer wieder hatte er betont, dass sie »eine Stohmann« sei. Er hatte behauptet, dass er nichts über ihre Mutter und ihren Vater wisse. Alles, was er ihr gesagt hatte, war, dass ihre Mutter krank gewesen sei; irgendwann hatte er präzisiert, ihre Mutter sei drogensüchtig gewesen. Über ihren Vater hatte er nie was gesagt, nur einmal, abfällig, dass es den wahrscheinlich nie gegeben habe.

Auf jeden Fall hatte ihre Mutter sie zur Adoption freigegeben. »Freigegeben«, das empfand Cornelia immer als merkwürdige Bezeichnung, als sei man unfrei, wenn man bei seiner leiblichen Mutter aufwächst. Stohmann und seine Frau hatten sie adoptiert, als Cornelia drei Jahre alt war. Obwohl schon lange verheiratet, hatte das Paar damals noch keine eigenen Kinder, und die Annahme eines Adoptivkindes war für sie nicht nur die Erfüllung des eigenen Kinderwunsches gewesen, sondern auch eine Form von sozialem Engagement. So hatte er es später immer formuliert, vielleicht auch, um von Cornelia Dankbarkeit einzufordern. »Kindern aus schwierigen Verhältnissen eine Chance geben«, so hatte Stohmann es genannt. Aber es war eher theoretisch, dieses Engagement, oder eben finanziell, denn um Cornelia gekümmert hatte er sich nie.

An ihre Adoptivmutter erinnerte sich Cornelia kaum, sie war früh gestorben, kurz nach der überraschenden Geburt von Bernd. Woran, das wusste Cornelia nicht, Stohmann sprach auch darüber nicht, zumindest nicht mit ihr.

Um sie und Bernd hatten sich Kindermädchen und Nannys gekümmert, Stohmann hatten sie nur beim gemeinsamen Abendessen gesehen. Zeit für persönliche Zuwendung hatte es nie gegeben, Stohmann musste seinen beruflichen und gesellschaftlichen Verpflichtungen nachgehen, außerdem interessierte er sich für kleine Kinder nur wenig. Erst später, als sie die Pubertät hinter sich gelassen hatte, kein Kind mehr war, sondern eine junge Frau, hatte sich ihre Beziehung zu ihm oder seine zu ihr geändert. »Du erinnerst mich an deine Mutter«, hatte er einmal gesagt, was sie nicht verstand, denn sie war stets davon ausgegangen, dass er ihre Mutter nicht gekannt hatte. Von da an hatte sich zwischen ihnen eine fast liebevolle Beziehung entwickelt.

Auch wenn die große Villa, in der die Familie wohnte, ihr Zuhause war und das sorglose, manchmal luxuriöse Leben ihr Alltag, wusste sie, dass sie dieser Welt nicht angehörte, dass sie nur Gast war, eine Zugelassene, keine Abgestammte, und dass

32

sie sich deshalb ständig zu beweisen hatte, durch Freundlichkeit, Liebenswürdigkeit und natürlich durch Leistung, denn Leistung zählte immer. Noten in der Schule, natürlich das beste Abitur, das war ja zu erwarten, dann das Jura-Studium, ratzfatz, ruckzuck, und natürlich mit Auszeichnung. Cornelias Erfolg war für Stohmann die Bestätigung, dass auch Kinder aus problematischen Herkunftsmilieus leistungsfähig sind, zur Elite, wie er das nannte, gehören können, wenn sie nur richtig erzogen, richtig gefördert, richtig begleitet wurden. Er war stolz auf sie. »Du bist mein bestes Pferd im Stall«, sagte er manchmal. Er liebte sie mehr als seinen eigenen Sohn, sofern man seine Empfindung als Form von Liebe bezeichnen wollte.

Nun also galt es, zwischen Käsesoufflé und Wildschweinbraten den Nachlass zu regeln.

Jetzt zeigt sich, dachte Cornelia, wie ernst er das immer gemeint hat, mit dem besten Pferd, mit den Chancen, die alle haben sollten, und mit der Familie, die auch ihre Familie sei.

Auch Bernd fühlte sich unwohl. Was hat Cornelia hier zu suchen, das ist doch eine Familienangelegenheit, hätte er am liebsten gesagt, aber er traute sich nicht. Er war nie der Typ gewesen, der den offenen Schlagabtausch suchte. Er hatte andere Methoden entwickelt, seine Ziele zu erreichen.

Bernd litt – auch wenn er sich das so nie eingestehen wollte – darunter, bei seinem Vater immer nur die zweite Geige gespielt zu haben, obwohl er, wie er Freunden gegenüber immer wieder betonte, doch das einzige »richtige« Kind von Bent Stohmann sei. Das, was dem Vater wichtig war, Leistung, Leistung, Leistung, lieferte er nicht. Und wenn er mal was zustande brachte, dann wurde es als selbstverständlich angesehen, schließlich war er der Sohn von Stohmann.

Anders seine Adoptivschwester – immer leistungsbereit, immer Klassenbeste, immer gut vorbereitet. Bernd hasste Cornelia, sie verkörperte alles, was er nicht war. Er sah höchstens besser aus als sie, war ein Typ, den die Frauen liebten, zumindest hatte er keine Probleme, die zu bekommen, die er wollte. Cornelia, da war er sicher, hatte nix mit Männern, zumindest hatte sie noch nie einen festen Freund gehabt. Er hatte ein paar Mal versucht, sie rumzubekommen, die Adoptivschwester, warum auch nicht. Mit zwanzig, in den Sommerferien, dann vor ein paar Jahren, nach einer Familienfeier. Er war in ihr Zimmer eingedrungen, hatte sich ausgezogen, aber sie hatte sich zu wehren gewusst, auf ihre subtile Art. Nun belästigte er sie nur noch verbal, mit Sprüchen wie »Wenn du mal Lust hast, weißt du ja, wie du mich erreichst«. Früher hatte er sich immer vorgestellt, sie zu verführen und dazu zu bringen, sich in ihn zu verlieben, um sie dann fallenzulassen. »Pubertäre Machtphantasien, die Minderwertigkeitskomplexen und Frustration entspringen«, so hatte sein Coach gesagt, als er ihm davon erzählt hatte. Bernd schämte sich immer noch – nicht für seine Phantasien, sondern dafür, dass er so dumm gewesen war, davon dem Coach zu erzählen.

Er hatte erkannt, dass Cornelia ihm überlegen war, und er war sich sicher, dass er ihr den Schmerz noch heimzahlen würde, auf die eine oder andere Weise. Eines Tages würde sie noch all den Hass zu spüren bekommen, der sich in ihm aufgestaut hatte. Stohmann liebte sie mehr als ihn, aber Bernd wusste, dass seine Zeit noch kommen würde, der Vater würde irgendwann sterben, und dann würde er die Firma übernehmen.

Cornelia versuchte immer, alle zu überzeugen, mit ihrer Schlauheit, ihrer Faktenkenntnis, all den Details, die ihn so nervten. Er hatte sich ein anderes Konzept von Einflussnahme erarbeitet: hier ein Gefallen, da Hilfe in einer brenzligen Situation, die sich nicht auf offiziellem Weg bereinigen ließ – er wusste, wie er Menschen dazu brachte, ihm dankbar zu sein oder abhängig von ihm zu werden, denn nichts macht süchtiger als Geld.

»Ich will, dass du, Bernd, dich ab sofort um alle Belange von RMW kümmerst. Dein Urgroßvater hat das Unternehmen vor 100 Jahren gegründet. Es ist wichtig, auch hier in Deutschland die Arbeitsplätze zu erhalten. Bernd, du kannst ein würdiger Nachfolger deines Urgroßvaters werden.«

Dann wandte er sich an Cornelia.

»Du sollst Vorstandsvorsitzende von Mining International werden. Neue Zukunftsmärkte erschließen. Das Unternehmen innovativ weiterentwickeln. Ich glaube, so kannst du deine Stärken voll entfalten.«

Er lehnte sich zurück und nahm einen Schluck Wein.

»Ihr sitzt jeweils im Vorstand des anderen Unternehmens. Und beide im Aufsichtsrat der Holding, die ich noch drei Jahre weiterführen werde. Dann sehen wir, wie es weitergeht. Jeder von euch kann sich bewähren. Es wäre also sinnvoll, wenn ihr gut zusammenarbeitet. Nur als Familie sind wir stark.«

Er schaute erst Bernd, dann Cornelia in die Augen. »Ihr seid einverstanden?«

Bernd überlegte kurz, ob er aufstehen und wütend die Serviette auf den Tisch werfen sollte; er als Verwalter der Vergangenheit, Cornelia als Gestalterin der Zukunft, mit dieser Rollenverteilung war er überhaupt nicht einverstanden. Und sie sollten sich dann auch noch »bewähren«? Dann besann er sich, spulte im Inneren die Übungen ab, die ihm sein Coach beigebracht hatte, um seine Wut unter Kontrolle zu bringen; erst unter dem Tisch eine Faust ballen, dann einatmen, dann die Faust wieder öffnen. Er würde schon dafür sorgen, dass Cornelia auf keinen grünen Zweig kam, dachte er und nickte.

»Eine schöne Idee«, sagte Cornelia, »ich danke dir für das Vertrauen, das du in uns setzt.«

Stohmann lächelte und drehte sich zu Berneburg: »Hermann, du kannst die entsprechenden Verträge also vorbereiten. Wie war die Oper, die du letztes Wochenende gesehen hast? Rigoletto, oder?«

Das Gegenüber der Liebe ist der Hass. Anders als in der Liebe gibt es im Hass Erfolg – die Vernichtung des Gegenübers.

*Suzanna Schnejder denkt über die
Freiheit der Kunst nach
und ärgert sich über Florian*

Suzanna Schnejder freute sich auf die Fahrt nach Meuws, zwei Tage lang See- statt Stadtluft. Noch fünf Minuten, dann musste sie zur Bahn. Sie schaute aus dem Fenster. Und wenn sie aus dem Fenster schaute, sah sie Cottbus. Sie hasste Cottbus.

Was hatte sie gekämpft, dass die Agentur nicht in Deutschland angesiedelt wurde. Erst recht nicht in Ostdeutschland. Das war zwar besser als Polen, aber sie hatte mit Frankreich geliebäugelt. Oder Luxemburg. Dann wäre alles anders gekommen.

Natürlich konnte sie verstehen, warum die Agentur sich ausgerechnet Cottbus ausgesucht hatte. Deutschland hatte Anspruch erhoben, schließlich ging man im Kohleausstieg voran. Gleichzeitig fanden sich hier noch immer große Tagebaugebiete, die es zu renaturieren galt. Endlich blühende Landschaften, feixte Suzanna Schnejder. Außerdem wollte Deutschland viel Geld in CO_2-Einlagerung und regenerative Energien investieren, es standen Transformationen unbekannten Ausmaßes an: Windparks, Stauseen, lauter Veränderungen, die ganzen Landschaften ein neues Gesicht geben würden. Veränderungen, die Investitionen bedeuten, das hieß vor allem: Förderprogramme, Ausschreibungen, Anträge, Entscheidungen, Mittelverwaltung. Alles Aufgaben der Agentur und damit die Möglichkeit, konkrete Erfahrungen für die Umweltgestaltung zu sammeln. Auch die Nähe zu Polen spielte natürlich eine Rolle, ein Land, das noch voll am Tropf der Kohleindustrie hing und in dem deshalb irgendwann eine große Transformation anstehen würde, die sinnvoll bewältigt und begleitet werden sollte.

Politisch war sie mit der Entscheidung für Cottbus durchaus einverstanden. Aber ansonsten? In Cottbus konnte man doch nicht mal anständig essen gehen. Also zumindest im Vergleich zu Brüssel. Zum Glück war Berlin nicht weit, aber zwei Stunden Zugfahrt für ein Abendessen waren auch ihr zu viel. Ja, einige Mitarbeiter lebten in Berlin und pendelten zur Arbeit nach Cottbus, auch kein Vergnügen, aber immerhin besser, als hier wohnen zu müssen. Für sie als jemand in einer Führungs- und Leitungsposition kam das allerdings nicht in Frage. Es gehörte zum guten Ton, vor Ort zu sein, allein wegen der Arbeitszeiten. Vor zweiundzwanzig Uhr kam sie selten aus dem Büro.

Sie dachte an das Telefonat mit ihrer Anwältin. Die hatte gut reden, sie solle die Forderungen ihres Mannes nicht persönlich nehmen. Da saß sie die ganze Woche über in Cottbus, während er sich in Brüssel ein schönes Leben machte, und nun sollte sie ihm dafür auch noch Geld zahlen? Nur weil sie mehr verdiente als er? So hatte sie sich Karriere machen nicht vorgestellt. Und ihr Traum von einem Bauernhof irgendwo in Spanien oder Portugal, mit Olivenbäumen und eigenem Wein, war nun auch erst mal dahin. Natürlich wusste sie, dass Cottbus nicht der Grund für ihre verkrachte Ehe war. Sie hasste Cottbus trotzdem.

Sie nahm ihre Tasche und ging aus dem Büro, schnell zum Fahrstuhl, raus aus der Agentur. Sie mochte das Gebäude, es sah aus wie ein gläsernes UFO, das auf einem Plattenbau gelandet war, und passte deshalb gut zur AFED, die in Cottbus

38

auch ein Fremdkörper war. Das war aber nicht die Idee des Architekturbüros WMTWB gewesen. WMTWB war es um die ökologische Leistungsfähigkeit des Bauwerks gegangen. Durch die gläserne Kuppel entstand ein neues Mikroklima, das ganze Gebäude brauchte weder Heizung noch Klimaanlage, und alles wurde über intelligente Sensoren gesteuert.

Sie verließ den überdachten Innenhof, ein begrüntes, aber auch sehr künstliches Paradies, lief an den Bienenstöcken vorbei, die der Künstler Bo Olafson in ihrem Auftrag installiert hatte, und überquerte den viel zu weiten Vorplatz, an dessen Ende sich die Fahrradständer befanden.

Das Telefon klingelte. Florian Booreau. Sie drückte ihn weg, auch wenn sie dringend mit ihm die Jurysitzung besprechen wollte. Aber nicht zwischen Tür und Angel, so was brauchte Fingerspitzengefühl. Nicht umsonst hatte sie einen gesonderten Termin eingestellt. Und dann sagte Booreau das einfach ab, als könne man so einer Jurysitzung freien Lauf lassen. Idiot, dachte Suzanna, ein Autofahrer hupte sie an. »Das war doch noch grün«, schrie sie dem Auto hinterher.

Sie hatte von Booreau mehr Einfühlungsvermögen in die Anforderungen einer Behörde erwartet. Die Agentur war doch kein Kunstverein, in dem der Kurator frei schalten und walten konnte. Booreau besitzt nicht genügend strategischen Weitblick, dachte Suzanna Schnejder. Das Stipendienprogramm sollte doch erst der Anfang sein, sie plante noch viel mehr, viel größeres, aber Booreau dachte immer nur an »seine« Ausstellung.

Viele, die mit ihrer (wissenschaftlichen, künstlerischen, politischen) Arbeit versuchen, gesellschaftliche Veränderungen im Sinne einer ökologischen Transformation voranzutreiben, halten in ihrem eigenen Leben dennoch am Status quo fest –

und wundern sich dann, dass die Gesellschaft sich nicht ändert.

Ich auch. Gefangen in ansozialisierten Selbstverständlichkeiten und alltäglicher Bequemlichkeit, verhalte ich mich nicht so, wie ich es für richtig halte. Insofern ist das *Fest der Folgenlosigkeit* die Geschichte eines Kampfes: des Kampfes zwischen »Versuchen« und »Aufgeben«, zwischen »Gelingen« und »Scheitern«.

Suzanna Schnejder stellte das Fahrrad am Bahnhof ab und eilte zum Bahnsteig. Sie erreichte gerade noch rechtzeitig den Zug nach Berlin. Das Telefon vibrierte, eine SMS von Florian: »Alle Jurymitglieder auf der Insel eingetroffen. Gute Fahrt und bis heute Abend!« Wenigstens daran hält er sich, dachte sie. Sie hatte ihn gebeten, auf dem Laufenden gehalten zu werden.

Sie versuchte, ihn zurückzurufen, aber der Empfang brach ab. Zwei, drei der Bewerber gingen gar nicht, das hätte sie ihm gerne noch gesagt, damit er die Jury vor der Sitzung in die entsprechende Richtung lenken könnte, abends bei Wein und Bier geht so was ja recht gut. Er hatte ihre Andeutungen nicht verstanden oder nicht verstehen wollen und sich deshalb blöd gestellt. Er begriff einfach nicht, dass man Kompromisse machen musste, weil es in einer politischen Behörde – und das war die Agentur – eben bestimmte Vorstellungen gab, wie sich ein Dienstleister – und das waren Booreau und die Künstler, auch wenn er das nicht wahrhaben wollte – zu verhalten habe.

Freiheit der Kunst – Suzanna Schnejder schüttelte den Kopf. Booreau und seine Freiheit der Kunst. Dafür bekam sie doch keine Gelder aus den Töpfen der Union. Sie musste halbwegs Handfestes liefern, wenigstens irgendeine Form von Dialog, interkulturell, interdisziplinär, international – Hauptsache irgendetwas, was sie als Erfüllung der Nachhaltigkeitsziele 2030 verbuchen konnte. Siebzehn Ziele, von Wasserschutz bis Frauenförderung, ihr war egal, was Booreau sich aussuchte, aber Freiheit der Kunst kam da nicht vor. Punkt. So schwer, dachte Susanna Schnejder, ist das doch nicht zu begreifen. Klar, irgendwann, wenn das Kunstprogramm etabliert und als erfolgreich beurteilt war, dann konnte man auch inhaltlich weiter gehen, provokanter werden – aber nicht gleich am Anfang.

Florian lernt das Center for Climate Justice kennen; die Jury wählt vier Stipendiaten aus

Als er aufwachte, hörte Florian durch das geöffnete Fenster die Brandung. Sein Kopf schmerzte, am liebsten wäre er sofort ins Meer gesprungen. Das Apartmenthaus, in dem er und die anderen Jurymitglieder untergebracht waren, lag auf einer kleinen Anhöhe, von der aus man einen weiten Blick auf die offene See hatte. Ein kleiner Pfad führte hinunter zum Strand. Florian hätte also schwimmen gehen können, aber Suzanna Schnejder hatte alle Jurymitglieder im Vorfeld dringlich darauf hingewiesen, dass man am Strand aus Naturschutzgründen nicht baden dürfe.

Meuws war klein – die Insel zu Fuß zu umrunden, hätte vielleicht einen Vormittag gedauert – und lag nördlich von Rügen. Die Fahrt mit der kleinen Fähre hatte eine Viertelstunde gedauert. Im Netz hatte Florian Bilder von Meuws gesehen, aber sich nicht vorstellen können, dass die Insel tatsächlich so »malerisch« war, wie es die Webseite des Center for Climate Justice behauptete. »Malerisch« war ein Begriff, den Florian weder mochte noch verwendete, weil er ein Klischee von Kunst reproduzierte, gegen das er seit Jahren ankämpfte, nämlich dass Kunst (und insbesondere Malerei) etwas mit Schönheit zu tun haben müsste. Hier, das musste er zugeben, passte der Begriff tatsächlich, weil die Insel mit ihrem alten Eichenwald, den Steilküsten und kleinen Sandstränden tatsächlich so aussah, als wäre sie einem romantischen Landschaftsgemälde entsprungen.

Seit der Wiedervereinigung war ein Großteil von Meuws ein Totalreservat, also ein Gebiet, das man eigentlich nicht betreten durfte. Nur an wenigen Tagen im Jahr war die Insel touristischen Besuchern zugänglich und dann auch nur in geführten Gruppen und auf festgelegten Wegen, die nicht verlassen werden durften. Seltene Vögel brüteten hier, das wirklich Besondere war aber der Wald, der seit gut 200 Jahren sich selbst überlassen war. Im frühen 19. Jahrhundert hatten gelegentlich Schweine auf der Insel geweidet, die das Unterholz klein gehalten und so das Entstehen eines prächtigen Eichen- und Buchenwaldes ermöglicht hatten.

Zu DDR-Zeiten war auf der Insel eine Heilanstalt für psychisch Kranke eingerichtet worden, wo, durch die Insellage von der Bevölkerung abgeschirmt, kritische Oppositionelle von der Staatssicherheit »behandelt« wurden. Nach der Wende gab es Überlegungen, eine Gedenkstätte einzurichten. Schließlich wurde die Insel aufgrund ihres hohen Naturschutzwertes dem Bundesumweltministerium übergeben.

Schon länger hatte es Bemühungen einiger grüner Lokalpolitiker gegeben, hier das von der Bundesregierung beschlossene, aber bislang nicht eingerichtete Center for Climate Justice anzusiedeln. Doch erst die Verknüpfung mit der Bewerbung um die Ansiedlung der AFED brachte den Stein ins Rollen. Die Einrichtung des Centers auf der Insel hatte beim EU-internen Wettbewerb Deutschland gegenüber anderen Standorten einen Vorteil verschafft, und letztlich war das Bundesumweltministerium froh, für die Insel eine Nutzung gefunden zu haben.

So weit die lange Vorgeschichte für das Kongresszentrum, in dem nun ein paar Mal im Jahr Wissenschaftler und Politiker zusammenkommen sollten, um im angenehmen Rahmen offene Gespräche über den Stand der Forschung und Möglichkeiten politischen Handelns zu führen. Die alten DDR-Baracken wurden abgerissen und neue Gebäude errichtet, neben dem Apartmentgebäude, in dem Florian untergebracht war, gab es ein Tagungszentrum, alles selbstredend nach höchsten ökologischen Standards, wie die AFED-Zentrale in Cottbus von WMTWB entworfen.

Es war Suzanna Schnejders Idee gewesen, schon vor der offiziellen Einweihung des neuen Tagungszentrums Künstler auf die Insel einzuladen, finanziert aus dem bei allen öffentlichen Bauten zur Verfügung stehenden Budget für Kunst am Bau. Damit wollte sie gleich zwei Fliegen mit einer Klappe schlagen. Zum einen würde, so hoffte sie, durch eine öffentliche Ausschreibung der Stipendien und eine Ausstellung der von den Stipendiaten erstellten Werke das Interesse der Öffentlichkeit auf das neue Center for Climate Justice gelenkt werden, ein Vorhaben, das als Prestigeprojekt gestartet, aber im Zusammenhang mit der letzten Koalitionskrise und den darauffolgenden Haushaltsverhandlungen wieder etwas aus dem Fokus der allgemeinen Aufmerksamkeit geraten war. Zum anderen konnte sie so die Geschichte der Insel umdeuten; schließlich waren schon in der Romantik Künstler wie Caspar David Friedrich nach Meuws gekommen, um Wald und Brandung zu malen, und auch unter den »Patienten« der Heilanstalt waren einige Künstler gewesen. Das von ihr initiierte Stipendium nahm also, wie sie sagte, »die künstlerische Dimension der Insel-Geschichte wieder auf und transformierte sie in eine schöne Aussicht«, weshalb das Stipendium von ihr auch den klangvollen Namen »Kunst mit Weitblick« verliehen bekommen hatte.

Nachdem Florian erfolglos versucht hatte, mit dem Fernglas, das er in seinem Apartment vorgefunden hatte, Vögel zu beobachten, ging er zum Tagungszentrum. Um neun Uhr sollte die Jurysitzung beginnen. Der Weg schlängelte sich entlang der Steilküste. Er genoss den Ausblick und freute sich auf das Projekt. Die Künstler, die die Jury heute auswählen sollte, würden vier Wochen auf der Insel verbringen dürfen. Er selbst hatte mehrere Besuche und einen gemeinsamen Workshop eingeplant, und wenn man davon absah, dass man nur an dem kleinen Hafen und nicht an den schönen Stränden schwimmen durfte, würde es für alle Beteiligten sicherlich eine schöne und intensive Zeit auf der Insel werden.

Das Tagungszentrum war halb in die Erde eingegraben, das leicht gewölbte Gründach fügte sich perfekt in die Landschaft ein. Im kleinen Speisesaal – das ganze Tagungszentrum war auf lediglich dreißig Gäste ausgelegt – hatten sich schon die anderen Jurymitglieder eingefunden: An einem Tisch, tief ins Gespräch vertieft, saßen Heike Waldmüller, die die Neue Nationalgalerie in Berlin leitete, Marta Sternefeld, eine angesehene und bekannte Kunstkritikerin vom *Münchner Tagesanzeiger*, und Torben Sperber, Professor für Bildhauerei an der Berliner Kunstakademie.

»Guten Morgen«, rief Florian, während er direkt zum Kaffeeautomaten ging, »muss erst mal einen klaren Kopf kriegen.«

Die drei lachten, das Abendessen war lang gewesen, und alle hatten zu viel Wein getrunken.

Florian setzte sich mit seinem doppelten Espresso an einen Tisch, der etwas abseits stand. Ein langer Tag stand bevor. Suzanna Schnejder war stolz, dass sich 147 Künstler für das Stipendium beworben hatten. Die hohe Anzahl von Bewerbungen war für sie nicht nur eine »Bestätigung der Wertschätzung, die die AFED in der Welt der Kunst erfährt«, wie sie für die Pressemitteilung schon vorformuliert hatte, sondern auch ein Erfolg für sie selbst: ein Meilenstein auf dem Weg zu mehr Anerkennung innerhalb der AFED.

Diese Einschätzung sprach in Florians Augen für ein zumindest eingeschränktes Kunstverständnis, das nicht die Freiheit, sondern die Verwertbarkeit von Kunst im Blick hatte, und entsprach der merkwürdigen Mischung aus Sendungsbewusstsein und Minderwertigkeitskomplex, die er Suzanna Schnejder unterstellte. Für ihn waren die 147 Bewerbungen darauf zurückzuführen, dass es ein mit 5000 Euro dotiertes Stipendium gab, das zudem den Zugang zu einer der Öffentlichkeit sonst nahezu unzugänglichen Insel in der Ostsee versprach und eine Ausstellung in Aussicht stellte. Ich hätte mich auch beworben, dachte er, wenn ich Künstler wäre, schon alleine der Insel wegen.

Zum Glück würden sie nicht alle Bewerbungen durchgehen müssen. Suzanna Schnejder und Florian hatten eine Vorauswahl von zwanzig Personen bzw. Bewerbungen getroffen, aus denen nun vier für das Stipendium ausgewählt werden sollten. Florian ging in seinem Kopf die Bewerbungen durch, sortierte seine Favoriten und legte sich nochmal die Argumente zurecht.

Ganz oben auf seiner Liste war Lisa. Er hatte sie seit dem Kennenlernen im Zug und dem nachfolgenden Besuch ihres Waldes nicht mehr gesehen. Dass sie sich nicht nochmal getroffen hatten, lag nicht am Desinteresse seinerseits. Lisa hatte ihm eine SMS geschrieben, dass sie Privates und Berufliches nicht vermischen wolle und sie sich deshalb, da er ja in der Jury für das Stipendium sei, besser erst nach der Jurysitzung wiedersehen sollten. Ob diese Ankündigung eines möglichen Wiedersehens die wirklich perfekte Form der Trennung von Beruflichem und Privatem war, wollte Florian nicht weiter hinterfragen, er war eher erleichtert, dass er sich nicht als befangen betrachten musste und sich deshalb in der Jurysitzung mit voller Energie für sie einsetzen konnte.

»Wir sollten anfangen, meine Damen und Herren!« Suzanna Schnejder hatte den Raum betreten.

Florian schaute auf sein Handy, fünf nach neun, sie hatte recht, es war höchste Zeit.

»Sie können Ihren Kaffee natürlich auch in den Konferenzraum mitnehmen, aber dort gibt es auch heiße und kalte Getränke.«

Obwohl sich alle Juroren schon lange kannten, bestand Suzanna Schnejder auf einer förmlichen Vorstellungsrunde.

»Ich freue mich, dass Sie alle unserer Einladung auf die Insel Meuws gefolgt sind«, begann Suzanna Schnejder. »Sie haben einen weiten Weg auf sich genommen, um hierherzukommen. Das ist für uns als Agency for Environmental Design eine große Ehre. Und ich bin Ihnen sehr dankbar, dass Sie uns bei der Auswahl unserer ersten Stipendiaten unterstützen wollen.«

Auch hochtrabende Worte machen Belanglosigkeiten nicht wichtiger, dachte Florian. Jeder wusste, warum die Juroren hier waren. Es war eine schöne Insel, es gab ein anständiges Honorar, und Leute auszuwählen, Schicksal zu spielen, stärkte das eigene Ego. Suzanna Schnejder hatte mehrere Zettel vor sich liegen, von denen sie ihr Einführungsreferat ablas. Im Wesentlichen entsprach es dem Ausschreibungstext für das Stipendium, den alle Juroren schon kannten. »Die Menschheit zerstört ihre eigenen Lebensgrundlagen. Um das zu verhindern, brauchen wir eine neue politische Orientierung, zum Beispiel die von der UN verabschiedete Agenda 2030 für nachhaltige Entwicklung. Sie weist uns den Weg in eine umwelt-, natur- und klimaverträgliche Gesellschaft: eine Gesellschaft, die zukunftsfähig ist – nicht nur bei uns, sondern auch im globalen Maßstab ... Doch dieser gesellschaftliche Wandel ist nicht nur eine ökonomische, soziale und technische Herausforderung, sondern erfordert eine neue Kultur ... Ziel der Agency for Environmental Design ist, diese Transformation zu gestalten. Dafür brauchen wir die Hilfe der Kunst, weil Kunst die Notwendigkeit von Transformation sinnlich erfahrbar machen kann. Wir brauchen neue Kommunikationsformate, um alle Bürgerinnen und Bürger auf den Weg in die Zukunft mitzunehmen. Deshalb fördert die AFED nun auch Kunst – und deshalb sind wir hier heute zusammengekommen.«

»Kunst ist doch kein Kommunikationsformat«, empörte sich Marta Sternefeld, die Kunstkritikerin. »Eine politische Agenda kann doch nicht der Rahmen für künstlerische Projekte sein.«

»Wollen wir jetzt nicht die Stipendiaten aussuchen?«, warf Florian ein. »Damit werden wir ja letztlich auch beantworten, wie wir als Jury die Rolle der Kunst sehen.«

»Wir müssen uns doch vorher über die Kriterien verständigen«, insistierte Marta Sternefeld. »Ich möchte jetzt keine Künstler:innen aussuchen, die sich freiwillig selbst instrumentalisieren.«

»Ich stehe zur politisch motivierten Kunst«, sagte Heike Waldmüller leise. »Aus einer Perspektive der Freiheit.«

Torben Sperber hatte schon während des Referats von Suzanna Schnejder an seinem Handy rumgefummelt. »Ich habe keine Lust, über Kriterien zu reden. Ich will über Kunst reden. Über künstlerische Qualität. Der Rest interessiert mich nicht.«

Suzanna Schnejder legte ihre rote Stola über den Stuhl und fingerte an ihrem Armreif, einem mit bunten Glassteinen besetzten Modeschmuck, herum. Florian beobachtete, wie ihre Züge härter wurden. Sie ist mit dem Verlauf des Gesprächs nicht einverstanden, dachte er. Ihr Gesichtsausdruck erinner-

48

te ihn an seine Mutter, die, immer wenn ihr etwas entglitt, was sie kontrollieren wollte, einen dünnen Mund bekam.

»Uns als AFED ist es natürlich wichtig, dass es einen Bezug zu den Themen gibt, die uns als Einrichtung der EU umtreiben, also die Auseinandersetzung mit Nachhaltigkeit und die Ziele der Agenda 2030. Sie als Mitglieder der Jury sind in Ihrer Entscheidung frei. Sie sind unabhängig, sonst haben wir kein transparentes, qualitätsgesichertes Verfahren.«

Florian öffnete eine Flasche Wasser. Zu den Kopfschmerzen kam nun auch noch der Brand dazu. Außerdem musste er auf Toilette, weil er Darmkrämpfe bekam. Er erinnerte sich, warum er sich zunächst nicht auf das Angebot der Agentur hatte einlassen wollen. Zu wenig Verständnis für Kunst, zu wenig kritische Distanz zur eigenen Institution. Und er hasste Jurysitzungen, weil es in denen häufig um die Selbstbeweihräucherung der Jurymitglieder ging, jeder hatte zu allem etwas zu sagen, jede Einschätzung musste ausführlich dargestellt werden, jede Änderung der Einschätzung nochmal begründet werden, wobei meist die immer gleichen Argumente neu formuliert oder einfach nur wiederholt wurden – ein Austausch an Eitelkeiten.

Die Jurymitglieder versicherten sich gegenseitig, ganz unabhängig zu entscheiden und alleine die künstlerische Qualität der Bewerbungen in den Vordergrund zu stellen. Sie waren sich auch einig darin, dass es sinnvoll wäre, wenn die Vorschläge der Bewerber einen Bezug zu Nachhaltigkeit hätten, waren aber angesichts der Ausschreibung, die diesen Aspekt hervorhob, und der Vorauswahl durch Florian und die Agentur sicher, dass der Bezug zur Genüge bestehe.

Nach sechs Stunden, in denen jede Bewerbung gesichtet, diskutiert, nochmal betrachtet und nochmal diskutiert worden war, hatte die Jury die Stipendiaten ausgewählt:

Thomas Krauel, der sich für das Verhältnis von Mensch, Technik und Natur interessierte. Er hatte bereits erste Erfolge in der Kunstwelt vorzuweisen, mehrere Preise und Auszeichnungen und sogar eine Einzelausstellung in der Kunsthalle München, für die er mit einem 3-D-Drucker das zwanzigfach vergrößerte Skelett eines Kaninchens hergestellt hatte, das kleine Tierchen wurde bei ihm zum Monster, größer – und bedrohlicher – als der zumindest in München berühmte Ur-Elefant Gomphotherium von Gweng aus dem dortigen Paläontologischen Museum, auf den sich Krauels Arbeit mehr oder weniger offensichtlich bezog. Die Jury war von seinen Arbeiten fasziniert, und Suzanna Schnejder hoffte zudem, dass ein wenig von seiner Prominenz auf das Stipendium abfärben würde.

Nadja Waldner, eine junge Studentin, die sich für toxische Materialien interessierte, deshalb gerne mit giftiger Farbe arbeitete und sich an der Leipziger Kunstakademie, an der sie seit vier Jahren studierte, schon viel Ärger eingehandelt hatte. Sie hatte in den Fluren der Akademie aus Styroporplatten und Bauschaum vaginale Höhlen gebaut und diese innen und außen mit neonfarbenen Schlieren lackiert, ihre Kommilitonen bekamen Angst, vom Anblick – oder zumindest von den Ausdünstungen – ihrer Skulpturen krank zu werden. Dem Verweis von der Schule war sie knapp entgangen (sie hatte sich bei der Erstellung der Arbeiten nicht an die Vorschriften gehalten, Lack und andere giftige Materialien durften nur in den dafür vorgesehenen Werkstätten, nicht aber in den Ateliers verwendet werden, weil dort keine professionellen Entlüftungsanlagen eingebaut waren), aber sie durfte nicht mehr in der Kunstakademie arbeiten und ausstellen. Von den Themenfeldern »Gift« und »Gefahr« konnte sie trotzdem nicht lassen, die Jury war beeindruckt von der Konsequenz, mit der sie ihren Ansatz verfolgte und dafür auch persönliche Nachteile und Anfeindungen in Kauf nahm.

Das Künstlerduo Nicolette Neese und Paul Stein machte Performances, bei denen sie gegenseitig ihre Körper ableckten. Sie suchten, wie der Titel einer ihrer Arbeiten besagte, nach dem »Naturzustand« des Menschen, hatten ihn aber noch nicht gefunden. Die Jury hoffte, dass die beiden den – oder wenigstens einen – Naturzustand auf der Insel entdecken würden.

Und Lisa Kostrovic, die die Jury mit ihren abstrakten Kohlezeichnungen und Installationen aus Ästen und Baumstämmen überzeugt hatte, Florian hatte sich für sie gar nicht besonders einsetzen müssen. Direkt nach der Entscheidung schrieb Florian ihr eine SMS: »Berufliches Verhältnis erfolgreich geklärt. Glückwunsch! Wir sehen uns auf der Insel.«

Was ist erfunden, was ist aus der Realität abgeleitet? Wann ist ein Roman fiktiv, wann autobiographisch? Wann sind auktoriales »Ich« und Autor identisch? Eine schwierige Abwägung, denn viele Erzählungen bekommen ihre Tiefe, ihre Prägnanz dadurch, dass sie eine Entsprechung im realen Leben haben, entweder in dem des Autors oder in dem einer nahestehenden Person – nicht alle Fiktion ist komplett frei erfunden. Allerdings profitiert eine Erzählung von Ergänzung, Verdichtung, Zuspitzung, Überhöhung – und nicht zuletzt vom »Weiterspinnen«. So auch hier. Ich habe meinen Figuren nicht nur Eigenschaften und Erfahrungen von mir selbst geliehen, sondern auch von anderen. Im Rahmen des Auftrags, den ich vom Umweltbundesamt erhalten hatte, war auch ein Künstlerstipendium ausgeschrieben worden, sechs Wochen Arbeitsaufenthalt auf der südlich von Rügen gelegenen Insel Vilm. Ausgewählt wurden u. a. der Künstler Andreas Greiner, das Künstlerduo Paulette

Penje und Niklas Seidl sowie die Künstlerin Nadine Baldow. Ihre künstlerischen Arbeiten sind Vorbild für die Beschreibungen der Werke von Paul, Nicolette, Thomas und Nadja.

6

*Cornelia kämpft im Aufsichtsrat um ihre
»Vision 2030/2050«; es fällt die Entscheidung für eine
»Stiftung Zukunft: für Kunst und Nachhaltigkeit«*

Schon vor fünf Jahren, als Stohmann sie frisch in den Vorstand von Mining International berufen hatte, hatte Cornelia das Ziel, das Unternehmen Stück für Stück so umzubauen, dass es auch in Zukunft überlebensfähig sein würde, und das hieß für sie: klimaneutral. Nun stand sie an der Spitze der Firma. Jahrelang hatte sie auf diesen Moment hingearbeitet. Von außen betrachtet sah es so aus, als sei sie nun am Ziel. Ihr war klar, dass die Arbeit jetzt erst anfing.

Berneburg saß schon in einem der tiefen Sessel am kleinen Besprechungstisch, als Cornelia in den Raum kam. Sie hatte ihn warten lassen, um ihn das neue Machtverhältnis spüren zu lassen. Aber nur einen kleinen Moment, schließlich brauchte sie seine Unterstützung. Sein Einfluss in der Firma war nicht zu unterschätzen. Das Konzeptpapier, das sie ihm zur Vorbereitung geschickt hatte, lag vor ihm, er hatte mehrere Sätze unterstrichen und sich am Rand Notizen gemacht. Er war immer gut vorbereitet, eine Eigenschaft, die Cornelia sehr an ihm schätzte. Sie setzte sich ihm gegenüber an den Besprechungstisch, schaute auf die Uhr und entschuldigte sich für die Verspätung.

»Ich habe nur zwanzig Minuten, lass uns gleich anfangen, okay?« Ohne die Antwort abzuwarten, fuhr sie fort. »Ich brauche deine Unterstützung. Ich will, dass wir der Gesellschaft etwas zurückgeben.«

Nein, nicht ihrem Adoptivvater wollte sie etwas zurückgeben, der hatte genug und war auch zu alt, sondern dem Prinzip Leben überhaupt, der Schönheit, die allem Lebendigen innewohnt. Sie wusste, dass das kitschig war, deshalb erzählte sie es auch keinem, versuchte, es in die Sprache zu verpacken, die die anderen verstanden.

»Ich habe dein Proposal gelesen«, sagte Berneburg. »Es ist interessant, aber ich weiß nicht, ob es so umsetzbar ist.«

»Genau deshalb will ich mit dir sprechen. Damit wir gemeinsam eine Strategie entwickeln, wie wir das Projekt Schritt für Schritt Wirklichkeit werden lassen.«

»Meine Sorge, Cornelia, bezieht sich nicht auf die Machbarkeit, sondern auf die Idee an sich.«

Der inhaltliche Kern von Cornelias Vorschlag war, neue Geschäftsfelder zu entwickeln, bei denen ökologische Aspekte im Vordergrund stehen. Zudem sollte die Firma in eine Stiftung umgewandelt und der erwirtschaftete Gewinn für gemeinnützige Zwecke eingesetzt werden. Cornelia schwebte ein Hybrid aus Kunst und Umweltschutz vor. Denn der Wohlstand der Familie Stohmann, an dem Cornelia, wie sie meinte, gleichermaßen unverschuldet wie unverdient teilhaben durfte, kam nicht von ungefähr. Er beruhte auf der Ausbeutung von Menschen und der Zerstörung der Natur. Und dieses Geschäftsmodell war endlich.

Dass die Kohleförderung bald ein Ende haben würde, war allen klar, deshalb hatte sich Stohmann auch in die neuen Märkte gestürzt. Doch auch beim Abbau seltener Erden war das Ende absehbar. Stohmann würde es nicht mehr erleben, Berneburg auch nicht, sie selbst schon. Es war der immer gleiche Zyklus; das mühsame Aufbauen eines Markts, dann das Hoch, wenn die Nachfrage angekurbelt war oder gar die Nachfrage das Angebot überstieg; dann die dadurch entstehende Blase, die oft kostspielige Erschließen neuer Quellen anfeuerte, und schließlich das Sterben, wenn der hohe Preis des Rohstoffs die Entwicklung anderer Technologien attraktiv gemacht hatte. Der Kapitalismus kannte etliche dramatische Beispiele für solche Abfolgen von Aufstieg und Niedergang, und irgendwann würde dieses Schicksal auch Mining International ereilen – wenn man es nicht neu erfand.

»Wenn wir eine Zukunft haben wollen, müssen wir zuerst unsere Schulden bezahlen. Dafür bekommen wir Glaubwürdigkeit, das Kapital unserer Zukunft.«

Berneburg zuckte bei dem Wort »Schulden« zusammen, aber Cornelia beharrte darauf, die ökologischen Folgen des Geschäftsmodells so zu benennen.

»Dein Projekt sprengt die Möglichkeiten unseres Unternehmens. Ich kann mir nicht vorstellen, dass die anderen zustimmen.«

»Ich weiß«, sagte Cornelia. »Stohmann ist dafür. Weinmer kriegst du schon auf unsere Seite, oder?« Jobst Weinmer war der Vertreter der Arbeitnehmer, er hatte sich von unten hochgearbeitet. Bent Stohmann schätzte ihn sehr, weil er die »Bodenhaftung« nicht verloren habe.

Berneburg nicke. »Der schwache Punkt ist Bernd.«

Cornelia drehte sich von Berneburg weg und schaute aus dem Fenster. In der Ferne sah sie die Abraumhalden des Tagebaus, nicht ihr Geschäftsfeld, aber das historische Fundament der Firma. Schulden, die weit in die Zukunft reichen. Sie betrachtete die Weltkarte, die an der Wand hing. Stohmann hatte alle Firmenstandorte markiert, im Kongo, in den USA, in Australien, in Brasilien. Er war stolz auf die Expansion, die er verantwortet und vorangetrieben hatte. Nun saß sie in seinem alten Büro. Das war ihm wichtig gewesen, ein Zeichen gegenüber Bernd, dachte sie. Lauter kleine Verschiebungen, die

Bernds Wut anheizen würden. Sie hatte Stohmann zu überzeugen versucht, Bernd das große Büro zu geben, weil ihm soziale Repräsentation wichtiger war als ihr und sie kein Interesse an seiner Demütigung hatte. Aber Stohmann war von seiner Entscheidung nicht mehr abgerückt. Und jetzt musste sie mit Berneburg einen Weg finden, Bernd mit ins Boot zu holen.

»Du musst ihm klarmachen, dass es ein langfristiges Investment ist. Wir drohen die Unterstützung der Politik zu verlieren. Die Stimmung in der Öffentlichkeit ist schlecht. Dreht sich gegen uns. Wir müssen da gegensteuern. Nicht nur symbolisch, sondern tatsächlich. Das müssen wir dem Vorstand klarmachen.«

»Deine Idee ist noch unausgereift«, sagte Berneburg, »damit wirst du nicht weit kommen. Vielleicht musst du etwas kleiner anfangen. Die Kunstsammlung auflösen, das geht bestimmt. Mehr geht erst mal nicht.«

Stohmann hatte eine Kunstsammlung angelegt, eine große Kunstsammlung. Vor allem zeitgenössische Kunst, auch ein paar historische Werke. Alle Werke setzten sich mit dem Geschäftsfeld seiner Unternehmungen auseinander oder waren zumindest Werke, in denen Stohmann einen Bezug zu den Themen seiner Firma gesehen hatte. Lichtobjekte genauso wie Landschaftsmalerei, Hauptsache, es ging um Technologie und Energie. Die Arbeiten waren über die ganze Firmenzentrale verteilt, im Foyer, in den Besprechungsräumen, in den Büros der wichtigsten Mitarbeiter, im Garten und sogar auf dem Parkplatz.

Cornelia betrachtete das Gemälde gegenüber ihrem Schreibtisch. Wuchtige Pinselstriche bildeten dieselbe Landschaft ab, die sie durch das Fenster sah. Sie mochte das Bild nicht und wusste auch nicht, wer es gemalt hatte.

Sie war sich sicher, dass Stohmann sich nicht wirklich für Kunst interessierte. Für ihn war das Sammeln ein rein strategisches Instrument gewesen. Als sozialer Aufsteiger, der in eine reiche Industriellenfamilie eingeheiratet hatte, wollte er durch Kunstkennerschaft Akzeptanz gewinnen, dazugehören. Teure Autos kaufen, das konnte jeder. Sich mit Kunst auskennen, das war etwas anderes. Und diese Kunst, so Cornelias Plan, sollte auch der Ausgangspunkt für die Weiterentwicklung der Firma sein. Doch ihre Pläne gingen sehr viel weiter.

Sie beobachtete Berneburg. Natürlich hatte er recht, wenn er ihr vorhielt, dass ihre Idee noch nicht ausgereift war. Darum ging es Cornelia nicht. Ideen auszuarbeiten, das war Fleißarbeit.

»Es geht doch nicht um die Kunstsammlung. Es geht um die Firma. Und so, wie die Firma im Moment aufgestellt ist, wird es mit ihr nicht mehr lange weitergehen. Noch sind die Zahlen gut, aber du weißt genauso wie ich, dass wir keine Überlebenschance haben, wenn sich die politischen Rahmenbedingungen ändern. Und ich bin beauftragt worden, diese Firma in die Zukunft zu führen. Und genauso, wie Stohmann vor vierzig Jahren die Weichen für die Firma neu gestellt hat, möchte ich nun die Weichen in eine andere Richtung stellen. Es geht darum herauszufinden, was die Technologien von morgen sind. Und ich glaube nicht, dass die Impulse dafür aus der Firma selbst kommen werden. Und auch nicht von den Unternehmensberatern, die Bernd ständig anheuert.«

»Du meinst, die kommen von Künstlern?« Er schüttelte den Kopf. »Du meinst, die können uns helfen, neue Geschäftsfelder zu erschließen?«

»Es mag für dich abstrus klingen, aber ja, ich glaube, die Impulse, die die Firma in die Zukunft führen, kommen von Künstlern. Künstler sind Experten für Zukunftsimagination.

Sie sind erfinderisch und häufig viel risikobereiter als Unternehmer. Künstler stecken in ihre Arbeit nämlich ihr Leben.« Cornelia schaute auf die Uhr. »Ich muss weiter. Danke, dass du dir Zeit genommen hast. Und, kann ich auf dich zählen?«

Berneburg musste Schwung holen, um aus dem tiefen Sessel hochzukommen. »Natürlich werde ich dich dabei unterstützen. Das bin ich dir und Stohmann schuldig. Aber ich glaube nicht, dass du recht hast. Kunst kann man schön finden, Kunst kann man hässlich finden. Kunst kann einen bewegen oder kaltlassen. Ich sehe nicht, wie Kunst unserer Firma helfen soll, einen Weg in die Zukunft zu finden.«

Die Sitzung fand wie immer im großen Besprechungsraum im obersten Stockwerk der Firmenzentrale statt. Die Wände waren mit dunkelbraunem Holz vertäfelt, in der Mitte stand der große, schwere Holztisch. An der Wand, als Kontrast zur Schwere der Einrichtung, eine Lichtinstallation von Dan Flavin. Licht, das war eine direkte Übersetzung von Energie, dem Kernthema der Kunstsammlung von Bent Stohmann.

An jedem Platz lag eine gelbe Mappe, auf der »Meaning International – Vision 2030/2050« stand. Nach und nach trafen die Vorstandsmitglieder ein, erst Berneburg, dann Cornelia, Bernd Stohmann und schließlich Jobst Weinmer als Vertreter der Arbeitnehmer.

Für Entscheidungen von der Tragweite ihrer »Vision 2030/2050« musste Cornelia den Vorstand und den Betriebsrat hinter sich wissen, das war klar. Sie begann damit, die Eckpunkte ihrer Zukunftsvision vorzustellen, erzählte von der Bedeutung, die ökologische Fragen in Zukunft auch in der Arbeit von Mining International einnehmen müssten. »Wir müssen von ›Mining‹ zu ›Meaning‹. Wir müssen Aktionsfelder erschließen, die für die Zukunft der Welt von Bedeutung sind.« Sie sprach von dem Mut, den Bent Stohmann aufgebracht hatte, um das Tätigkeitsfeld der traditionellen Kohle- und Stahlindustrie zu verlassen. »Er ist unser Vorbild, wir müssen seine Ideen in die Zukunft übersetzen. Und die Zukunft, meine Herren, kommt sehr schnell auf uns zu. Wie schon bei meinem Vater geht es weg von der traditionellen Kohleindustrie. Statt diese bei der Förderung fossiler Brennstoffe zu unterstützen, werden wir in Zukunft Experten für CO_2-Capturing. Wir holen das CO_2 aus der Luft und lagern es ein. Das wird der Milliardenmarkt der Zukunft.«

Sie führte aus, dass dieser Weg nicht einfach sein würde und auch nicht der einzige, den sie ausprobieren wollte. Die Voraussetzung dafür, diesen Weg zu beschreiten, sei Vertrauen – das Vertrauen des gesamten Vorstandes, aber auch das Vertrauen der Öffentlichkeit in das Unternehmen. »Und deshalb müssen wir etwas für unser Image tun, damit wir nicht die Unterstützung der Politik verlieren.« Sie erläuterte, dass ein gutes Image nicht nur eine oberflächliche Schönheitsreparatur, sondern tief im Unternehmen verankert sein müsse. »Die Menschen sind heute kritisch, sie schauen genau hin, was ein Unternehmen macht. Wenn wir etwas für unser Image tun wollen – ich sag nur RMW und der Goldbacher Wald –, dann brauchen wir eine echte Veränderung unserer Identität, nicht nur ein aufgeklebtes Label.«

»Forst«, warf Bernd ein, »Goldbacher Forst. Die sagen doch nur Wald, um das ›Natürliche‹ zu betonen. Dabei ist das doch schon seit zweihundert oder noch mehr Jahren ein forstwirtschaftlich genutztes Gebiet.«

»Bernd, mir geht es nicht um Wortklauberei. Mir geht es darum, dass wir perspektivisch, also spätestens bis 2050, ein ökologisch verantwortungsvolles, klimaneutrales Unternehmen sein sollten. Was das für RMW und den Goldbacher Wald bedeutet, dafür musst du eine Strategie entwickeln. Als kleiner Tipp«, sie schaute kurz zu ihm hinüber, »ich glaube, Renaturierung wird ein riesiger Markt. Dann kannst du die Landschaften, die wir in den letzten fünfzig Jahren aufgebaggert haben, wieder in Wälder, Wiesen und vor allem Wasserflächen verwandeln.« Sie schaute in die Runde. »Wie gesagt, das ist Bernds Aufgabe. Ich bin nur für Mining International verantwortlich.«

»Frau Stohmann«, unterbrach sie Jobst Weinmer. »Sie glauben wirklich, dass ein Engagement für Kunst zur Lösung unserer ökologischen und ökonomischen Probleme beiträgt? Das ist doch reine Geldverschwendung. Das Unternehmen in eine Stiftung umwandeln? Sie gefährden damit Arbeitsplätze, und das kann ich als Vertreter der Belegschaft nicht unterstützen. Am gemeinnützigsten ist es, wenn die Firma hier in der Region Arbeitsplätze erhält! Ich bin gegen Ihre Vision, um das hier ganz deutlich zu sagen.«

Cornelia hatte mit Gegenwehr von Weinmer gerechnet, war aber davon ausgegangen, dass Berneburg ihn im Vorfeld eingefangen hatte, er war bekannt dafür, derartige Konflikte zu klären.

»Mining International, das wissen Sie genau, unterscheidet sich grundlegend von RMW. RMW hat viele Arbeitsplätze in der Region, Mining International hat hier nur die Verwaltung, das sind genau – sie blätterte in ihren Unterlagen – 42 Mitarbeiter. Wenn wir eine Stiftung gründen, wie sie mir vorschwebt, wird auch diese Stiftung Mitarbeiter haben. Und die Stiftung, wie sie mir vorschwebt, investiert in unsere Zukunft. In Kunst und Zukunftstechnologie, sie wird junge Menschen motivieren, etwas Unternehmerisches auszuprobieren, führt also im Idealfall dazu, dass sich hier neue, innovative Unternehmen ansiedeln. Und damit auch Arbeitsplätze entstehen.

Sie, Herr Weinmer, müssten das Vorhaben aus dieser Perspektive eigentlich unterstützen.«

Sie schaute in die Runde, doch weder Bernd noch Berneburg regten sich. »Also, bevor es zu Missverständnissen kommt, fasse ich die Kernpunkte des Konzepts nochmal kurz zusammen: Sofortige Gründung einer Stiftung, die sich für die Entwicklung neuer Zukunftsperspektiven in der Region einsetzt, Schwerpunkt Ökologie und Nachhaltigkeit, dazu werden Kunst und neue Technologien verknüpft. Den Grundstock dafür bildet die Kunstsammlung von Bent Stohmann. Was die Stiftung genau macht, muss noch erarbeitet werden; ich kann mir vieles vorstellen, zum Beispiel Stipendien für Künstler, die gemeinsam mit Wissenschaftlern Ideen für neue Geschäftsmodelle entwickeln. Das Venture-Kapital dafür kommt aus den laufenden Gewinnen von Mining International, die im Gegenzug Teilhaber an den entstehenden Unternehmen wird. Das ist die Zukunftsmusik, jetzt geht es erst mal um den ersten Schritt, die Überführung der Kunstsammlung in eine Stiftung. Dafür braucht es noch einen Namen: ›Stiftung Zukunft: für Kunst und Nachhaltigkeit‹.«

»Das ist doch eine Märchenstunde«, sagte Weinmer, »das ist doch alles nicht belastbar. Keiner weiß, ob das aufgeht.«

»Vielleicht hast du recht«, warf Berneburg ein, »es soll ja noch ein ausgereiftes Konzept entwickelt werden. Jetzt geht es erst mal um die Zukunft der Kunstsammlung, gewissermaßen um eine Erprobung. Das ist doch auch in deinem Sinne.« Er schaute Weinmer an. »Und?«

Weinmer zögerte einen Moment. »Was heißt denn ›Testphase‹ genau?«

»Testphase heißt fünf Millionen«, antwortete Cornelia. »Drunter macht es keinen Sinn.«

»Fünf Millionen, einfach nur, um zu testen? Sie sind ja verrückt, wie soll man das der Belegschaft vermitteln?«, empörte sich Weinmer, schaute dabei nicht zu Cornelia, sondern zu Berneburg.

Jetzt versucht er, seinen Preis hochzuhandeln, dachte Cornelia.

Berneburg wandte sich ihr zu. »Cornelia, was genau können wir denn in dieser Testphase erwarten von den fünf Millionen.«

Der Schein muss gewahrt bleiben, dass wir hier hart verhandeln und alles gemeinsam entscheiden, dachte Cornelia. Aber eigentlich ging es Typen wie Weinmer nur darum, etwas für sich rauszuholen. Was Berneburg ihm wohl angeboten hat? Eine großzügige Spende an die Freiwillige Feuerwehr, bei der Weinmer als Brandmeister aktiv war?

»Wir werden die fünf Millionen nutzen, um zu überlegen, wie man die Kunstsammlung der Öffentlichkeit zugänglich macht. Sonst wäre sie ja ein verlorenes Investment. Sie in eine Stiftung zu überführen macht auch steuerlich für das Unternehmen Sinn.« Sie schaute zu Berneburg.

Berneburg nickte.

»An der Suche nach einem Zukunftsprogramm möchte ich festhalten. Was das genau sein kann, lassen wir erarbeiten. Und genau dafür nutzen wir die fünf Millionen Euro. Können wir uns auf dieses Vorgehen einigen?«

Weinmer suchte den Blickkontakt zu Berneburg.

»Gut. Ich kann mich auf dieses Vorgehen einlassen«, antwortete Berneburg.

Alle blickten nun auf Bernd Stohmann. Die Aushandlung mit Weinmer war der einfache Teil, dachte Cornelia. Der schwierige Teil kam jetzt.

Für diese Szene hatte ich in der ersten Skizze des Romans einen dramatischen Ablauf vorgesehen, ein komplexes Geflecht aus Drogenmissbrauch, Prostitution und enttäuschter Liebe. Im Zentrum stand Bernd, der gegenüber seinem Vater und Cornelia vorgibt, Cornelias Projekt zu unterstützen, in Wirklichkeit aber dagegen ist; vorgeblich wegen des Geldes, aber vor allem aus enttäuschter Kindesliebe, die sich in Hass gegen Cornelia transformiert hat. Der Bernd, den ich beschreiben wollte, war zutiefst gekränkt, dass sein Vater zu Cornelia ein innigeres Verhältnis hat als zu ihm.

Er bietet Berneburg, von dem er weiß, dass er in finanziellen Nöten ist (seine Frau ist medikamentensüchtig, alles keine schöne Situation), finanzielle Hilfe an, natürlich nicht ohne eine Gegenleistung bei der Abstimmung über Cornelias Vorschlag zu erwarten. Cornelia ist vorbereitet, sie hat kompromittierendes Material zusammengetragen, geht dann aber, um des lieben Friedens willen, einen Kompromiss ein: Die Firma soll nicht unmittelbar in eine Stiftung umgewandelt werden, die Idee soll sich erst in einer Art Testlauf beweisen.

Auch dieser Kompromiss, so sah es meine Skizze vor, droht zu scheitern. Alles läuft auf die entscheidende Sitzung des Vorstandes zu. Wie zu erwarten, spricht Bernd sich gegen die Testphase aus. Er versucht, Cornelias Vorhaben lächerlich zu machen und en passant seinen Vater für unzurechnungsfähig zu erklären. Bevor es zur formalen, vom Justiziar protokollierten Abstimmung kommt, öffnet sich die Tür zum Sitzungszimmer, der Patriarch Bent Stohmann betritt den Raum und positioniert sich für das Projekt von Cornelia.

Doch diese Skizze hatte einen entscheidenden Nachteil: Sie ersetzt das Argument (die Antwort auf die inhaltlich durchaus berechtigte Frage Jobst Weinmers nach dem Beitrag der Kunst zur Lösung ökologischer Probleme) durch persönliche Dramen (den Konflikt zwischen Vater und Sohn, die ökonomischen Schwierigkeiten von Berneburg). Wäre es stattdessen nicht interessanter, wenn Cornelia ein überzeugendes Argument hätte, warum Kunst einen sinnvollen Beitrag zu einer ökologischen Transformation leisten kann?

Bernd Stohmann lehnte sich zurück. Dann grinste er breit. »Ich kann das Konzept gar nicht beurteilen«, sagte er. »Ich bin weder dafür, noch bin ich dagegen.« Er lehnte sich in seinem Sessel ein weiteres Stück zurück, nahm nochmal die Mappe in die Hand, schlug sie auf, tat so, als würde er nochmal ein paar Sätze lesen.

Selbstgefälliges Arschloch, dachte Cornelia.

»Wobei mir die Idee gut gefällt«, fuhr er fort. »Ein besseres Image aufbauen. Es stehen, da hat Cornelia recht, schwierige Entscheidungen an. Wir müssen irgendwann die Spinner aus dem Goldbacher Forst kriegen. Das wird nicht friedlich ablaufen. Da ist ein gutes Image schon nicht schlecht, auch im Interesse des Unternehmens. Da hat Cornelia recht.« Bernd legte die Mappe wieder auf den Tisch und schaute Cornelia an. »Das habe ich doch richtig verstanden, dass uns die Stiftung dabei hilft, ein gutes Image aufzubauen? Dann kann ich, was den Goldbacher Forst angeht, mit deiner vollen Unterstützung rechnen, liebe Cornelia? Muss ja dem Unternehmen auch was nützen, das gute Image, das wir da jetzt aufbauen.«

Cornelia zuckte. Das war also der Deal, den Berneburg ausgehandelt hatte. Welches Spiel spielt er da? Erst mich auf fünf Millionen runterhandeln und dann auch noch die Unterstützung für die Räumung des Goldbacher Waldes erpressen. Vielleicht habe ich Berneburg überschätzt. Und Bernd unterschätzt.

Sie lehnte sich, Bernd nachahmend, zurück und verschränkte die Hände hinter dem Kopf. »Gut, meine Herren. Genauso machen wir es.«

Cornelia lächelte. Alles hat seinen Preis, mein lieber Bernd, dachte sie und schaute ihm in die Augen. Alles hat seinen Preis.

Adler und Drache kämpfen miteinander. Der Drache spuckt Feuer, die Federn des Adlers fangen an zu brennen. Der Adler windet sich und reißt mit seinem spitzen Schnabel die Flanken des Drachen auf. Mit scharfen Krallen zieht er die Eingeweide aus dem Körper. Blut spritzt, und es riecht nach Kot, eitrigem Fleisch und verbranntem Gefieder.

»Was ist das denn für ein Scheiß. Diese Pressemitteilung liest sich wie die Werbung für eine Waschmittelfirma«, brüllte Cornelia in den Telefonhörer und schmiss die Pressemappe wieder auf den Tisch. »»Mit Kunst die Werte des Unternehmens kommunizieren‹«, zitierte sie. »Was für Werte haben wir denn? Es ist doch genau umgekehrt, wir wollen uns mit der Kunst auf die Suche nach neuen Werten begeben. Das muss man komplett neu schreiben. Ich will einen anderen Sound, einen, der zur Kunst passt. Wenn wir das so rausschicken, sind wir doch gleich bei allen unten durch.«

Zusammen mit einer PR-Agentur hatte sich Cornelia eine Strategie zurechtgelegt, um ihre Stiftung bekannt zu machen. Mit den fünf Millionen Euro sollte keine Realisierung finanziert werden, sondern nur die Konzeptentwicklung. Konzeptentwicklung wurde dabei breit gefasst, sie sollte Filme, Ausstellungen, Diskussionsveranstaltungen umfassen und sich über einen Zeitraum von zwei Jahren erstrecken. Die Formate sollten öffentlichkeitswirksam sein und eine eigene Dynamik entfalten, die zur Sichtbarkeit der Stiftung führen würde. Cornelia hatte auch schon jemanden gefunden, dem sie dieses Geld anvertrauen wollte: Heike Waldmüller, die Direktorin der Neuen Nationalgalerie in Berlin. Sie hatte gerade eine große, vielbeachtete Schau über Kunst und Plastikmüll im Museum für experimentelle Kunst gezeigt, war politisch ambitioniert, gut vernetzt und, was Cornelia sehr wichtig war, auch im Umgang mit den Medien geübt. Der Vertrag mit ihr war fertig verhandelt, die Zusammenarbeit sollte auf einem exklusiven Event in der Neuen Nationalgalerie vorgestellt werden.

»Und der Überraschungseffekt muss rüberkommen«, sagte Cornelia ins Telefon. »Ich will, dass bei der Veranstaltung die Bude voll ist. Einlass nur mit Einladung. Einladung an alle, die in der Kunstszene was zu melden haben. Wir verraten noch nicht, dass Heike Waldmüller Kuratorin des Projektes ist. Das wird eine Überraschung. Ich will, dass jeder, der eine Einladung hat, sich geehrt fühlt, sich wichtig vorkommt und da nicht nur hingeht, um zu erfahren, welcher Kollege fünf Millionen Euro ausgeben darf, sondern auch, um von den anderen gesehen zu werden.«

Zwei Tage später lief unter der Überschrift »Ist es ein neuer Anfang? Deutsche Industrie sucht mit Künstlern nach mehr Nachhaltigkeit« eine Kurznachricht über den Kulturticker der EPA, der führenden Europäischen Presseagentur. Cornelia war von dem kritischen Unterton der Meldung zwar nicht begeistert, aber zumindest erfüllte sie ihren Zweck, nämlich von den vielen Tageszeitungen und Online-Medien, die ihre Kulturnachrichten zu einem Großteil aus dem Kulturticker der EPA bezogen, übernommen zu werden und so den Auftakt der Kampagne – ja, Cornelia benutzte den Begriff »Kampagne« – einzuläuten.

»Mining International, Teil der an den Konflikten um den Goldbacher Forst beteiligten RMW Holding, gründet die ›Stiftung Zukunft: für Kunst und Nachhaltigkeit‹. Die Kunstsammlung des Unternehmens soll der Öffentlichkeit zugänglich gemacht werden. Perspektivisch sollen Künstler Konzepte für eine ökologisch nachhaltige Zukunft des Unternehmens entwickeln. ›Dafür stehen fünf Millionen Euro zur Verfügung‹, so Cornelia Stohmann, Geschäftsführerin von Mining International und designierte Präsidentin der neuen Stiftung. Ob es sich bei der Gründung eher um einen Versuch handelt, die gegenwärtigen Konflikte um den Goldbacher Forst zu überspielen, oder um einen ernstgemeinten Neuanfang, wird sich zeigen, wenn Cornelia Stohmann, Geschäftsführerin des Unternehmens, die genaueren Pläne und die künstlerische Leitung des Projektes am kommenden Samstag in der Neuen Nationalgalerie in Berlin vorstellen wird.«

Instrumentalisierung, Schreckgespenst der Begegnung von Kunst, Politik und Wirtschaft. Als ich die erste Skizze für diese Geschichte im Umweltbundesamt vorstelle, ernte ich Kritik. Ich hatte die Stiftung »Stiftung Nachhaltigkeit der deutschen Industrie« genannt, und das fand man unglaubwürdig, der damit aufgezeigte Konflikt sei zu durchsichtig: Welches Museum, welcher Kurator würde sich auf die Zusammenarbeit mit so einer Stiftung einlassen? Schöne Worte, dachte ich mir, die aber an der Wirklichkeit vorbeigehen. Einer der aktivsten Akteure im Bereich Kunst und Nachhaltigkeit in Deutschland ist derzeit die e.on-Stiftung, die bis 2020 unter dem Namen innogy – Stiftung für Energie und Gesellschaft zum gleichnamigen, auf saubere Energie spezialisierten Unternehmen gehörte, das seinerseits bis 2019 eine Tochter von RWE war; jener Firma, die für die Rodungen im Hambacher Forst verantwortlich ist. Es sind genau diese Widersprüche, die wir zumindest benennen und aushalten müssen, wenn wir sie schon nicht auflösen können. Den Namen der Stiftung habe ich trotzdem geändert.

*Florian besucht den Goldbacher Wald,
ich erkunde den Hambi*

Florian lief auf der Wiese der Abbruchkante entgegen, hinter der die Landschaft einfach aufhörte, nichts als tote Erde, kein Grashalm, kein Baum, kein Getier. Ein riesiges Baggerloch, Stufe um Stufe ausgehoben, um irgendwann an die Braunkohle zu kommen. In der Ferne die Abraumhalden. Überall Erde, Schutt, Matsch. Es war das Hässlichste, was Florian seit langem gesehen hatte. Apokalypse der Gegenwart, und ein paar Meter weiter ein Wald, daneben Weizenfelder, eine Straße, die in ein kleines Dörfchen führte. Ländliche Idylle wie aus dem Bilderbuch – der Abraum von morgen, die dünne Schicht über dem Brennstoff, der die Zivilisation am Laufen hält. Der große Schaufelbagger war schon gut sichtbar, auch wenn er sicher noch zwei Kilometer entfernt war. Lisa hatte ihm gesagt, dass er vom Bahnhof nach Norden gehen sollte, über die Autobahn, dann zum Infopoint, am Kieswerk vorbei, immer am Waldrand entlang, er würde den Bagger dann schon sehen.

Es hatte geregnet, die Wiese war feucht, bei jedem Schritt sank Florian in den Boden ein, der Matsch hing an den Schuhen fest. Er solle auf dem Wall warten, hatte Lisa gesagt, direkt vor dem Bagger, der sich langsam in Richtung Wald fraß. Auf keinen Fall solle er auf die andere Seite des Walls gehen; wenn ihn die Sekis erwischten, bekäme er Ärger, hatte sie betont. Im Wald sei er relativ sicher, und der Wall sei die Grenze zwischen Wald und Abbaugebiet.

Florian war noch nie in einem Braunkohletagebaugebiet

gewesen. Seine Neugierde hatte ihn immer in die weite Welt getrieben: Kriegsgebiete, Umweltzerstörung, Naturkatastrophen. Er war in Tschernobyl und Fukushima gewesen, hatte afrikanische Goldminen besucht und Slums in Asien. Nicht dass er ein Elends- oder Katastrophen-Junkie wäre, der sich an Leid und Zerstörung aufgeilte. Keine Katastrophensehnsucht, kein *dark tourism*, sondern berufliche Recherchen. Ihn beschäftigte, wie er immer gerne betonte, die »Wirklichkeit des menschlichen Lebens«, und dazu gehörte eine gewisse Faszination für das Abgründige im Menschen, für Gewalt und Zerstörungslust. Wüstungen hatten es ihm angetan, zu denen, so glaubte Florian, auch immer ihr Gegenteil gehörte, die Utopie eines besseren, gerechteren, solidarischen Lebens. Doch anscheinend war es für ihn – so würde es Lisa ihm später jedenfalls vorwerfen – besser, wenn sowohl die Zerstörungen als auch die Utopien fernab lagen, also dort, wo sie ihn nicht direkt betrafen. Denn sonst, so meinte Lisa, hätte Florian sich fragen müssen, warum er an den Bequemlichkeiten seines alltäglichen Lebens festhielt, statt selbst für seine Utopien einzustehen oder zumindest zu versuchen, etwas wirklich zu verändern.

Mit jedem Schritt wurde der Schaufelradbagger größer. Natürlich kannte er die Maschinen von Fotos und aus Filmen, aber die reale Körperlichkeit, die physische Präsenz des Baggers war beeindruckender, als er es sich vorgestellt hatte, schon die schiere Größe war erdrückend, das Ding war ein Ungetüm, 240 Meter lang, fast hundert Meter hoch. Ihm war, als würde er die Gewalt, die der Mensch mit diesen Maschinen der Natur antat, in seinem eigenen Körper spüren.

Lisas Idee, nicht die ganze Zeit des Stipendiums auf der Insel zu verbringen, sondern als Kontrast auch im Goldbacher Wald, hatte Florian sofort eingeleuchtet: das naturbelassene

Idyll und die von Menschen zerstörte Landschaft. Ihre Idee, einen dieser Bagger auf die Insel zu bringen, fand er gut, aber angesichts der schieren Größe war das mit dem Budget, das ihm seitens der AFED zur Verfügung stand, nicht möglich.

Während Florian weiter auf den Bagger zulief, überlegte er, wie man das Monstrum in einer Ausstellung zeigen könnte. Nicht als Ganzes, das war klar, aber zerlegt in seine Einzelteile, abstrahiert. Auch dann sicherlich nicht in einem normalen Raum; schon das Schaufelrad mit seinen vierzehn reißzahnartigen Schaufeln war zwanzig Meter hoch und würde die meisten Ausstellungshallen sprengen, vielleicht eine der Schaufeln, zwei oder drei Meter, die genaue Größe konnte er noch immer nicht abschätzen. In seinem Kopf verdichtete sich eine Gruppenausstellung: Neben der Schaufel von Lisa noch ein paar zeitgenössische Arbeiten bekannter Künstler, die sich mit Kohle und CO_2 auseinandersetzen, Fotografie wäre sicherlich auch nicht schlecht, das machte es immer schön anschaulich, vielleicht auch ein paar historische Kohlezeichnungen, das wäre doch überraschend und würde die Materialität hinterfragen. Er ging in Gedanken verschiedene Ausstellungshäuser durch, als freier Kurator war er nicht auf ein bestimmtes Museum angewiesen, sondern musste sich wie für jede Ausstellung einen passenden – und interessierten – Ort suchen. Eine Ausstellung mit so einem Ready-Made-Monster würde sicherlich Aufsehen erregen; Energie, Klimawandel, Umweltzerstörung, das interessierte gerade jeden. Und dahinter stand eine junge, attraktive, noch wenig bekannte Künstlerin. Das wird ein Knaller, dachte Florian, als er endlich das Ende der Wiese erreicht hatte. So könnte der Plan von Suzanna Schnejder, mit dem Stipendium öffentliche Aufmerksamkeit für die AFED zu generieren, tatsächlich aufgehen.

Er stieg auf den Wall, der die unversehrte Landschaft vom

Tagebau trennte. Die Abraumhalden kamen ihm jetzt vor wie ein riesiger Berg. Das Loch, das durch den Tagebau entstand, war so groß, dass es hundert Jahre dauern wird, bis es mit Wasser gefüllt sein würde, was, wie er von Lisa wusste, der langfristige Renaturierungsplan war. Er schaute sich um, sah Lisa aber noch nicht. Er erinnerte sich an das Gespräch über ihre CO_2-Senke, den Urwald, der daraus einmal entstehen sollte. »Für mich ist es auch ein Albtraum«, hatte sie damals gesagt, als er unbedacht von der Schönheit der verkohlten Holzstücke sprach. Als er in die zerstörte, entleerte und entseelte Landschaft schaute, auf den gigantischen Schaufelradbagger, auf dessen Seite die kaum noch lesbare Aufschrift »Zukunft gestalten« und das Logo von NEO prangten, ahnte er, von welchem Albtraum Lisa gesprochen haben könnte.

Dann stand sie vor ihm, lachte ihn an, mit gleichzeitig ernstem Gesicht. Sie hatte hinter einem Baum gestanden. »Lass uns zum Camp gehen«, sagte sie, nachdem sie sich begrüßt hatten. »John führt uns rum.«

Ist es für Florian wichtig, ob Lisa und John eine Beziehung haben? Wird John eifersüchtig, weil sich etwas zwischen Lisa und Florian anbahnt? Für die Frage, wie sich Kunst zu Nachhaltigkeit verhält, ist das natürlich nicht wichtig. Oder doch, falls es zum Beispiel zu einer Ménage-à-trois kommen sollte, einer alternativen Lebens- und Liebesform als Metapher für eine andere Gesellschaft? Vielleicht etwas abgedroschen. Zumindest ist das Spannungsfeld zwischen John und Florian als mögliche Pole unterschiedlicher Verhaltens- und Handlungsmodelle ein guter Motor, um diese Geschichte zu ihren zentralen Konflikten zu führen.

Am Waldrand holte ein maskierter Mann Lisa und Florian ab, er stellte sich als John vor. Lisa kannte die Wege zu den Camps, doch die Führungen im Wald, so eine Art interne Regelung unter den Besetzern, sollten richtige Aktivisten machen. Lisa kam nur ab und zu hierher, brachte Sachen vorbei, half beim Bau von Baumhäusern, Brücken und Barrikaden. In Florians Augen schienen sie und John ein Paar zu sein, zumindest waren sie einander ziemlich vertraut. Erst war Florian irritiert. Und wenn schon, dachte er, das ist ihre Sache, er selbst nahm für sich ja auch in Anspruch, immer offen für alles zu sein.

Im Zuge meiner Recherchen hatte ich Kontakt mit den Leuten vom »Hambi« aufgenommen, den Waldbesetzern im Hambacher Forst. Der Hambacher Forst war in den letzten Jahren eine Art Ikone des Protests geworden, tausende Menschen demonstrierten für den Erhalt des Waldes, schließlich kam es dennoch zur Räumung, ein Aktivist kam dabei ums Leben, alle Baumhäuser wurden zerstört. In der Folge hatte ein Gericht einen Rodungsstopp verhängt, nicht wegen der Aktivisten, sondern wegen der Fledermäuse, die im Hambacher Forst lebten. Nun waren wieder Aktivisten im Wald, sicher ist sicher, und bauten neue Baumhäuser, um die Einhaltung des Rodungsstopps zu überwachen, so zumindest die Selbstdarstellung.

Ich wollte mir das Protestcamp einmal näher anschauen, schon allein wegen der Architektur der Baumhäuser. Nach einigen Mails und Telefonaten mit Menschen ohne Namen verabredete ich mich vor Ort. Einen Tag verbrachte ich im Camp und erlebte Spannendes und Verstörendes, Verständliches und Befremdliches.

Ich lernte, mit welchen Techniken man die Bäume hochklettert und wie man die Lebensmittel vor Ratten schützt, ich bekam Geschichten erzählt von den Security-Leuten, die in Pickups durch den Wald fuhren und hier und da Aktivisten einfingen und an irgendeinem weit entfernten Ort wieder aussetzten. Ich bekam erklärt, warum die Waldbewohner sich immer vermummten, und wunderte mich, warum inmitten der Naturidylle des Waldes so viele mit Chemikalien behandelte Europaletten verbaut waren.

Ich lernte Menschen kennen, die im Wald lebten. Manche verrieten mir ihre Namen, erzählten mir ihre Geschichten, gaben mir ihre Visitenkarte, andere benutzten nur einen Tarnnamen – »keine Namen, keine Strukturen« – und zelebrierten am Lagerfeuer ihr Selbstverständnis vom »antikapitalistischen Untergrund«. Alle waren freundlich und – in fast beneidenswerter Weise – von der Gewissheit der richtigen Handlung, vom wahren Glauben beseelt: junge Erwachsene, die eine Art Abenteuerurlaub unbestimmter Länge verbrachten, Straßenkinder, die im Winter wieder zurück nach Berlin wollten, Männer und Frauen (aber vor allem Männer) in der Midlife-Crisis, die jede Woche drei Tage im Wald lebten und die anderen vier Tage im nahe gelegenen Köln einem bürgerlichen Beruf nachgingen. Cordhosen mit Schlag, die aussehen wie frisch aus den 70er-Jahren, lagen neben praktischem Gore-Tex-Equipment. Eine Welt voller Widersprüche.

John zeigte Florian sein Baumhaus, drei Stockwerke hoch, Platz genug für fünf Schlafplätze, winterfest, denn John hatte einen Bollerofen eingebaut. Florian war fasziniert und abgestoßen zugleich, er war aus Prinzip gegen alle Radikalität. Nicht gegen ein Denken und Handeln, das den Ursachen auf den Grund ging, aber gegen eine Radikalität, die praktisch wurde, die tatsächlich das alltägliche Leben ändern wollte, weil das, so Florians Eindruck, oft zu einem unangenehmen Totalitätsanspruch führte.

»Komm, wir klettern hoch«, sagte John.

Über mehrere Strickleitern kamen sie auf eine Art Hochsitz. Florian hatte noch nie so weit oben in einem Baum gesessen. Die Blätter rauschten im Wind, und er fühlte sich tatsächlich frei, freier als sonst, aber gleichzeitig auch beklommen.

John hatte auf einem Gaskocher Kaffee aufgesetzt.

»Warum bist du so gerne hier?«, fragte Florian Lisa.

»Weil es hier um etwas geht. Um unsere Zukunft. Und weil es hier so tolle Menschen gibt. Menschen, die nicht für sich alleine kämpfen, sondern zusammen. Anka zum Beispiel, ein echtes Vorbild. Sie macht hier die ganze Kommunikation. Ich kann mit ihr über alles reden. Sie ist für jeden da. Wenn ich ein Problem habe, dann gehe ich zu Anka. Sie ist einfach ein starker Typ. Haut voll rein, die Frau. Ich wäre auch gerne so, wenn ich so alt bin …«

»Und du, John, warum bist du hier?«

»Weil wir hier die Gesellschaft verändern.«

»Hier?«

»Wo denn sonst? Denkst du wirklich, deine Ausstellungen verändern irgendwas? Die helfen doch nur der Mittelschicht, ihr schlechtes Gewissen loszuwerden.«

»Ich finde schon, dass ich mit meinen Ausstellungen etwas bewege. Diskussionen anrege, den Menschen neue Horizonte öffne.«

»Das verändert nichts. Die Welt bleibt, wie sie ist. Die Menschen gehen in deine Ausstellung, fühlen sich wahnsinnig kritisch, und danach machen sie das Gleiche wie vorher. Das bringt nichts.«

»Und politisches Engagement, bringt das was?«

»In einer Partei oder so? Nee, das ist doch auch verlogen. Nein, der Kampf findet auf der Straße statt. Oder im Wald. Auf jeden Fall in der Konfrontation mit der Macht. Und genau deshalb bin ich hier. Hier trifft die Gier des Geldes, die Lust an der Zerstörung auf Menschen, die ein anderes Leben führen wollen. Ohne Zerstörung. Ohne Gewalt. Und mit diesem anderen Leben auch Vorbild für diejenigen sind, die sich nach einer Alternative sehnen, sich aber keine vorstellen können. Nicht als Kunst, sondern als gelebtes Leben. Als Gemeinschaft. In Solidarität. Deshalb bin ich hier. Deshalb ist hier mein Platz.«

»John glaubt nicht an Kunst«, mischte sich Lisa ein. »Hat er aber mal.«

»Ach, Kunst«, meinte John. »Ja, das wäre schön, wenn das reicht. Tut's aber nicht.«

Sie diskutierten, bis die Sonne unterging. Es ging um die Frage, mit welchen Mitteln der Kampf gegen Umweltzerstörung und Klimawandel am besten zu führen sei. Friedlich oder gewalttätig, im diskursiven Raum oder in der konkreten Aktion.

Auf dem Weg zurück zum Waldrand kamen sie an einer der gerade gebauten Barrikaden vorbei, mannshoch, auf- bzw. übereinandergetürmte und ineinander verhakte Baumstämme, darüber Stacheldraht und dahinter ein großer Haufen Steine.

»Nach ›Keine Gewalt‹ sieht das nicht aus«, merkte Florian an.

»Das ist Selbstschutz. Wir wehren uns. Wir müssen kämpfen, sonst werden wir vom gewaltbereiten System zerstört. Wir müssen mit Gewalt leben, wir müssen selber Gewalt ausüben, um irgendwann in einer Gesellschaft ohne Gewalt leben zu können, weil wir die gewalttätige Gesellschaft erst zerstören müssen.«

»Gewalt ist doch nie eine Lösung«, meinte Florian.

John lachte.

»Du hast nur Angst, hast dich eingerichtet in deinem komfortablen Leben. Dein Selbstbild als erfolgreicher Typ. Du hast Angst, das zu verlieren.«

Florian reagierte nicht auf Johns Provokation, es war eh klar, dass John in einer anderen Welt lebte als er, dass Johns Mittel des Widerstands andere waren als Florians. Er hatte John nichts mehr zu sagen.

Ohne weiterzureden, gingen sie zum Waldrand. John und Florian verabschiedeten sich. Lisa stand etwas unschlüssig herum.

John schaute sie an. »Bleibst du heute hier?«

Ich habe Schwierigkeiten, John zu beschreiben. Ich stelle ihn mir als jemanden vor, der eine gewalttätige Ader hat und doch ganz sanft ist. Er ist unsicher und gleichzeitig vollkommen von sich überzeugt. Und er hat sich voll und ganz einer Sache verschrieben, er ist bereit, dafür alles aufzugeben. In der Sache aufzugehen. Das ist eine Eigenschaft, die ich gerne hätte, aber nicht habe. Und weil John ein Wunschbild von mir ist, habe ich auch Angst vor ihm. Wahrscheinlich kann ich ihn deshalb nicht gut beschreiben. Florian, der Opportunist, ist mir viel näher, als mir lieb ist.

Manchmal schweißt Druck von außen zusammen, manchmal lässt er alles bersten, vor allem, wenn es schon vorher Bruchstellen gab – wie bei Lisa und John. Schon vor Florians Besuch war es zwischen den beiden immer öfter zu Streit gekommen, weil John wollte, dass Lisa mehr Zeit im Camp verbrachte, mit ihm und für die Sache, während Lisa sich mehr auf ihre künstlerische Arbeit konzentrieren wollte.

Sie hatte Florian zum nächstgelegenen Bahnhof gebracht und war dann nochmal zurück ins Camp gegangen. Sie wollte eigentlich über Nacht bleiben, dann hatte es wieder die gleichen Diskussionen gegeben: Was bringt was, was bringt nichts, was ist authentisch, was nicht. Lisa hatte erklärt, dass sie nicht längere Zeit im Wald bleiben wolle, weil sie das Kunst-Stipendium für die Insel erhalten habe. Das sei wichtig für ihre künstlerische Entwicklung, sie könne ihre Arbeit präsentieren und das werde ihr weitere Möglichkeiten eröffnen. John verwies darauf, dass eine Räumung drohe und sie schon aus Solidarität mit den anderen im Wald bleiben müsse und außerdem jede helfende Hand gebraucht werde, um Barrikaden und andere Sicherungsmaßnahmen zu bauen. Sie drehten sich im Kreis, Lisa war genervt, John auch.

»Erfolg, Erfolg«, brüllte er immer wieder höhnisch. »Erfolg, Erfolg.« Gewalt lag in der Luft. Lisa packte ihre Sachen zusammen, er schaute ihr dabei zu. »Du lebst die Lüge«, schrie er sie an, »und denkst, dass deine paar selbstgepflanzten Bäume dich von deiner Schuld befreien.«

Sie warf ihm vor, dass er ein Schmarotzer sei, ein Träumer und verblendet noch dazu, und als Beispiel, dass sein Leben genauso verlogen sei wie ihres, gestand sie ihm, dass die Äpfel, die sie ihm immer mitbrachte, eigentlich in Plastik eingeschweißt seien, sie aber vorher die Verpackung abmache, damit er Ruhe gebe.

Dann, als sie sich wieder etwas beruhigt hatten, sagte sie, dass sie auf die Insel fahre. »Du kannst hier deine Arbeit machen, ich mach dort meine. Jeder das, was er kann, jeder das, wovon er glaubt, dass es das Richtige ist.« Sie stand auf, nahm ihre Tasche und beugte sich zu John, um ihm einen Abschiedskuss zu geben.

John drehte sich weg. »Das hat Konsequenzen«, sagte er. »Das hat Konsequenzen.« Und ganz leise: »Das Einzige, was konsequent ist, ist, sich umzubringen.«

Aber das hörte Lisa nicht mehr.

Gerade als sie den Wald verließ, erhielt sie eine SMS von John. »Wer die Zukunft retten will, muss sich vom Erfolg verabschieden.«

*Die Stipendiaten lernen sich kennen
und erkunden Meuws; die Idee für eine
gemeinsame Aktion entsteht*

Lisas Fahrt vom Wald zur Insel hatte sechs Stunden gedauert; erst mit der Bahn, dann mit dem Bus, das letzte Stück mit der Fähre, auf der sich alle Stipendiaten getroffen hatten. Am Kai wurden sie von der Leiterin des Centers begrüßt und bekamen, nachdem sie ihr Gepäck in die Apartments gebracht hatten, von einem Mitarbeiter eine kleine Führung. Die Insel war noch schöner, als sie es sich vorgestellt hatten. Es war ein warmer Frühlingstag, und aus der kleinen Führung wurde ein zweistündiger Rundgang. Der Weg führte entlang herrlicher Steilküsten in einen verwunschenen Wald. Sie hatten etliche Seevögel gesehen – Kormorane, Möwen, Zwergseeschwalben und Kraniche – und, auf einem Felsen vor der Küste, eine Robbe. Jetzt saßen Thomas, Nadja, Paul, Nicolette und Lisa erschöpft, aber zufrieden auf der großen Terrasse.

»Ich weiß nicht, ob ich es hier vier Wochen aushalten kann«, meinte Thomas.

»Weil es so schön ist?«, fragte Nicolette.

»Ja, ist einfach zu schön zum Arbeiten«, antwortete er. »Viel zu schön. So schön, dass man nichts machen kann.«

Sie machten sich etwas über die Regeln lustig, die ihnen auf dem Rundgang erklärt worden waren. Wie alle Besucher durften sie am Strand nicht schwimmen gehen und im Wald den Rundweg nicht verlassen.

Auch die Arbeitsmöglichkeiten waren eingeschränkt. Jeder

der Stipendiaten hatte eines der Apartments bezogen, die für die Gäste des zukünftigen Center for Climate Justice gerade fertiggestellt worden waren – luxuriös ausgestattet, aber es fehlten Atelierräume.

»Dann machen wir hier halt einfach nichts«, sagte Thomas lachend.

»Nichtstun ist ja auch das Nachhaltigste, was man machen kann«, warf Paul ein. »Wer nichts tut, kann auch nichts zerstören.«

»Oder wir entwickeln hier halt Konzepte und realisieren sie woanders«, meinte Lisa.

Nicolette nahm noch einen Schluck von ihrem Bier. »Ein Leben wie im Sanatorium, nur ungesünder.«

»Hat der Guide vorhin beim Rundgang nicht erzählt, dass hier früher mal so eine Art Stasi-Gefängnis war, in dem auch Künstler eingesperrt wurden?«, fragte Paul.

»Als Psychiatrie getarnt«, ergänzte Thomas.

»Kunstförderung im Kapitalismus ist doch auch nur dazu da, Leute wie uns irgendeine Beschäftigung zu geben, bei der wir nicht allzu negativ auffallen. Spielwiese für Verrückte«, sagte Nadja.

»Na ja, ein bisschen verrückt sind wir ja auch, oder?«, meinte Lisa. »Was habt ihr vor?«

Die halbe Nacht saßen die Stipendiaten zusammen, stellten sich gegenseitig ihre bisherigen Arbeiten vor und erzählten, was sie im Rahmen des Stipendiums auf der Insel machen wollten.

Lisa erzählte vom Goldbacher Forst und dass sie Lust hätte, eine große Baggerschaufel von dort auf die Insel zu bringen, als Drop Sculpture inmitten der Natur. »Wir sitzen hier auf dieser schönen Insel – tolles Reservat, totes Reservat, totales Reservat, was auch immer – und da wird ein Wald abgeholzt, nur damit die weiter Kohle abbauen können, die keiner mehr braucht. Und was macht die Agentur für Umweltgestaltung? Nichts. Oder fast nichts. Viel zu wenig halt. Wir werden von denen bezahlt, damit wir hier schöne Bilder über die total tolle Insel machen. Deshalb finde ich es wichtig, dem etwas entgegenzustellen.«

»Finde ich auch gut. Aber jetzt tu nicht so, als ob du die Einzige bist, die hier politische Kunst macht«, sagte Nicolette, die mit Paul vorhatte, Teddybären das Sprechen beizubringen. Sie hatten eine Reihe großer Stofftiere mitgebracht, die sie in verschiedene Natursituationen platzieren wollten, um dort mit ihnen die Worte »Totalreservat« und »Blödmann« zu üben, erfolglos natürlich. Selber wollten sie dabei nackt sein, im menschlichen Naturzustand, und das Ganze wollten sie, wie alle ihre Performances, auf Video aufnehmen. »Das ist ja auch eine Kritik an der Künstlichkeit, mit der hier Natur inszeniert wird.«

Thomas berichtete von seinem Vorhaben, mit einer Drohne Bilder vom Wald auf Meuws zu machen. Er sammelte Bilder aus möglichst vielen geschützten alten Wäldern, um aus seinen Aufnahmen von einem intelligenten Algorithmus das Bild des idealen Waldes errechnen zu lassen; Kunst und künstliche Intelligenz, gepaart mit Ökologie und Nachhaltigkeit. Er fragte Lisa, ob sie ihn mal mit in den Goldbacher Wald nehmen könnte. »Vielleicht kann ich da ja auch Bäume filmen, das wäre doch ein schöner Kontrast, das geschützte Reservat hier auf Meuws und der Wald, der bald nicht mehr sein wird«, dachte Thomas laut nach.

»Klar, wir können da alle zusammen hin.« Dann wandte sich Lisa an Nadja. »Du könntest da ja ein Baumhaus bauen aus deinem Schaum, oder was? Wäre zwar nicht so ökologisch, aber …«

»Ich finde es blöd, wenn ihr mich auf Bauschaum fest-schreiben wollt. Ihr wisst doch, ich will hier eine ganz andere Arbeit machen.« Nadja wollte etwas vor Ort verändern, weil sie, wie sie sagte, »dem Ort nicht traute«, zumindest, seit sie bei vorbereitenden Recherchen herausgefunden hatte, dass ein Unternehmen einmal die Woche den Müll, der auf der Insel entsteht, nach Berlin bringt. »Das ist doch total künstlich, wenn man es ernst meint mit dem Reservat, darf man hier gar nichts auf der Insel haben, auch kein Kongresszentrum. Ökologische Architektur, das ist ja schön und gut, sehen ja auch schick aus, unsere Apartments, aber was bringt das, wenn man dann den Müll durch halb Deutschland fährt.«

Nadja hatte deshalb ein Konzept für eine Informations-kampagne entwickelt, damit die Insel nun wirklich ein Total-reservat werden solle – und zwar für Komodowarane. Diese Echsen, so Nadja, seien in ihrer indonesischen Heimat vom Aussterben bedroht und könnten wegen des Klimawandels auf Meuws ein neues Habitat finden. »Das ist mehr Climate Justice, als wenn einmal im Jahr Politiker:innen und Wissenschaftler:innen aus der ganzen Welt hierherfahren, um sich auszutauschen. Tiere haben doch auch ein Recht auf Klimagerechtigkeit!« Da Komodowarane gefährlich und giftig waren, müsste Meuws wirklich Totalreservat werden, so Nadja. »Also das wollte ich nur mal klarstellen. Nicht dass es dann heißt, ich will überall was mit Bauschaum machen. So. Und ansonsten finde ich die Idee von Thomas super. Wir sollten alle zusammen was für Goldi bleibt machen.«

»Und was?«, fragte Paul.

»Wir könnten ja eine Aktion machen, wenn die in der Nationalgalerie ihre Stiftung vorstellen«, sagte Thomas.

»Ja, das ist eine super Idee«, meinte Nadja.

»Wer stellt was vor?«, fragte Paul.

»Hast du das noch nicht gelesen? War doch gestern auf *Texte über Kunst*«, warf Nadja ein.

»Was denn?«, fragte Paul.

»Also, die Firma, die den Goldi wegbaggert, gründet jetzt eine Stiftung für Kunst und Nachhaltigkeit«, erklärte Thomas.

Paul schüttelte ungläubig den Kopf. »Krass.«

»Nächstes Wochenende stellen die das in der Neuen Nationalgalerie vor, und auch, wer die Kurator:in von dem Museum werden soll«, erklärte Nadja.

In diesem Moment kam Lisa auf die Terrasse.

»Hey, Lisa, kennst du diese neue Stiftung für Kunst und Nachhaltigkeit?«, fragte Thomas.

»Ja klar, habe ich auch gelesen. Krass.«

»Wir haben überlegt, dass wir eine Aktion machen. In Berlin.«

Lisa überlegte einen Moment. Vielleicht eine Möglichkeit, John zu zeigen, dass Kunst auch in seinem Sinne etwas bewegen kann.

Sie lächelte. »Ja, das müssen wir sprengen. Wir fahren nächste Woche nach Berlin.«

Und Paul ergänzte: »Sonst hat dieses Stipendium ja überhaupt keinen Sinn.«

Die Sonne war untergegangen, der Mond beleuchtete die Landschaft.

»Jetzt gehen wir schwimmen«, sagte Nicolette.

»Das ist doch …«, sagte Paul.

»Ach, scheiß drauf!«

Und dann rannten alle los, quer über die Wiese und durch den Wald zu dem kleinen Sandstrand, den sie beim Rundgang gesehen hatten.

*Die Stipendiaten organisieren eine Protestaktion;
Cornelia muss improvisieren; und
Florian erhält ein unanständiges Angebot*

Die Neue Nationalgalerie war eine architektonische Ikone, erbaut von Mies van der Rohe, dem ehemaligen Bauhaus-Direktor, und durch ihre Transparenz und Leichtigkeit ein Symbol für den Neuanfang der westdeutschen Nachkriegsgesellschaft. Genau der richtige Ort, so hatte Cornelia gedacht, um ihre Stiftung vorzustellen, die ja auch den Aufbruch in eine neue Zeit markieren sollte.

An den zwei Fahnenmasten vor dem Gebäude hingen grüne Flaggen mit jeweils einem großen weißen Fragezeichen. Cornelia fand, dass sie gut aussahen, wunderte sich aber, dass Heike Waldmüller ihr nichts davon erzählt hatte. Dann fiel ihr Blick auf die Schlange, die sich von der Neuen Nationalgalerie in Richtung Potsdamer Platz zog. Mit ganz so viel Andrang hatte sie nicht gerechnet. Ihre Freude wich abrupt, als sie die Trillerpfeifen hörte und, nachdem sie noch ein paar Meter gegangen war, erkannte, dass es gar keine Warteschlange war. Rund zweihundert Demonstranten hatten sich versammelt und blockierten, von einer schmalen Gasse abgesehen, den Weg zum Eingang. Sie standen auf dem Sockel und den Treppenstufen und hielten Plakate und Banner in die Luft mit Aufschriften wie »Goldi bleibt« und »keine Kunst für Kohlekraft«. Einige gehörten der Berliner Kunstszene an, andere kamen eher von Ende Gelände und Extinction Rebellion. Ein paar Demonstranten sahen sehr jung aus, sie stammten wahrscheinlich aus dem Umfeld von Fridays for Future.

Entlang der Gasse hatten zwanzig Demonstranten – wie beim Spießrutenlauf – ein Spalier gebildet. Ein Chor begrüßte mit wehklagendem Sprechgesang diejenigen Besucher persönlich, die in der Kunstszene einen Namen hatten. »Jürgen, du musst nicht mit der Kohle ins Bett gehen ... Bettina, Udo, Martin, die Bäume im Goldi weinen um euch ... Marcella, du musst deine Kunst nicht an die Industrie verkaufen«, und dazwischen allgemeinere Statements wie »Die fünf Millionen sind es nicht wert ... Dieses Geld stinkt nach verschmutzter Luft ... Klimagerechtigkeit fängt bei einem selber an« – das Ganze durchbrochen von lauten Posaunen und mit einem Techno-Beat unterlegt.

Der ganze Auftritt hatte etwas Surreales, Lustiges und gleichzeitig Entblößendes, manche der Angesprochenen lachten verschämt, andere versuchten, die Demonstranten zu ignorieren. Cornelia bekam einen Flyer in die Hand gedrückt, darauf wieder das weiße Fragezeichen auf grünem Grund, darunter der Schriftzug #wirlassenunsnichtkaufen. Der Text auf dem Flyer führte Begriffe wie »Glaubwürdigkeit«, »Instrumentalisierung« und »Boykott«. Cornelia entdeckte mehrere Kamerateams, natürlich hatte sie mit Protest gerechnet, aber nicht mit so viel. Und auch nicht mit künstlerischem Protest, der das Interesse der Medien besonders weckte.

Sie hatte fast den Eingang erreicht, als sich ein Reporter vor ihr aufstellte, hinter ihm der Kameramann. »Frau Stohmann«, rief er ihr entgegen, »was sagen Sie dazu? Haben Sie mit einem solchen Empfang gerechnet?«

Issa hatte keine Lust auf die Veranstaltung. Was heißt keine Lust? Er hatte Angst. Oder spürte zumindest ein großes Unbehagen. Er war froh, dass er durch den Hintereingang gekommen war. Wahrscheinlich kannte er die Hälfte der Demonstranten, zumindest vom Sehen. Ein paar hatte er erkannt, ganz vorne Lisa, die Flyer verteilte, und auch Thomas Krauel, mit dem er mal gemeinsam ausgestellt hatte.

Er hatte seinen Chef gefragt, ob er beim Empfang in der Neuen Nationalgalerie in der Küche arbeiten könne, aber der hatte gesagt, er brauche ihn als Kellner, keine Chance. Er wollte trotzdem versuchen, sich in der Küche unverzichtbar zu machen, und die Arbeit im Saal den Kollegen überlassen. Anderen Künstlern, seinen früheren Kommilitonen oder gar einem seiner Professoren zu begegnen, von denen sicherlich einige zu der Veranstaltung kommen würden, daran hatte er wirklich kein Interesse. Er hatte kaum noch Kontakt zu den Leuten, zu unterschiedlich waren ihre Lebenswege und Erfahrungen. Natürlich, am Anfang war er froh gewesen, an der Kunsthochschule aufgenommen worden zu sein, dazu ein Stipendium, das ihm seinen Lebensunterhalt sicherte. Künstler, das war immer sein Traum gewesen. Er konnte als Kind gut zeichnen, und seitdem zeichnete er alles, was ihn bewegte. Er zeichnete die Welt in all ihrer Hässlichkeit – er hatte einfach zu viel Hässliches gesehen und keinen Drang, sich die Welt schön zu malen.

Obwohl Kunsthochschulen ein Sammelbecken für schräge Vögel sind, Menschen, die nicht anpassungswillig oder -fähig sind, war er trotzdem aus dem Raster gefallen. Seine Kommilitonen hatten viel über Postkolonialismus diskutiert, aber die Gespräche waren ihm fremd geblieben. Er wollte nicht das Maskottchen für das schlechte Gewissen anderer sein. Er wollte nicht anders sein als die anderen, wollte kein Exot sein, sondern einfach nur dazugehören. Die Hochschule hatte ihm sogar einen Preis verliehen, beste Abschlussarbeit, und darauf war er zuerst stolz gewesen, natürlich, dazu noch 1500 Euro, aber irgendwie hatte es sich wie eine Trophäe angefühlt, mit der sich diejenigen schmückten, die ihm den Preis verliehen hatten.

Ja, man hatte Respekt vor ihm gehabt, schließlich war er ein Geflüchteter, wie man an der Hochschule politisch korrekt sagte, hatte einen Bürgerkrieg überlebt, war durch die Wüste gelaufen und dann über das Meer nach Europa gekommen. Wie bei *Die Tribute von Panem*, hatte er gedacht, die Überlebenden der Hungerspiele werden gefeiert und hofiert, aber sie werden keine gleichberechtigten Mitglieder der Gesellschaft. Man schmückt sich mit ihnen, gleichzeitig scheut man sie, weil sie Überlebende eines Kampfes sind, den niemand freiwillig führen würde. Und weil er als Überlebender an die Toten erinnerte, die der Preis für den Wohlstand sind, den die Privilegierten lebten. An den Blutzoll des eigenen Glücks wird niemand gerne erinnert, und er war so was wie ein wandelndes Mahnmal, auch wenn er immer gut gelaunt und freundlich war. Das machte es für manche nur noch schlimmer.

Issa schämte sich nicht, dass er keine Kunst mehr produzierte, jedenfalls nichts, was er ausstellen, zeigen, zur Diskussion stellen wollte; er schämte sich auch nicht dafür, dass er seinen Lebensunterhalt als Kellner verdiente. Die Bezahlung war okay, der Job zwar anstrengend, aber zumindest nicht ungesund. An Kunst hatte er das Interesse verloren, zumindest an den Begleiterscheinungen: Galerieeröffnungen, Abendessen mit Sammlern und, wenn man weniger erfolgreiche Künstler traf (und das waren die meisten), aufgeblasene Erfolgsgeschichten, großspurige Erzählungen von Vorbereitungen, die dann doch nie zu etwas führten oder wenn, dann höchstens zur Teilnahme an einer Gruppenausstellung in irgendeiner angeblich total angesagten Off-Galerie, in der man im schlimmsten Fall noch selber die Aufsicht machen musste. In den wenigen ehrlichen Momenten hörte man die Berichte von gescheiterten Bewerbungen für Stipendien und Atelierförderung, was aber auch nicht besser war, denn natürlich war die Bewerbung zu »Avantgarde« gewesen für die Jury, die das Konzept einfach nicht verstanden hatte. Nein, es war ihm nicht schwergefallen, von dieser Welt der Selbstdarstellung und des Selbstbetrugs erst Abstand und dann Abschied zu nehmen. Er zeichnete noch, nur für sich, kleine Blätter, voll mit seinen Erinnerungen. Er war mit sich im Reinen. Auf mitleidige Blicke konnte er trotzdem gut verzichten. Und bloß keine Ratschläge, das hasste er am meisten. »Bewirb dich doch mal da, da hast du gute Chancen«, nur weil irgendeine Stiftung neben Kunst auch einen Schwerpunkt »Migration« hatte. Auf diese zwar meist gut gemeinten, aber doch herablassenden Hinweise konnte er gut verzichten.

Es ist nur ein Abend, dachte er und nahm sich vor, immer zu lächeln, egal was passieren würde. Er hoffte, dass er niemanden treffen würde, den er von früher kannte.

»Coole Aktion, was?« Bernd grinste Cornelia an. »Und, was hast du den Reportern gesagt?« Die Vorstellung, dass Cornelias Kunstprojekt scheitern könnte, bereitete ihm offenkundig Freude.

»Ich habe ihnen gesagt, dass wir einen Diskurs anregen wollen und ich es deshalb gut finde, wenn es jetzt eine Reaktion gibt. Auch wenn ich mir, wie ich dem Reporter auch gesagt habe, eine andere Reaktion gewünscht hätte – mehr Offenheit, mehr Neugierde. Und ich habe meinem Optimismus Ausdruck verliehen, dass die Demonstranten nach der Pressekonferenz anderer Meinung sein werden. Und du, grins nicht so blöd. Was soll ich denen denn sonst sagen? Dass dein Versagen im Goldbacher Forst dieses schöne Projekt kaputtmachen könnte? Was es, das sei nur zu deiner Beruhigung angemerkt, übrigens nicht schaffen wird. Und jetzt wünsche ich dir einen schönen Abend.«

»Oh, da ist aber jemand aufgebracht. Übrigens, Schwesterherz, wir müssen noch etwas besprechen. Du brauchst einen Worst Case Exit Plan.«

»Ich brauche überhaupt keinen Exit Plan, mein Lieber. Ich zieh das jetzt durch.«

»Da wäre ich mir nicht so sicher.«

»Warum?«

»Sprich mal mit der Waldmüller.«

Cornelia sah Heike Waldmüller am anderen Ende der Halle, sie lehnte an einem Pfeiler und schaute durch die Glasscheiben den Demonstranten zu. Cornelia ging auf sie zu.

»Hallo, Frau Waldmüller. Ganz schön was los da draußen.«

»Das kann man wohl sagen.«

»Mein Bruder meinte, Sie wollen mit mir sprechen? Wollen wir den Ablauf nochmal durchgehen?«

»Am besten gehen wir in mein Büro, da können wir in Ruhe reden«, sagte Heike Waldmüller.

»Vielleicht gehen wir getrennt, wir wollen unseren Gästen ja nicht die Überraschung verderben, oder?«

Heike Waldmüller nickte.

Florian eilte in Richtung Neue Nationalgalerie, doch als er die Schlange vor dem Eingang sah, wusste er, dass die Veranstaltung noch nicht angefangen hatte. So viele Leute lässt man nicht draußen stehen, wenn man zu einem Empfang einlädt, dachte er.

Er freute sich, als er die Posaunen und die Trillerpfeifen

hörte. Lena hatte ihm geschrieben, dass sie und die anderen Stipendiaten eine kleine Aktion planten, aber er hätte nicht gedacht, dass so etwas Großes daraus werden würde. Die Posaunen waren eine gute Idee. Als er die Stufen zum Eingang hochging, sah er Thomas an einer Posaune. Er nickte ihm zu, zuckte aber zusammen, als der Sprechgesang »Florian, du musst deine Seele nicht an Mining International verkaufen« ertönte.

Im Innenraum der Neuen Nationalgalerie herrschte enges Gedränge. Überall sah Florian bekannte Gesichter. Jürgen, ein Kunstkurator aus Dortmund, der extra für die Veranstaltung angereist war, klopfte ihm auf die Schulter. »Tolle Ausstellung, die du im Kunsthaus gemacht hast. Wirklich, sehr beeindruckend. Läuft alles?«

»Klar, läuft gut.«

»Und, was machst du hier? Krasse Aktion da draußen. Weißt du, wer dahintersteckt? «

»Ne, keine Ahnung«, log Florian. »Ist doch egal, Hauptsache, es ist gut. Und das ist es.« Er schaute sich um. »Es sind ja wirklich alle da, die was zu sagen haben.«

»Ja«, lachte Jürgen, etwas peinlich berührt, weil er nicht zu den Menschen gehörte, die in der Kunstszene wirklich etwas zu sagen hatten, auch wenn er es sich anders gewünscht hätte, »vielleicht ist das eine Aktion von Heike Waldmüller.«

»Wer weiß …«, antwortete Florian und grinste.

»Und? Was willst du hier? Du bist doch sonst immer so kritisch gegenüber allem, was nach Kapitalismus aussieht.«

»Na, genau deshalb.« Florian zeigte auf sein Handy. »Undercover. Ich filme das alles. Nachhaltigkeit, Bergbau, das stinkt doch zum Himmel. Und jetzt Kunst fördern. Greenwashing. Na ja, das Spiel kennen wir ja alle. Welche Bank hat deine letzte Ausstellung gesponsert?«

Der Kollege zuckte mit den Schultern.

»Siehst du«, sagte Florian. »Das kann doch nicht so weitergehen. Ich mach gerade was über Umweltschutz und Umweltzerstörung, wird eine kleine Ausstellung, schräger Kontext, mit der AFED zusammen.«

»Der was?«

»AFED. Eine Agentur der EU, die machen ›Environmental Design‹. Klimaschutz und so.«

»Und die machen Ausstellungen? Wieso das denn?«

»Das versteht keiner. Nicht einmal die selbst.« Florian lachte. »Auf der einen Seite haben die von Kunst keine Ahnung. Für die ist Kunst ein PR-Ding. Andererseits: Schon toll, wenn so eine Einrichtung Kunst fördert. Kunst und Klimawandel, das ist ja ein superspannendes Thema. Ist gerade nicht so einfach.«

»Und deshalb bist du hier?«

»Ja. Und nein. Also beides. Ich mach einen kleinen Film über Instrumentalisierung. So als Beifang, die AFED instrumentalisiert Kunst ja auch, genauso wie die da. Außerdem bin ich neugierig, wie die auf die Aktion da draußen reagieren.«

»Ja, coole Nummer. Hatte auch vorher was davon gehört. Die haben ganz schön viele Aktivisten an den Start gebracht.«

Florian sah aus dem Augenwinkel Cornelia, die gerade zur Treppe ging.

»Das ist sie. Die ist Chefin der Stiftung. Leitet so ein Bergbau-Unternehmen. Mining International. Gehört zu RMW. Mining International gräbt halb Afrika um. Bodenschätze. Seltene Erden, das neue Gold. Alles, womit du Geld machen kannst. Entwicklungshilfe, so nennen die das dann. Da bleibt kein Grashalm mehr übrig, wenn die was gefunden haben, was sie aus der Erde rausholen können. Mal kucken, wie die jetzt ihr Engagement für Kunst begründen will.«

»Großartig, die Aktion da draußen«, sagte Cornelia, als sie das Büro von Heike Waldmüller betrat. »Vielleicht kommen wir dadurch sogar in die Fernsehnachrichten. Morgen früh sind Sie nicht mehr nur in der Kunstcommunity bekannt, morgen kennt Sie ganz Deutschland.«

»Nein, auf keinen Fall.« Heike Waldmüller schüttelte heftig den Kopf. »Ich muss von unserer Abmachung zurücktreten. Ich kann das nicht machen.«

Das ist wirklich der Worst Case, dachte Cornelia. Damit hatte sie nicht gerechnet. Was sollte sie am heutigen Abend verkünden, wenn sie keine Kuratorin für das Projekt hatte? Sie war kurz gelähmt, fand aber schnell wieder ihre Contenance.

»Wie, wegen der paar Leutchen da vorne? Das ist doch, na, wie soll ich sagen, nett. Das ist doch gut für das Projekt, dann gibt es etwas zu berichten. Und Sie stehen doch am Ende mit Ihrem Renommee dafür, dass die Stiftung eine vernünftige Arbeit leisten wird.«

»Ja, dass das Ihr Plan ist, habe ich verstanden. Mir ist klar geworden, dass mein Renommee, wie Sie es nennen, nichts ausrichten kann gegen die Verfehlungen Ihres Unternehmens. Die Stiftung wird, egal was Sie machen, von allen nur als ein Feigenblatt, als nettes Aushängeschild, angesehen werden.«

»Und Sie wissen, welche Chance Sie damit vertun?«

»Sie meinen das Budget? Die fünf Millionen? Ja, die haben mich am Anfang geblendet, das hat schon seinen Reiz. Viele denken ja, wir werden als Nationalgalerie mit Geld zugeschüttet, aber wir krebsen auch rum und müssen uns immerfort um Sponsoren- oder Fördergelder bemühen. Ja, die fünf Millionen sind eine Verlockung. Aber am Ende ist es das nicht wert.«

»Dann steht Ihre Entscheidung fest?«, fragte Cornelia, eher rhetorisch.

»Ja. Und ich wäre Ihnen dankbar, wenn mein Name im Zusammenhang mit der Stiftung in der Öffentlichkeit nicht fallen würde. Unsere institutionelle Kooperation bleibt natürlich bestehen, da haben wir ja viel besprochen und ich bleibe bei meinen Zusagen. Meine persönliche Beteiligung muss ich zurücknehmen.«

»Ich verstehe. Ich finde das wirklich sehr, sehr schade. Ich hatte mich schon sehr auf die Zusammenarbeit mit Ihnen gefreut. Mit Ihnen als Person, nicht nur mit Ihrer Institution.«

»Ich auch. Es liegt nicht an Ihnen persönlich.«

»Wissen Sie, wer hinter der Aktion steckt?«, fragte Cornelia.

Heike Waldmüller zögerte einen Moment.

»Ich bin mir nicht ganz sicher, ich glaube, Florian Booreau.«

»Wer?«

»Florian Booreau. Ein freier Kurator, der Projekte rund um Nachhaltigkeit macht. Im Moment für die EU. Der wäre auch was für Sie. Seine Ausstellungen sind immer etwas schräg. Und im persönlichen Umgang ist er schwierig. Er kann sehr nett, aber auch ganz schön anstrengend sein. Er ist halt eine Figur, die in der Szene auch was zu sagen hat.«

»Ist er heute da?«

»Klar ist er da, das lässt er sich doch nicht entgehen. Vor allem, wenn es seine Aktion ist.«

Cornelia Stohmann zog ihr Handy aus der Tasche und öffnete eine Suchmaschine.

Thomas, Nadja, Nicolette, Paul und Lisa saßen auf den Treppenstufen vor der Neuen Nationalgalerie. Überall lagen die Flyer mit dem Fragezeichen rum.

»Cool, dass auch so viele Leute von Ende Gelände und aus der ganzen Ökoszene da sind«, sagte Thomas. »Das gibt der

Aktion mehr Dringlichkeit, als wenn da nur so Kunstleute rumhängen.«

»Das weiße Fragezeichen auf der Fahne und auf dem Flyer sieht auch echt gut aus. Super, dass Florian die Druckkosten bezahlt hat«, meinte Paul.

Die fünf tauschten sich noch ein wenig über die Reaktionen der Gäste und der Medien aus und diskutierten, ob so was jetzt Kunst oder Protest sei.

»Ist doch auch egal«, sagte Thomas.

»Gehen wir da jetzt rein?«, fragte Nadja.

»Klar«, antwortete Lisa. »Wir wollen doch wissen, wer da seine Seele verkauft.«

Als Cornelia durch die Halle ging, kam sie an Bernd vorbei, der sich ihr in den Weg stellte.

»Und, hast du die Waldmüller noch rumgekriegt?«

»Nee, nichts zu machen.«

»Und, was willst du jetzt verkünden? Bläst du das Projekt ab, verschiebst du die Veranstaltung oder liest du uns jetzt ein schönes Gedicht von dir vor?«

»Du hast deinen Spaß, schön für dich«, sagte Cornelia und wollte an Bernd vorbei, doch der hielt sie am Arm fest.

»Willst du jetzt eine neue Kuratorin aus dem Hut zaubern? Soll doch bestimmt eine Frau sein, oder?«

»Lass dich überraschen, Bernd, mein Plan übersteigt eh dein Vorstellungsvermögen.«

»Immer charmant, die liebe Schwester, gib mir doch eine Chance, an deinen weisen Einsichten teilzuhaben.«

»Ach Bernd, es ist ganz einfach. Ich dreh den Spieß um. Oder, wie man so schön sagt: Mach deine Feinde zu deinen Partnern. Lerne von ihnen. Was ja, wie wir alle wissen, nicht deine Stärke ist.«

»Sehr lustig. Also, was ist jetzt dein Plan?«

Bernd hatte ihren Arm inzwischen losgelassen, und Cornelia dreht sich von ihm weg. »Ich könnte dich ja zum Kurator ausrufen, das wäre doch lustig.« Ihr Arm schmerzte. »Nein, keine Sorge, ich will ja, dass das Projekt was wird. Ich ändere das Prozedere und mache das Ganze schneller, kurzfristiger. Mehr Wettbewerb. Mehr Spannung. Das müsste dir gefallen. Also lass dich überraschen. Jetzt kommt gleich großes Kino.«

Bernd und Cornelia als Antipoden. Krieg zwischen Geschwistern. Soll vorkommen. Battle um elterliche Zuneigung. Vor allem, wenn es davon zu wenig gab. Der Konflikt zwischen Bernd und Cornelia ist mir zu flach. Bernd muss mehr Tiefe haben, auch wenn ich nicht weiß, woher ich sie nehmen soll. Was wäre, wenn Bernd ambivalenter ist, wenn ihm Cornelia irgendwie auch nahesteht. Wenn er, genauso wie sie, am Geschäftsmodell des Vaters zweifelt, aber nicht weiß, wie er sich im Spannungsfeld von ersehnter Liebe und eigener Positionierung verhalten soll. Ich stelle mir vor, dass Bernd sich nicht einfach nur gegen Cornelia stellt, sondern ihr trotz aller Konflikte und unterschiedlicher Ziele in diesem Moment der Verzweiflung beistehen will. Ich schreibe die Szene also nochmal.

Als Cornelia durch die Halle ging, kam sie an Bernd vorbei, der sich ihr in den Weg stellte.

»Und, hast du die Waldmüller noch rumgekriegt?«

»Nee, nichts zu machen.«

»Und, was willst du jetzt verkünden? Bläst du das Projekt ab, verschiebst du die Veranstaltung?«, fragte Bernd und legte seinen Arm um Cornelia.

Für einen Moment lehnte sie sich an, dann schreckte sie wieder zurück. »Ich kann doch jetzt keine neue Kuratorin aus dem Hut zaubern. Abblasen kann ich es auch nicht.«

»Du darfst nicht gegen das Momentum arbeiten, sondern mit ihm. Dreh den Spieß um. Hol deine Gegner mit ins Boot, nutze ihre Energie für dein Vorhaben.«

Cornelia wunderte sich. Eigentlich würde ihr Scheitern Bernd in die Karten spielen. Vielleicht so ein typischer Männerreflex, Frauen die Welt erklären, den großen Macher darstellen. »Hast du das von deinem Coach?«, fragte sie spöttisch.

»Nein, das steht in jedem Management-Ratgeber. Stimmt trotzdem, auch wenn du so was nicht liest.«

»Du meinst, ich soll jetzt dich zum Kurator ausrufen?«

Bernd lachte, während draußen die Demonstranten in ihre Trillerpfeifen bliesen.

»Gut. Du hast recht. Ich dreh den Spieß um. Von denen«, Cornelia blickte kurz in Richtung der Demonstranten, »lasse ich mir das Projekt nicht kaputtmachen. Früher oder später werden die eh gut finden, was ich mache. Weil es gut ist!« Sie nahm Bernd in den Arm. »Danke. Damit hätte ich nicht gerechnet.«

»Schon gut«, sagte Bernd.

Cornelia eilte in Richtung Bühne. Im Gehen drehte sie sich nochmal zu Bernd um. »Ich ändere das Prozedere und mache das Ganze schneller, kurzfristiger. Mehr Wettbewerb. Mehr Spannung. Das müsste dir gefallen. Also lass dich überraschen. Jetzt kommt gleich großes Kino.«

Issa und seine Kollegen hatten Tabletts mit Gläsern für Sekt, Wasser und Orangensaft vorbereitet. Nach dem Zeitplan sollten sie jetzt das Essen und die Getränke rausbringen. Doch die Frau von der Stiftung hatte noch nicht ihre Rede gehalten, das Essen und die Getränke sollte es erst danach geben. Er schaltete die Heizplatten wieder aus, die marokkanischen Hackbällchen sollten warm sein, aber nicht trocken, hatte der Chef ihnen gesagt.

Issa stellte sich vor, wie die Demonstranten von draußen die Veranstaltung stürmten, sich über die Getränke und das Essen hermachten, eine echte Party feierten. Am Ende würden sie die Scheiben der Neuen Nationalgalerie zerschlagen. Glas ist die Lüge dieser Gesellschaft, dachte Issa. Behauptet, transparent zu sein, aber trennt doch die drinnen von denen draußen. Die drinnen bekommen kostenlos feines Essen und teure Getränke, obwohl sie eh genug Geld haben, und die draußen dürfen zuschauen.

Posaunen von Jericho, dachte Issa. Er liebte die Stelle in der Bibel, wo Jericho gestürmt wird, seine Eltern hatten sie ihm als Taufspruch ausgesucht. »Denn als das Volk den Hall der Posaunen hörte, machte es ein großes Feldgeschrei. Und die Mauern fielen um, und das Volk erstieg die Stadt.« Doch die Demonstranten erstiegen nicht die Neue Nationalgalerie. Im Gegenteil. Die Demonstration hatte sich aufgelöst. Ein paar der Demonstranten waren in die Veranstaltung reingekommen, aber nicht die Leute von Ende Gelände, Fridays for Future und Extinction Rebellion, sondern die, die eh zur Kunstszene gehörten. Oder dazu gehören wollten. Ihre Plakate und Banner hatten sie draußen gelassen, jetzt spielten sie das Spiel mit. Küsschen hier und Küsschen da. Klar, am Ende wollen sie alle einfach nur dazugehören, dachte Issa. Er wurde kurz wütend, erinnerte sich dann aber daran, dass er lächeln wollte, egal was passieren würde. Also lächelte er und drapierte Ceviche auf kleine Tellerchen.

Cornelia betrat das Podium und klopfte gegen das Mikrophon. Alle im Raum wurden still. Ihre Rede begann mit der Vorstellung der neuen »Stiftung Zukunft: für Kunst und Nachhaltigkeit«, einer Institution, die, wie sie erklärte, erst mal ein Experiment sein sollte, ausgestattet mit fünf Millionen Euro, viel

Geld, aber nicht genug. Deshalb solle in den nächsten Jahren mehr Geld eingeworben werden, viel mehr Geld. Aber, so erklärte Cornelia, erst mal müsse ein gutes Konzept entwickelt werden, und dafür seien die fünf Millionen da. Ein Raunen ging durch den Raum, fünf Millionen für ein Konzept, das war viel Geld, sehr viel Geld.

»Sie werden sich vielleicht wundern, warum gerade wir als Mining International diese Stiftung ins Leben rufen. Oder Sie werden sich nicht wundern, sondern uns Greenwashing unterstellen. Diese Stiftung ist kein Marketing-Gag, sondern der Versuch einer Neuorientierung. Wir wissen, dass unser Geschäftsmodell ein Ende haben wird. Und wir wissen, dass wir von der Zerstörung der Natur profitiert haben. Nun bricht für unser Unternehmen eine neue Phase an, wir wollen der Welt wieder zurückgeben, was wir ihr genommen haben. Und um herauszufinden, wie wir das am besten machen können, brauchen wir die Kunst. Kunst kann Kritik üben, Kunst kann hinterfragen und in Frage stellen, ja, Kunst kann uns auf den Kopf stellen und dabei neue Perspektiven entwerfen. All das brauchen wir. Wir werden nicht aus uns selbst heraus den Weg in die Zukunft finden, sondern wir brauchen Hilfe von außen. Wir brauchen die Hilfe der Kunst.«

Doch damit war die Ankündigung noch nicht zu Ende, denn die Frage, so Cornelia, sei ja, wie diese Stiftung nun arbeiten, die hehren Ziele umsetzen könne. »Wir brauchen ein wirklich überzeugendes Konzept für die Arbeit dieser Stiftung.« Unabhängig und frei, radikal und unangepasst, so stelle sie es sich vor. Und deshalb habe sie als ersten Schritt ein völlig neuartiges Format initiiert, eine »Carte blanche«. »Diese Carte blanche«, so führte sie aus, »stellt einer Person 500 000 Euro zur Verfügung, damit sie in drei Monaten ein Konzept für die zukünftige Arbeit dieser Stiftung entwickelt.

Nicht irgendein Konzept, sondern die Idee für ein Projekt, das unser Denken über Nachhaltigkeit nachhaltig verändert, wenn ich das mal so sagen darf. Und wenn dieses Konzept überzeugt, werden für die weitere Erprobung die übrigen 4,5 Millionen Euro zur Verfügung gestellt, und wenn es nicht überzeugt, bekommt jemand anderes eine Carte blanche, um innerhalb von drei Monaten das richtige, das wirklich überzeugende Konzept zu finden. Das machen wir so lange, bis entweder eine überzeugende Idee gefunden ist oder die fünf Millionen verbraucht sind.«

Das anfängliche Rumoren war verstummt, alle Anwesenden hörten Cornelia Stohmann gebannt zu.

»Und wir haben Sie eingeladen«, setzte Cornelia ihre Ausführungen fort, »weil einer von Ihnen diese Person sein soll.«

Die Stimmen im Raum wurden wieder lauter.

»Sie fragen sich jetzt bestimmt, wer der oder die Erste sein soll. Das werde ich Ihnen gleich verraten. Er – oder sie – ist heute hier, ich habe die Person schon gesehen. Diese Person weiß noch nicht, dass ich gleich ihren Namen nennen werde ... Es ist eine Überraschung, so könnte man sagen, oder ein Überfall, ganz wie Sie es sehen wollen. Jede und jeder von Ihnen könnte die Person sein, die wir ausgewählt haben.«

Inzwischen hatte Lisa Florian gefunden. »Das ist keine schlechte Idee«, flüsterte Florian ihr ins Ohr. »Zumindest mal was Neues. Aber was machen sie, wenn die ausgewählte Person nicht will?«

»Ach, das wird schon vorher abgesprochen sein. Das wäre doch sonst Kamikaze.«

»Wir haben eine Person ausgesucht, die dafür bekannt ist, sehr kritische, ja sogar radikale Ausstellungen zu machen. Sie alle kennen ihn. Oh, jetzt habe ich ja schon verraten, dass es ein Mann ist.« Cornelia lachte ein wenig gekünstelt ins Mikrophon. »Er ist berühmt für seine Aktionen, für seine Projekte, die Industrieunternehmen wie das unsrige scharf, aber eben oft auch treffend kritisieren. Sie ahnen es vielleicht schon: Ich meine … Florian Booreau.«

Lautes Klatschen im Saal. Die Kameraleute, die die Veranstaltung dokumentierten, richteten ihre Objektive auf Florian, der halb erschrocken, halb verwundert kuckte.

»Mögen Sie zu mir kommen, Herr Booreau? Oder wollen Sie diese Carte blanche etwa ablehnen?«

Der Saal lachte.

Florian hielt einen Moment inne, überlegte, was die angemessene Reaktion wäre. Lisa beugte sich zu ihm, flüsterte ihm etwas ins Ohr, worauf er lächelte. Er zog sein Mobiltelefon aus der Tasche und hielt es vor sich, womöglich, um Fotos zu machen oder einen Film, und bahnte sich den Weg zum Podium.

Dann trat er ans Mikrophon. »Danke. Danke, ich weiß noch nicht, was ich sagen soll. Ich bin hierhergekommen, um für einen Film über Umweltzerstörung und die Instrumentalisierung von Kunst ein paar Aufnahmen zu machen.« Er hob sein Handy hoch und schwenkte es über die Anwesenden. »Und nun wollen Sie, dass ich ein Projekt für Ihre Stiftung mache, deren Geld durch Umweltzerstörung verdient wurde. Kann ich das machen? Soll ich das machen? Will ich das machen?«

Er machte eine Pause, beobachtete die Reaktionen im Saal. Dann sah er zu Cornelia Stohmann. Er erwartete einen Ausdruck von Verärgerung, aber nichts dergleichen. Sie schaute ihn interessiert an und lächelte, fast schien es ihm, als wollte sie ihn darin bestärken, genauso weiterzumachen. Er hob sein Telefon, um die Leute im Saal zu filmen. Dann beugte er sich wieder zum Mikrophon.

»Ein interessantes Angebot. Viel Geld. Sehr viel Geld, mit dem man viel machen kann. Sie merken, ich bin unsicher. Geld ist verführerisch, das wissen wir alle. Ich könnte eine Münze werfen. Die Entscheidung dem Zufall überlassen? Oder soll ich selber die Verantwortung übernehmen?« Er hielt noch einen Moment inne, dann wandte er sich an Cornelia Stohmann: »Sie denken, Kunst könnte die Welt retten, die Wunden heilen, die die Ökonomie, die ausbeuterischen Verhältnisse in die Körper und Gedanken der Menschen gerissen haben. Aber Kunst wird nicht die Welt retten. Nicht Ihre Welt. Das, was Sie vorhaben, wird folgenlos bleiben.«

Er machte eine Pause.

»Folgenlos.« Er schaute in den Saal und sah lauter ratlose Gesichter. »Meine Antwort lautet also: Nein.«

Wieder machte er eine Pause, er genoss die Verwunderung in den Augen des Publikums, mit dieser Verweigerungshaltung hatte dann doch niemand gerechnet.

»Und ich kann Ihnen auch sagen, warum: Sie wollen also, dass ich für Ihre Stiftung arbeite? Für eine Stiftung, deren Geld aus einem der dreckigsten Unternehmen der deutschen Industrie kommt? Und sich traut, von Zukunft zu sprechen? Und von Nachhaltigkeit. Was für ein unverschämter Name! *Nice try*, aber Sie alle hier wissen, dass ich das nicht machen kann und nicht machen will und deshalb nicht machen werde. Kunst kann man nicht kaufen. Wenn Sie die ökologische Kunst ernst nähmen, dann würden Sie einfach das Geschäftsfeld Ihres Unternehmens verlassen.« Und dann sagte er, ganz langsam: »Deshalb lautet meine Antwort: Nein.«

Im Saal blieb es einen Moment still, dann schwoll ein Gemurmel an, das immer lauter wurde, und schließlich begannen alle zu klatschen, manche, weil sie von Florians Haltung und seinen offenen Worten beeindruckt waren, manche, weil sie sich nun Chancen ausrechneten, selbst für das Projekt ausgewählt zu werden.

Florian trat zurück, um das Podium zu verlassen, wandte sich Cornelia zu, die ihr Klatschen unterbrach und ihm ihre Hand entgegenstreckte, doch Florian ging grußlos an ihr vorbei. Nachdem sich das Klatschen gelegt hatte, trat Cornelia nochmal an das Mikrophon.

»Wir haben es nicht anders erwartet. Florian Booreau wäre nicht Florian Booreau, wenn er dieses Angebot sofort annehmen würde.« Ihr Blick suchte nach ihm, sie fand ihn am Ende des Saales. »Nehmen Sie sich ein paar Tage Zeit«, rief sie ihm zu, »reden Sie mit Kollegen und Freunden drüber. Wie gesagt, unser Angebot besteht nach wie vor. Wir suchen ja den Austausch! Sie haben alle Freiheiten. Wir wollen von Ihnen lernen. Und uns weiterentwickeln.« Dann richtete sie sich wieder an die anderen Anwesenden, wünschte einen schönen Abend und lud zum Flying Dinner ein.

Die Gespräche wurden fortgesetzt, ein Thema, über das man sich gut unterhalten konnte, gab es ja nun.

In der Küche stapelten sich die Teller, Issa ekelte sich vor den angebissenen Hühnerbeinen, seit Jahren ernährte er sich vegan. Er hatte nichts gegen Menschen, die Fleisch aßen, aber den Geruch vertrug er einfach nicht, und für einen Abend wie diesen fand er Fleisch unangemessen, was hat Fleisch mit Nachhaltigkeit zu tun, dachte er, aber das hatte er nicht zu entscheiden, und leider stimmte es ja, was sein Chef immer sagte: »Die Leute essen gerne Fleisch, und glückliche Gäste bedeuten glückliche Auftraggeber, und deshalb sind glückliche Gäste unser Geschäftsmodell.« Nun also die Reste in die Tonne werfen, dann die Teller in die mobile Geschirrspülmaschine räumen. Angewidert schob Issa die abgenagten Lammkoteletts in den Müll, dazu angetrocknetes Ceviche und die angebissenen marokkanischen Hackbällchen. Wenn schon nicht vegetarisch, dann wenigstens kosmopolitisch, so war die Haltung seines Chefs, und genug muss es sein, nichts ist schlimmer als ein Flying Dinner, bei dem die Leute die Kellner belagern.

Issa schaute auf die Uhr, halb elf schon durch, die Veranstaltung sollte längst zu Ende sein. Es waren immer noch zwanzig, dreißig Leute da. Die Kollegen brauchten jetzt Hilfe beim Aufräumen, die halbleeren Weinflaschen mussten weg, sonst gingen die Leute nicht nach Hause. Issa zögerte einen Moment, bislang war es ihm gut gelungen, sich in der Küche zu verstecken. Er schaute in den Raum, sah kein ihm bekanntes Gesicht, nun denn, dachte er, nahm sich ein Tablett und ging in Richtung des großen Saales.

Nachdem Florian die Neue Nationalgalerie verlassen hatte, war er mit Lisa spazieren gegangen, ohne bestimmtes Ziel, einfach durch die Straßen, Telefon aus, bloß keine Anrufe mit Tipps, Nachfragen, Interviewanfragen, dann in eine Bar, ein, zwei Bier. Sie hatten nicht viel geredet, Florian brauchte Zeit für sich, wollte aber auch nicht alleine sein. Er war noch immer aufgewühlt, musste alles erst mal sacken lassen. Fünf Millionen sind viel Geld, vielleicht zu viel für eine Geste, die am Ende auch durchsichtig ist, dachte er. Für jede Ausstellung gibt es Sponsoren, oder das Geld kommt vom Staat, was es auch nicht besser macht.

»Wollen wir zu dir gehen?«, sagte Florian, und Lisa nickte.

Auf dem Weg bemerkte er, dass seine Tasche weg war. Sie gingen zurück zur Bar, durch den Park, vielleicht hatte er sie bei der Bank stehen gelassen, auf der sie gesessen hatten, aber dort war sie nirgends. Dann schlug Lisa vor, zur Neuen Nationalgalerie zurückzugehen, auch wenn Florian sicher war, dass er sie dort nicht vergessen hatte, aber ausschließen konnte er es auch nicht. Also wieder die Treppen hoch, die letzten Gäste gingen gerade, gut gelaunt oder einfach nur betrunken, alle hatten einen unterhaltsamen Abend erlebt, viel gegessen und viel getrunken, einzelne Grüppchen standen noch herum, die Schnorrer, die sich das letzte Häppchen und die Reste des Weins nicht entgehen lassen wollen, während die Servicekräfte, wie es so schön heißt, schon mit dem Aufräumen begonnen hatten. Ein paar Leute schauten ihn komisch an, was will der denn wieder hier, dachten sie sich wohl, es passte nicht zu seinem vorherigen Auftritt, nun wieder zurückzukommen, aber was sollte er machen, er brauchte seine Tasche.

Die Garderobe war leer, keine Tasche weit und breit. Er regte sich kurz auf, weniger wegen der Tasche, sondern aus Prinzip, er hasste Kontrollverlust (das hatte er von seiner Mutter geerbt, auch wenn er genau das an seiner Mutter nicht leiden konnte), und etwas zu verlieren, das war für ihn Kontrollverlust, und gereizt war er eh, weil er unsicher war, ob sein Verhalten auf dem Empfang richtig gewesen war.

»Issa!«, rief Lisa plötzlich.

Ein klassischer Wendepunkt. Hier könnte die Geschichte unterschiedliche Wege nehmen. Bleibt Florian hart und lehnt das Geld ab? Oder kommt er zu der Ansicht, dass er das Geld nutzen könnte, um ein gutes Projekt zu machen? Und was hat Issa damit zu tun?

Als ich mit der Geschichte noch relativ am Anfang stand, befragte ich einige Bekannte zu ihrer Haltung in diesem Grundkonflikt. Eine befreundete Theaterproduzentin positionierte sich ganz klar: »Geld ist immer schmutzig, und Kunst ist eine

Maschine zur Geldwäsche. Wir nehmen dreckiges Geld und machen damit Projekte, die die Gesellschaft verändern.« Und noch weiter ging ein aus Afrika stammender Kurator. Er hielt mir vor, dass Florians Abwehrhaltung typisch sei für eine saturierte, weiße Perspektive, die es sich leisten kann, auf Geld zu verzichten, weil sie eh genug hat. Damit hat er mich auf die Rolle von Issa gestoßen.

Am Ende des Saales blieb Issa stehen. Er blickte sich kurz um, als wollte er prüfen, ob er beobachtet wurde, dann ging er zu Lisa und Florian. Lisa wollte ihn zur Begrüßung umarmen, doch er machte eine abwehrende Bewegung, »Ich arbeite hier«, schaute sich wieder um, ob ihn auch wirklich niemand beobachtete.

»Entschuldigung«, antwortete Lisa verunsichert, »wie geht es dir?«

»Hast du eine Idee, wo meine Tasche sein könnte? Ich hab sie in der Garderobe vergessen«, sagte Florian, bevor Issa auf Lisas Frage antworten konnte.

»So eine schwarze mit silberner Schnalle?«, fragte Issa. Florian nickte.

»So eine ist gefunden worden, ich hole sie schnell.« Issa drehte sich um, erleichtert, sich aus der Gesprächssituation lösen zu können.

»Warte«, sagte Lisa und legte ihm eine Hand auf die Schulter, »wir kommen mit. Issa war auch an der Akademie und hat Freie Kunst studiert«, erzählte sie Florian. »Er kommt aus dem Sudan, ist seit fünf oder sechs Jahren hier. Er hat echt gute Sache gemacht. Er hat sogar den Preis für die beste Abschlussarbeit gewonnen!«

Florian nickte gedankenverloren. Lisa erzählte, wie schwierig es für Issa war, einen Galeristen zu finden. Schließlich kamen sie im Serviceraum an, Florian sah sofort seine Tasche, die neben zwei Regenschirmen, einer Plastiktüte und einem Schal auf einem Tisch lag.

»Danke«, sagte er, »vielen Dank«, nahm die Tasche und ging zur Tür.

»Ich melde mich«, sagte Lisa zu Issa.

Florian, der den Raum schon fast verlassen hatte, drehte sich nochmal um. »Kommst du jetzt?«

Lisa nickte.

»Darf ich Ihnen was sagen?«, fragte Issa.

Florian blieb stehen, drehte sich um und schaute Issa verwundert an. »Ja klar, sag ruhig.«

»Was Ehrliches?«

»Ja, ja, bitte, unbedingt.«

Issa richtete sich ein Stück auf. »Sie sind arrogant und scheinheilig. Natürlich kann Kunst nicht die Welt retten. Wie auch. Aber sie kann es versuchen. Wir alle kennen die Spielregeln. Kunst braucht Geld. Und Geld ist dreckig. Und Geld schmückt sich gerne mit Kunst. Auch mit kritischer Kunst. Will sich reinwaschen. Und Sie behaupten, Sie machen da nicht mit? Dass ich nicht lache. Was machen Sie denn die ganze Zeit? Sie spielen das Spiel doch mit. Ganz erfolgreich sogar.« Issa ging ein paar Schritte auf Florian zu, stand jetzt direkt vor ihm. »Sie haben doch einfach nur Angst. Sie haben Schiss, dass Sie mit den fünf Millionen nichts auf die Beine stellen, was richtig gut ist.«

Lisa schaute erschrocken, Florian sagte nichts. Sie standen einen Moment rum, Issa schaute Lisa an und Lisa erst Florian und dann auf den Boden.

»Ich muss wieder arbeiten«, sagte Issa in die Stille.

»Warte kurz.« Florian musterte Issa. »Du hast also Kunst studiert?«

Issa kniff die Augen zusammen. »Das hat Lisa Ihnen doch gerade erzählt.«

»Und du glaubst, ich sollte das Geld annehmen, weil Geld eh schmutzig ist?«

Issa zuckte mit den Schultern.

Florian lachte. »Ich mache nächste Woche mit ein paar Stipendiaten einen Workshop auf einer Insel in der Ostsee. Es geht um Kunst, Nachhaltigkeit und Politik. Die Stipendien werden von der Europäischen Agentur für Umweltgestaltung finanziert, die hat ein klares politisches Anliegen, wenn nicht gar eine Erwartung. Ich fände es spannend, wenn du da auch hinkommst. Dann können wir deine Perspektive in Ruhe diskutieren. Lisa ist auch dabei. Einverstanden?«

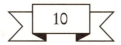

*Auf Meuws wird über Kunst und Wahrheit
diskutiert; Lisa hat einen Albtraum;
Florian trifft eine Entscheidung*

Die Hitze drückte. Es war ein für den späten Frühling ungewöhnlich heißer Tag, und das natürliche Belüftungssystem, das WMTWB in den Konferenzraum eingebaut hatte, versagte bei Außentemperaturen über dreißig Grad.

Florian hatte sich darauf gefreut, endlich wieder das Meer zu sehen. Er liebte den weiten Blick, die salzige Luft. Die Fahrt mit der Fähre hatte ihn die Anstrengungen der letzten Woche kurz vergessen lassen. Er wusste nicht mehr, wie viele Telefonate er geführt hatte – mit Journalisten, Kuratoren, Galeristen und Künstlern. Die Journalisten wollten ein Interview, ein Statement oder hatten eine Nachfrage für ihren Text; die Kuratoren wollten ihn beglückwünschen oder ihm einen Rat geben, in welche Richtung er sich entscheiden sollte; die Galeristen wollten irgendeinen ihrer Künstler anpreisen und die Künstler sich selbst – lauter Künstler, die gerade ein neues Projekt rund um das Thema Ökologie vorbereiteten, etwas zu Plastikmüll oder zum Bienensterben oder zur Wiederaufforstung machten, meldeten sich ungefragt bei ihm.

Außerdem hatte er mehrere Gespräche mit Suzanna Schnejder wegen der Protestaktion gegen die Stiftung geführt, anscheinend hatte die AFED Interesse, mit RMW zusammenzuarbeiten – irgendjemand musste die Landschaft ja renaturieren, nachdem die Kohle abgebaut sein würde –, und Schnejder war nun in Sorge, dass es Ärger auf politischer Ebene geben würde.

Er wischte sich den Schweiß von der Stirn, seit zwei Stunden saßen sie im völlig überhitzten Raum. In seinem Kopf rumorte noch das Angebot von Cornelia Stohmann, das er trotz der brüsken Ablehnung dann doch attraktiv fand. Suzanna Schnejder hielt schon seit einer halben Stunde ihren Begrüßungsvortrag, dem er nur flüchtig zuhörte. Es war der gleiche, den sie schon bei der Jurysitzung gehalten hatte: »Ökologische Transformation«, »Kunst als Produzent von Bedeutung«, »Nachhaltigkeitsthemen in der Welt der Kunst verankern«. Im Zeitplan waren dafür zwanzig Minuten vorgesehen gewesen. Die inhaltliche Qualität ihrer Ausführungen entspricht leider nicht ihrem Selbstdarstellungsdrang, dachte Florian.

Er hatte zwei männliche und drei weibliche Referenten zu dem Workshop eingeladen, außerdem waren natürlich Lisa, Nadja, Thomas, Paul und Nicolette anwesend, schließlich war das Stipendienprogramm der offizielle Rahmen für die Veranstaltung. Außerdem nahmen ein paar Mitarbeiter des Centers an der Veranstaltung teil, und Issa, der Florians etwas lose dahingesprochene Einladung angenommen hatte.

Nach der Einführung von Suzanna Schnejder trug Anne-Lisa Reuters, eine Philosophin aus München, ihre Überlegungen zur Geschichte des Naturbegriffs vor. »Seit wann versteht der Mensch sich nicht mehr als Teil der Natur?« war ihre Kernfrage. Sie argumentierte, dass ein Totalreservat wie die Insel Meuws nicht etwas »Natürliches« sei, sondern etwas extrem Künstliches, und zwar, wie sie sagte, »im doppelten Sinne«: Es entstünde nur durch einen Eingriff des Menschen und würde dann nicht einmal alle Einflussfaktoren des Menschen eliminieren; ein richtiges Totalreservat, so ihre Überlegungen, müsste auch eine Glocke haben, um eine Atmosphäre zu gewährleisten, in der der CO_2-Gehalt auf vorindustriellem

Niveau sei, und auch eine Kühlung, die die bereits erfolgte anthropogene Erwärmung zurücknähme.

Suzanna Schnejder schaute missmutig drein. Florian war unsicher, ob sie dem Vortrag intellektuell nicht folgen konnte oder mit den Ausführungen inhaltlich nicht einverstanden war. Oder beides.

Eigentlich war das Ziel des Workshops, theoretische, künstlerische und politische Perspektiven auf Kunst und Nachhaltigkeit miteinander in Dialog zu setzen. Die Politiker, die Suzanna Schnejder angefragt hatte, hatten alle abgesagt, die Bundestagswahl stand bevor, da war keine Zeit für Termine ohne großes Publikum. Oder Kunst war nicht wichtig genug für Politiker, die sich mit ökologischen Fragen beschäftigten. Wer weiß das schon, hatte sich Florian gedacht, als ihm Suzanna Schnejder »Terminprobleme« als Grund für die vielen Absagen nannte.

Immerhin hatten die Wissenschaftler alle zugesagt. Nach der Philosophin Anne-Lisa Reuters sprach Ron van Brekelen, ein Kulturwissenschaftler aus Rotterdam. Er stellte verschiedene Kooperationsformen von Künstlern mit, wie er es nannte, »außerkünstlerischen Institutionen« vor. Dabei unterschied er zwischen drei grundlegend verschiedenen Modellen. »Bei der ›Kreativen Problemlösung‹ sind die Künstler:innen temporäre Mitarbeiter:innen der außerkünstlerischen Institution. Sie bringen ihre Kreativität und ihre Sichtweise mit ein. Die Vorstellung dabei ist, dass durch die Zusammenarbeit von Künstler:innen und Nicht-Künstler:innen ein anderer Zugang zu den Aufgaben der Institution gefunden und neuartige Lösungsansätze entwickelt werden können«, so Ron van Brekelen in seinem Vortrag. »Allerdings«, so führte er weiter aus, »machen die Künstler:innen dann keine Kunst mehr.« Anders bei der von Ron van Brekelen als »Freiwillige Selbstinstrumentalisierung« bezeichneten Form von Zusammenarbeit, bei der sich die Künstler in den Dienst einer Institution stellten und deren wissenschaftliche Ergebnisse und politische Inhalte illustrierten beziehungsweise inszenierten. »Sie machen die Inhalte der Institution durch Kunst sinnlich erfahrbar. Früher nannte man das Agit-Prop oder Propaganda-Kunst. Auf jeden Fall ist es nicht die Freie Kunst, von der wir im Westen seit circa hundert Jahren reden.« Als dritte Form der Zusammenarbeit von Kunst und einer außerkünstlerischen Institution wie zum Beispiel der Agentur für Umweltgestaltung schlug er die »Radikale Infragestellung« vor. »Künstler:innen sind produktive Störenfriede«, sagte er. »Künstler:innen können sich mit einer Institution auseinandersetzen und dann Praktiken und Paradigmen hinterfragen. In der jüngeren Kunst gibt es dafür eine Traditionslinie, die sogenannte *institutional critique*, bei der sich die Kritik der Kunst auf die Institution – z. B. eine Galerie oder ein Museum – bezieht, in der die Arbeit ausgestellt wird. Da kann es zum Beispiel darum gehen, wer das Museum finanziert, wie viele Frauen es ausstellt, wie es mit seinem historischen Erbe, Stichwort *Kolonialismus*, umgeht.«

»Und was heißt das in unserem Falle konkret?«, wollte Suzanna Schnejder wissen.

»Bei der Agentur für Umweltgestaltung könnte man zum Beispiel die Idee der Nachhaltigkeit hinterfragen. Wem bringt sie was? Was hat sie, historisch betrachtet, verändert? Das könnte zu einer Kritik am Green Capitalism oder am Greenwashing führen. Oder man hinterfragt die Arbeit der Institution selbst. Etwa, wie sinnvoll es ist, auf eine kleine Insel ein Center for Climate Justice zu stellen, zu dem dann Menschen von weit her anreisen. Ich kann mir da vieles vorstellen.«

Und so entstand das, was sich Florian für die Tagung gewünscht hatte: eine Diskussion, in der die unterschiedlichen

Perspektiven auf die Rolle von Kunst und die damit verbundenen Konflikte deutlich wurden.

Suzanna Schnejder mochte den Begriff »freiwillige Selbstinstrumentalisierung« nicht. »Das ist so negativ. Instrumentalisierung. Also mit uns, der Agentur für Umweltgestaltung, arbeiten Künstlerinnen und Künstler gerne zusammen, und die werden auch nicht instrumentalisiert.« Angesichts der Pressemitteilung über die Stipendienvergabe mussten die Stipendiaten und Florian über diese Aussage lachen. Sie beharrte auf der Vorstellung, dass Kunst »frei« sei und gleichzeitig einen Beitrag zur »ökosozialen Transformation« leisten müsse.

Dem stellte sich Thomas entgegen. »Kunst ist frei, Kunst muss frei sein, um überhaupt wirksam werden zu können. Außerdem muss Kunst überhaupt nicht wirksam sein. Kunst kann einfach nur Kunst sein. Ohne Wirkung. Ohne Folgen. Kunst hat das Recht, folgenlos zu sein. Kunst ist nicht Politik!«

Issa war anderer Meinung, für ihn war klar, dass Kunst immer eine politische Position einnehmen müsse. Dem stimmten die Mitarbeiter des Centers zu, weil sie meinten, dass die Stipendiaten mit ihrer Arbeit die Tätigkeit des Centers besser unterstützen sollten, statt in ihren Augen überflüssige, unverständliche oder gar kontraproduktive Aktionen zu veranstalten.

So ging es hin und her, bis Anne-Lisa Reuters, die Philosophin, die These in den Raum stellte, dass es keinen Sinn ergeben würde, wenn Kunst die bisherige Nachhaltigkeitspolitik unterstützen würde, weil diese nicht sinnvoll wäre und deshalb auch nicht viel bewirkt hätte. »Die Nachhaltigkeitspolitik – sie ist folgenlos geblieben! Seit vierzig Jahren wird geredet und geredet. Geschrieben und geschrieben. Und was passiert? Nichts. Es wird weiter Auto gefahren und in den

Urlaub geflogen. Es wird sich erst etwas verändern, wenn es eine Katastrophe gibt, eine grundlegende Krise. Wenn es kein Öl mehr gibt. Wenn ein Atomkraftwerk explodiert. Wenn ein Virus die Wirtschaft lahmlegt. Aber nicht, weil irgendjemand über Nachhaltigkeit redet oder über die Rolle der Kultur im ökologischen Transformationsprozess. Das ist doch Bullshit.« Sie genoss die Wirkung ihrer Worte, sie war eitel, wie viele Menschen, die schnell denken und gut reden können. »Ich glaube, Folgenlosigkeit ist ein guter Begriff, um die Widersprüchlichkeiten der Gegenwart zu fassen.«

Florian sah, wie sich das Gesicht von Suzanna Schnejder verzog. »Wenn das alles folgenlos ist, dann können wir das Projekt auch abblasen. Was bringt es dann?«

Florian überlegte, ob er darauf eingehen sollte. Er schaute auf sein Smartphone. 13:05 Uhr, Zeit für das Mittagessen. Hunger macht schlechte Laune, dachte er. »Ich würde vorschlagen, wir machen jetzt einen Break, das Mittagessen steht bereit, wir haben spannende Thesen, die wir beim Essen weiter diskutieren können, sind alle einverstanden?«

Die Runde nickte.

Im Hinausgehen drehte sich Suzanna Schnejder zu Florian um und sagte leise: »Herr Booreau, die Agentur braucht keine institutionelle Kritik. Wir brauchen Akteure, die uns auf unserem Weg unterstützen. Gerne pluralistisch, gerne vielfältig. Aber mit einer klaren Zielrichtung, wie wir sie in der Leistungsbeschreibung zu diesem Projekt vereinbart haben: Im Vordergrund stehen die europäischen Nachhaltigkeitsziele und keine künstlerischen Exzesse. Wenn das, was Sie machen wollen, eh folgenlos bleiben soll, dann brauchen wir das auch nicht finanzieren. Haben wir uns verstanden? Sonst macht dieses Engagement für uns keinen Sinn.«

Von Politikern erwarten wir, dass ihr Handeln Folgen hat. Aber die Kunst hat das Recht, folgenlos bleiben zu dürfen.

Die Sonne ging unter. Die Referenten des Workshops und Suzanna Schnejder waren abgereist. Florian folgte dem Weg vom Kongresszentrum zu den Apartments, die Stipendiaten wollten mit ihm den Tag ausklingen lassen. Er war froh, dass die Veranstaltung vorüber war. Im Verlauf des Nachmittags hatten sich richtige Fronten gebildet, vor allem, als die Stipendiaten von ihren Erfahrungen mit den Mitarbeitern des Center for Climate Justice berichtet hatten. Denn die waren mit dem, was die Künstler auf der Insel machten, überhaupt nicht zufrieden. Sie verstanden nicht, was die Stipendiaten machten, fühlten sich angegriffen – und reagierten deshalb selbst aggressiv.

Thomas hatte Ärger bekommen, weil er kundgetan hatte, mit seiner Drohne nun genug Bilder von Bäumen auf Meuws gemacht zu haben, und deshalb von nun an die Bäume im Goldbacher Wald filmen wolle.

Paul und Nicolette waren zur Veranstaltungsmanagerin zitiert worden, die ihnen lange und ausführlich erklärte, warum ihre Arbeit dem Center schaden würde, und sie dann aufforderte, keine Performance mit Stofftieren zu machen, insbesondere dann nicht, wenn andere Besucher etwas davon mitbekommen könnten. Zum Glück, dachte Florian, lassen sich die beiden nicht unterkriegen. Sie hatten begonnen, ein Drehbuch für einen Film über Klimagerechtigkeit zu schreiben. Sie wollten den Film nicht drehen, sondern den zu erwartenden CO_2-Ausstoß der Filmproduktion berechnen und eine entsprechend große Holzskulptur bauen, als Erinnerung, wie viel CO_2 man einsparen würde, wenn man Überflüssiges – sei es die Produktion eines Films oder der Betrieb einer Insel als Konferenz-Tourismus-Ausflugsziel – unterlassen würde.

Lisa war darauf hingewiesen worden, dass das Sammeln von Treibholz und anderem Schwemmgut Diebstahl sei, und man hatte sie deshalb aufgefordert, es zu unterlassen.

Am schlimmsten hatte es Nadja getroffen. Eine Mitarbeiterin hatte eigenmächtig die Postkarten, die Nadja mit Motiven ihrer »Dracheninsel« gemacht hatte, vom Postkartenständer des Kiosks auf der Landseite genommen und weggeworfen. Danach wurde Nadja mitgeteilt, dass sie ihre Arbeit einstellen solle und man zudem rechtliche Schritte prüfe, schließlich habe sie auf der Postkarte das Logo des Centers verwendet.

Mit so viel Ignoranz gegenüber Kunst hatte Florian nicht gerechnet. Er hatte zwar gewusst, dass das Kunstverständnis der Agentur nicht auf der Höhe der Zeit war, aber dass es so schlimm war, hatte er nicht geahnt. Und Suzanna Schnejder? Die wollte alle Konflikte wegmoderieren, indem sie behauptete, das sei ja alles nicht so schlimm, man müsse sich halt nochmal zusammensetzen und auch Verständnis entwickeln für die Perspektive des Centers, und alle sollten sich nicht so aufregen, schließlich würde sie noch eine große Ausstellung organisieren, bei der alle Arbeiten gezeigt werden könnten – abgesehen von den Bildern, die Thomas im Goldbacher Forst machen wollte, das ging Suzanna Schnejder zu weit, schließlich sei das Stipendium vom Staat finanziert, und damit könne man nicht den Widerstand der Waldbesetzer unterstützen.

Florian wusste nicht, wie er dem Projekt noch eine sinnvolle Wendung geben sollte.

Akteure – seien es Einzelpersonen oder Institutionen –, die in einer Krise sind, deren Handlungsmodelle nicht mehr greifen, die Gegenwind bekommen, die ihre Ziele nicht erreichen, haben Angst. Im Zustand der Angst, der Panik, verschließen sie sich auch gegenüber jener Kritik, die sie aus der Krise herausführen könnte. Statt kritische Dialoge fortzuführen, werden sie abgebrochen. Überlebensmodus. Akteure, die an sich selber zweifeln, suchen nach Zuspruch, nach Ermutigung. Aber das ist eine unproduktive Haltung, die schlimmste Form von Folgenlosigkeit – Verantwortungslosigkeit.

Issa, Lisa, Nadja, Thomas, Nicolette und Paul saßen schon auf der Terrasse und tranken Bier, als Florian zu ihnen kam. Er setzte sich auf einen freien Stuhl und nahm sich auch eine Flasche.

»Ich fand das übrigens voll cool, wie du auf das Angebot von der Stohmann reagiert hast«, sagte Nadja.

»Hat die sich nochmal bei dir gemeldet?«, fragte Paul.

»Oder du dich bei ihr?«, warf Thomas ein.

Florian schüttelte den Kopf. Er hatte erwartet, dass die Runde über den Nachmittag sprechen würde, nicht über ihn und das Angebot, das er von Cornelia Stohmann bekommen hatte.

»Unser Protest hat nichts genutzt«, sagte Nadja.

»Wieso, das war doch eine voll coole Aktion«, entgegnete Thomas.

»Aber die Stiftung macht ja trotzdem, was sie will.«

»Du glaubst doch nicht, dass die ihre Arbeit einstellen, nur weil wir da so eine Aktion machen? Das wäre doch wirklich zu viel erwartet.«

»Nein, natürlich nicht. Aber sie hätten ja wenigstens drauf verzichten können, einen Kurator auszurufen.« Nadja drehte sich zu Florian. »Wusstest du wirklich vorher nichts davon?«

»Nein, ich war genauso überrascht wie alle anderen.«

»Ich glaube schon, dass die Aktion was gebracht hat«, sagte Issa, der bislang geschwiegen hatte.

»Ja, das wäre ja schön«, sagte Nadja, »aber was denn?«

»Ich glaube nicht, dass die von Anfang an Florian als Kurator wollten. Das ist viel zu riskant. Die hatten jemand anderen auf dem Schirm. Und haben ihren Plan dann wegen eurer Aktion geändert, um zu retten, was zu retten war.«

»So habe ich das noch gar nicht gesehen«, warf Florian ein. »Das ist durchaus möglich.«

»Ich bin mir sicher. Die sind ja nicht doof. Wenn du denen nicht zusagst, gehen sie wieder zurück auf Start. Die freuen sich vielleicht, wenn du dich nicht mehr meldest. Kehren wieder zu ihrem ursprünglichen Plan zurück. Ist ja klar.«

»Du meinst, Florian muss das Angebot annehmen?«, fragte Lisa.

»Na klar«, sagte Issa. »Es ist auch viel spannender als das Projekt hier mit der Agentur, man hat ja heute gesehen, dass es denen nicht um Inhalt geht, nicht um Kunst, sondern nur um Selbstdarstellung.«

»So einfach ist es nicht.« Florian schaute erst Lisa an, dann Issa. »Die, die das Geld geben, wollen immer mitreden. Zumindest haben sie eine Agenda. Das gilt für die AFED genauso wie für Cornelia Stohmann und die Stiftung.«

Nachdem Florian sich von der Gruppe verabschiedet hatte, saß Issa noch eine Zeit auf der Terrasse. Er war müde und traurig. Er trauerte seinem verlorenen Glauben an die Kunst nach. Etwas war in ihm kaputtgegangen. Den Idealismus, mit dem Paul und Nicolette an ihre Stofftiere glaubten, hatte er auch mal gehabt. Heute kam ihm sein damaliger Idealismus einfach nur naiv vor. Und er war traurig wegen Florian. Wie konnte jemand, der so viele Möglichkeiten hatte, so undankbar und so verbohrt sein. Vielleicht, dachte er, war es die Eitelkeit der Privilegierten. Florian musste nicht kellnern. Florian konnte lukrative Anfragen ablehnen, weil er genug Geld hatte. Er konnte seine Entscheidungen davon abhängig machen, ob er die Anfrage ethisch angemessen und inhaltlich richtig fand. Und diese Möglichkeit trug er stolz vor sich her. Dabei waren am Ende seine Entscheidungskriterien wahrscheinlich ganz andere. Warum, dachte Issa, sollte Florian weniger eitel und erfolgssüchtig sein als andere Menschen.

Auf dem Weg zu seinem Zimmer sah er, dass Florian mit einer Zigarette vor seinem Apartment stand.

»Kann ich dir noch was sagen?«, fragte Issa.

Florian nickte.

»Ich finde, du solltest das Projekt wirklich machen. Erst die 500 000, dann die fünf Millionen. Dafür bist du doch Kurator, oder? Mach halt was Gutes draus.«

»Ja, Issa, das habe ich mir auch schon überlegt. Und du bist mit im Team. Lisa auch. Also, wenn ihr wollt. Die Frage ist doch: Kriegen wir genug Freiraum, um das zu machen, was wir wollen, oder engen uns Cornelia und ihr System am Ende genauso ein wie Suzanna Schnejder und die AFED. Denn dann gehe ich kaputt. Ich bin ein Kämpfer, aber irgendwann ist die Kraft auch am Ende.«

Lisa lag im Bett und konnte nicht schlafen. Vor allem ärgerte sie sich über den Nachmittag.

Für Florian war der Tag gut gelaufen, dachte sie. Spannende Diskussionen, damit war die AFED bestimmt zufrieden. Für sie war der Workshop verschenkte Zeit gewesen. Sie hatte zwar ihre Arbeit präsentiert, aber bei allen war nur das Bild vom Tagebaubagger hängengeblieben. Klar, die Idee, eine der gigantischen Schaufeln als Skulptur auf die Insel zu setzen oder in einem Ausstellungsraum zu platzieren, hatte ihren Reiz. Die Schaufeln waren aber nur ein Teil ihres Konzeptes. Sie hatte Holz auf der Insel gesammelt und anderes Zeug, das am Strand der Insel angeschwemmt worden war – Plastikbecher, Blechbüchsen; lauter Material, mit dem sie eine Installation vorbereiten wollte. Sie hatte das Holz sortiert, nach Größe, Gewicht, Farbe, mehr als zweitausend unterschiedliche Fundstücke. Sie hatte die Fundstücke digitalisiert und dann in ein Zeichenprogramm übertragen, in stunden-, nein nächtelanger Arbeit die einzelnen Teile so lange hin- und hergeschoben, bis das Bild einer fliegenden Möwe entstanden war; ein Bild, das sie neben der Baggerschaufel auslegen wollte – ob auf der großen Wiese, die sich vor dem Tagungs- und Kongresszentrum auf der Insel befand, oder in einem Ausstellungsraum, war für sie mehr oder weniger das Gleiche. Sieben mal zwölf Meter groß war der Vogel, der, so ihre Idee, in einem Spannungsverhältnis zur Baggerschaufel stehen und so aufzeigen sollte, dass auch die Insel Meuws, das vermeintliche Totalreservat, von Umweltzerstörung betroffen war. Man hätte diskutieren können, ob die Möwe als Metapher zu kitschig war, auch wenn Lisa diesbezüglich keine Sorge hatte, schließlich würden die Besucher der Insel den Vogel nie erkennen können, es sei denn, sie betrachteten die Installation aus zehn, besser zwölf Metern Höhe, aber das war nicht der Plan. Ihre Sammlung von Fundstücken war überhaupt nicht diskutiert worden. Dabei war ihr gerade das Schwemmgut so wichtig; weil in ihm eine Information verborgen war, die man nicht lesen konnte: Genauso wie der Betrachter die Zeichnung nicht lesen konnte, sondern nur eine schier überwältigende Anzahl von relativ ähnlichen Holzstücken sah – Treibgut, Schwemmholz. Genauso konnte er die gegenwärtigen Veränderungen nicht wahrnehmen, weil er selber Teil davon war, nicht genügend Abstand hatte und deshalb weiter an der Zerstörung der Welt teilnahm.

Darüber hatte es keine Diskussion gegeben, ihr konzeptioneller Ansatz war untergegangen, überlagert von der plakativen Wirkung der Schaufel, der alles übertönenden Diskussion um »Instrumentalisierung«, dem Streit zwischen Suzanna Schnejder und Florian, bei dem sie sich fragte, inwieweit der Konflikt inhaltlich war und was da noch mit einfloss, denn letztlich, so dachte sie, lagen Schnejder und Florian nicht weit auseinander.

Florian betrachtete den Sternenhimmel. Suzanna Schnejder erinnerte ihn immer mehr an seine Mutter, zu der er seit Jahren keinen Kontakt mehr hatte. Florian wischte die Gedanken an die beiden zur Seite – schließlich konnte Suzanna Schnejder nichts dafür, dass sie ihn an seine Mutter erinnerte. Cornelia Stohmann dagegen war ihm richtig sympathisch. Sie hatte heute zweimal angerufen, und er hatte sich vorgenommen, sie am nächsten Tag zurückzurufen. Sein Handy vibrierte. Eine SMS von Cornelia Stohmann. »Warum melden Sie sich nicht? Sie haben alle Freiheiten ... Kann ich auf Sie zählen?«

Florian überlegte einen Augenblick, dann tippte er eine kurze Antwort in das Handy.

Lisa war noch einmal aufgestanden und hatte sich an den Schreibtisch gesetzt. Sie hatte gerade begonnen, an ihrem Laptop die Fundstücke neu zu sortieren, keine Möwe, sondern eine eher abstrakte Ordnung, ein Rhythmus des Sich-Ausbreitens-und-wieder-Zurückziehens, als es an die Tür klopfte. Lisa stand auf, zog sich ein T-Shirt über und machte die Tür auf. Draußen stand Florian.

»Konsequenz ist ja anscheinend nicht deine Stärke? Ich

dachte, wir tun so, als hätten wir nichts miteinander? Dann kannst du doch hier nicht nachts in mein Zimmer kommen!«

»Ich muss dir was erzählen!«

»Na gut.«

Florian lachte und nahm Lisa in den Arm, einen Moment lang standen sie eng umschlungen, dann drückte er sie gegen die Wand und schob sein Knie zwischen ihre Beine.

Lisa drehte den Kopf weg. Florian roch nach Alkohol, das erinnerte sie an ihren Vater. »Lass das.«

Er hörte nicht auf.

Sie wand sich aus seiner Umarmung und öffnete die Tür des Apartments. »Nicht hier. Und nicht heute.« Dann schob sie ihn raus und schloss von innen ab. Scheißkerl, dachte sie, klappte den Rechner zu und legte sich wieder ins Bett.

»Du bist schuld«, schreit das Mädchen vom Podium herab. Lisa schaut betreten nach unten auf ihre Füße. Die Füße sind alt. Abwehrend hebt sie die Hände, erschrickt, dass diese auch faltig sind. Auf dem Podium sitzen drei junge Menschen, das Mädchen, das sie anschreit, ist ungefähr vierzehn Jahre alt, rechts daneben sitzt ein Junge mit runder Brille, der vielleicht zwölf Jahre alt ist, zur Linken eine junge Frau von achtzehn oder zwanzig.

Sie schaut auf das Mädchen, es erinnert sie an Florian.

»Deine Tochter wirft dir vor«, beginnt nun der vielleicht zwölfjährige Junge, »die ihr zugewiesenen CO_2-Kontingente fahrlässig aufgebraucht zu haben. Möchtest du dazu etwas sagen?«

Lisa schaut sich im Saal um, eine große Turnhalle, vielleicht in einer Schule, ja, sie erkennt die Fensterscheiben wieder, die Schule in Gera, die sie als Kind besucht hat. Warum bin ich in Gera, fragt sie sich, als der Junge sie mit hoher Stimme anbrüllt: »Möchtest du dazu etwas sagen?«

»Was für CO_2-Kontingente meint ihr denn?«

»Beschmutze nicht das Hohe Gericht mit deiner Dummheit«, schreit nun die junge Frau zur Linken, »und verhalte dich ehrfürchtig. Die Richter werden gesiezt, auch wenn wir jünger sind als du.«

»Nun gut«, sagt der Junge, und blättert in einem Aktenordner, der vor ihm liegt. »Deine Tochter Julia hat aufgelistet, dass du für die Produktion einer Reihe von ›Kunstwerken‹, darunter auch Holzkohle, das Familienkontingent für die gesamte Dekade aufgebraucht hast. Neues CO_2 wird euch erst wieder in sieben Jahren zugewiesen.«

»Aber Kunst ist doch wichtig!«

»Nicht so wichtig wie das Leben!«, schreit der Junge.

»Aber mit meinen Kunstwerken habe ich auf die Gefahren des Klimawandels hingewiesen, damit es zu einem gesellschaftlichen Umdenken kommt, zu mehr Bewusstsein, zu mehr Verantwortung für die Zukunft. Für euch!«

»Aber es hat nichts genutzt«, unterbricht sie der Junge.

»Mama, du kapierst auch gar nichts. In sieben Jahren bin ich tot. Dann bin ich tot. Tot«, schreit das Mädchen in der Mitte, das Florian so ähnlich sieht.

Die junge Frau macht eine Handbewegung, Julia verstummt. »Bei deiner Tochter Julia wurde eine schwere, neuartige Infektion festgestellt. Die einzige Klinik, die eine Therapie anbietet, befindet sich in Rio de Janeiro. Dort kann sie frühestens in sieben Jahren hinreisen, weil du ja euer CO_2-Kontingent aufgebraucht hast. Fahrlässig und unverantwortlich. Du trägst die Schuld am Tod deiner Tochter. Du hast ihre Zukunft verbraucht. Dieses Gericht wird nun über eine gerechte Strafe entscheiden. Du darfst, wie es bei uns üblich ist, selber einen Vorschlag für das Strafmaß machen.«

Lisa schaut das Mädchen in der Mitte erschrocken an. »Das

wusste ich nicht. Es tut mir leid.« Verunsichert betrachtet sie ihre faltigen Hände »Und du bist wirklich meine Tochter?«

Das Mädchen springt auf und schreit: »Ja, ich bin deine Tochter. Und ich bin es nicht gerne. Wie konntest du mich in so eine Welt setzen? Und wie konntest du zusehen, wie diese Welt so kaputtgeht. Ja, du hast immer von den tollen Kunstprojekten erzählt, von deinem Wald, den kritischen Aktionen, die du angeblich gemacht hast. Wofür? Du wähntest dich auf der richtigen Seite der Geschichte. Du und all deine Freunde, ihr dachtet, ihr wärt die Guten. In Wirklichkeit wart ihr Mitläufer, ihr habt die Zerstörung der Welt in Kauf genommen und euch mit eurem kritischen Denken in Sicherheit gewähnt. Und euer Leben, euer schönes Leben habt ihr ohne Einschränkungen, ohne Rücksichtnahme auf andere weitergelebt. Ich hasse dich. Deinetwegen muss ich sterben.«

Lisa wachte auf und wischte sich den Schweiß von der Stirn. Durch das Fenster drang das Licht der Morgendämmerung. Sie schaute auf ihr Handy. Fünf Uhr dreizehn. Drei Anrufe von Florian. Und eine SMS. »Es tut mir leid.« Außerdem eine SMS von John. »Bald geht es los. Das Finale! Wir brauchen dich hier. Wann kommst du endlich? Oder sehen wir uns nie mehr wieder?«

Sie legte das Handy neben das Bett, drehte sich um und schlief wieder ein.

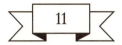

11

*Während Florian den Workshop auf der
Insel Meuws abhält, lernen sich im
Goldbacher Wald Anka und Cornelia kennen*

Die Idee für einen »Tag des offenen Waldes« war Anka nach dem Gespräch mit John am Lagerfeuer gekommen. Während John über Ausrüstung, Widerstand und Kampf räsoniert hatte, hatte Anka darüber nachgedacht, wie man eine Öffentlichkeit organisieren konnte. Denn je mehr Menschen in den Wald kamen, um die Besetzer zu unterstützen, und je mehr die Medien daraufhin positiv über den breiten, friedlichen Protest berichten würden, desto weniger wahrscheinlich würde eine Räumung werden. Nicht Johns Barrikaden, sondern die Sorge, bei der nächsten Wahl nicht genug Stimmen zu bekommen, würde Politiker zum Umdenken bewegen. Deshalb also ein »Tag des offenen Waldes«, mit Fledermaus-Tour und Baumhaus-Watching.

Die Resonanz der Medien war gewaltig. Die Besetzer hatten zur Betreuung der Anfragen ein kleines Team zusammengestellt. Sechs Interviews, mehrere Kurzstatements und zig Führungen hatte Anka heute schon hinter sich. Sie hatte das Gefühl, dass die meisten Medienvertreter auf ihrer Seite stünden oder zumindest unvoreingenommen neugierig darauf waren, wie der Alltag im Camp der Besetzer aussah.

Etwas Angst hatte Anka nur vor dem Reporter von *Insights*, einem wichtigen, für seine provokanten Recherchen berüchtigten TV-Magazin. Das Team von *Insights* hatte vorgeschlagen, Anka – als Vertreterin der Waldbesetzer – mit jemandem von der »Gegenseite« zusammenzubringen. Anka und ihrem Team war zwar nicht ganz wohl dabei, aber sie hatten sich doch darauf eingelassen, weil *Insights* von sehr vielen Menschen gesehen wurde.

»Wollen wir uns nicht einfach auf einen Baumstamm setzen«, fragte Anka und zeigte auf eine der Barrikaden. Die Leute von *Insights* hatten das Interview in einem Studio führen wollen, aber Anka hatte darauf bestanden, im Wald zu filmen, damit die Zuschauer sahen, worum es ging.

»Wir beginnen mit ein paar Fragen zu Ihnen, damit Sie sich den Zuschauern vorstellen können, gehen dann über zu den Inhalten, einverstanden?«

»Von mir aus können wir die Vorstellung weglassen, es geht ja um den Wald«, sagte Anka.

»Na ja, die Zuschauer wollen schon wissen, mit wem sie es zu tun haben.«

Der Kameramann klappte sein Stativ auf. »Wir haben ein paar Einspieler vorbereitet«, erklärte der Regisseur, »über die Baumhäuser, die Tagebaulandschaft und die bedrohten Tiere hier im Wald. Das schneiden wir dann zwischen die einzelnen Fragen.«

Der Kameramann postierte seine Kamera vor Anka, die sich inzwischen auf einen Baumstamm gesetzt hatte. »Etwas weiter nach rechts, bitte, dann kriegen wir im Hintergrund noch ein paar der Baumhäuser drauf«, sagte der Kameramann. Anka rückte ein Stück nach rechts, der Kameramann nickte. Der Regisseur kontrollierte das Bild und schien zufrieden zu sein.

»Ton«, rief der Tonmeister, »Kamera läuft«, der Kameramann. Der Regisseur stellte sich direkt neben die Kamera. »Wie sind Sie in den Goldbacher Forst gekommen?«

»In den Goldbacher Wald, meinen Sie? Ich kämpfe seit

Jahren für den Erhalt der Umwelt. Der Tagebau ist einer der größten Umweltzerstörer der Gegenwart, absolut sinnlos. Das, was hier passieren soll, ist weder ökologisch noch ökonomisch sinnvoll. Deshalb kämpfe ich dagegen!«

Anka hasste die Plattitüden, die sie für Radio- und Fernsehsender von sich geben musste. Kurze Botschaften, einfach verständlich, das war gefragt, dabei war es doch viel komplizierter. Dafür fehlte immer die Zeit. Alles musste auf einprägsame und wiederholbare Aussagen reduziert werden. So zumindest die Strategie, die mit den Campaignern besprochen war. Auch der Protest muss sich der Logik der Aufmerksamkeitsökonomie unterwerfen.

»Es gibt viele Wege, gegen Umweltzerstörung zu kämpfen. Sie haben sich entschieden, einen Wald zu besetzen. Warum genau diese Form?«

»Weil wir Sorge haben, dass NEO sonst den Wald abholzt, obwohl es einen gerichtlichen Rodungsstopp gibt. Wir sind die menschlichen Schutzschilde, wir schützen den Wald mit unseren Körpern.«

Wie gerne hätte sie nun über Körper und deren Verletzlichkeit geredet. Über die Liebe, die Liebe zwischen den Menschen, aber auch die zur Natur, zu Tieren und Pflanzen. Sie hätte über Solidarität als vorbehalts- und bedingungslose Form von Liebe sprechen wollen, Solidarität, die nicht nur Menschen, sondern auch Tiere und Pflanzen umfasst. Sie hätte gerne das empathische Leben, das mit dem Ganzen mitfühlt, beschrieben, ein Lebensgefühl, das man hier im Wald mit den Besetzern teilen konnte. Sie hätte gerne noch mehr über Schönheit gesprochen, über die Stille des morgendlichen Sonnenaufgangs und die Zartheit des Windes, der durch die Blätter fährt.

Und sie hätte über den Schmerz gesprochen. Sie hätte darüber gesprochen, wie sie gelitten hat unter dem Leben, das sie lange geführt hat. Über Gewalt und Ungerechtigkeit. Sie hätte von dem Schmerz des Verlustes berichtet, den sie jedes Mal neu erfuhr, wenn sie einen gefällten Baum sah. Sie hätte erzählt, wie sie als junge Frau ein Kind bekommen hatte, es aber nicht selber aufziehen konnte, und dass sie diesen Verlust nie wirklich überwunden hatte. Wie sie im Wald endlich ihren Frieden fand. Ja, dass sie ihr Kind hier in diesem Wald wiedergefunden habe. Es hätte so viel zu erzählen gegeben, wenn, wie der Regisseur gesagt hatte, die Zuschauer sie wirklich hätten kennenlernen wollen. Aber das war nur eine leere Floskel.

»Was treibt Sie an? Wo nehmen Sie den Mut und die Kraft her, diesen ja nicht einfachen Weg des Protests zu gehen?«

Anka überlegte einen Moment. Auch hier gäbe es so viele Antworten. Angst war ein Motor, und Hass. Und Rache. Sie könnte von Bent Stohmann erzählen. Von dem Tief, aus dem sie nicht herausgefunden hatte, der Selbstzerstörung, der sie sich ausgesetzt hatte. Sie hätte von ihrer Heilung erzählt und von der Kraft, die das Einfühlen in die Natur, das die Auseinandersetzung mit alten indigenen Riten in ihr freigesetzt hatte. Wen hätte das interessiert? Die Wahrheit, warum man für einen Wald kämpft, ist viel zu kompliziert.

»Wissen Sie, es ist ganz einfach. Wenn man nicht alleine ist, sondern mit all diesen wunderbaren Menschen in diesem Wald, dann ist es ganz einfach.«

»Danke, prima, das reicht erst mal«, rief der Reporter und drehte sich um.

Begleitet von zwei Polizeiautos war ein dunkelblauer Mercedes vorgefahren, Cornelia Stohmann stieg aus, ging direkt auf Anka zu. »Hallo, ich bin Cornelia Stohmann.«

Anka zuckte zurück, reichte dann Cornelia die Hand. »Anka Schrepelius. Die meisten Menschen sagen Anka zu mir. Sie sind die Tochter von Bent Stohmann?«

Cornelia lachte. »Das denken viele. Ich bin seine Adoptivtochter.«

Anka betrachtete Cornelia, das spitze Kinn, die lange Nase, die Grübchen. Manches kam ihr sehr vertraut vor, im angenehmen Sinne, anderes stieß sie ab, weckte schmerzhafte Erinnerungen. Sie dachte an Bent. In all den Jahren war sie ihm nicht mehr so nahe gekommen wie jetzt. Anka erinnerte sich an einen Artikel über Vererbung, den sie vor Jahren gelesen hatte. Manche Charaktereigenschaften, so die Kernaussage des Artikels, würden nicht genetisch, sondern sozial vererbt. Kein Wunder, dass sie mich an Bent erinnert, auch wenn sie nur seine Adoptivtochter ist. Aber da war noch etwas anderes, etwas Vertrautes, das sie nicht einordnen konnte. Sie beobachtete Cornelia, die mit dem Regisseur über das Setting diskutierte. Sie wollte sich nicht vor die Barrikaden setzen, »Das sieht ja so aus, als würde ich deren Existenz akzeptieren«, sondern eher einen landschaftlichen Hintergrund, »gerne mit den großen Baggern, die sind doch sehr beeindruckend, und dann ist man ja auch beim Thema«.

Anka ging hinter den beiden her, ihr war es im Moment egal, was der Bildhintergrund sein würde, ihr war eh nicht klar, worauf das hier hinauslaufen sollte. Worüber sollte sie mit Cornelia Stohmann reden, sie führte mit Mining International ja gar nicht die Firma, die am Abbau der Kohle direkt beteiligt war. Mit Bernd Stohmann wäre eine Diskussion viel einfacher gewesen, er wirkte, anders als Cornelia, unsympathisch, wurde schnell aggressiv, da wäre es ein Leichtes gewesen, die Bewegung in ein gutes Licht zu setzen.

Aber Bernd Stohmann, so hatte die Redaktion von *Insights* ihr gegenüber behauptet, sei nicht erreichbar gewesen. Anka überlegte, wie sie Cornelia in die Enge treiben könnte, als ihr plötzlich klar wurde, was sie an Cornelia nicht einordnen konnte: Es war ihr Geruch.

Bislang schreibe ich diese Geschichte linear. Das eine folgt auf das andere. Manchmal springe ich zurück und erzähle etwas nochmal. Aber das Leben ist komplizierter. Manchmal passieren Dinge gleichzeitig. Menschen, Tiere, Lebewesen stehen miteinander in Verbindung, ohne es zu wissen. So wie ich mit dem Adler und dem Drachen, selbst wenn die beiden gerade nicht anwesend sind.

Auf ihre Idee, ein Gespräch mit jemandem von den Waldbesetzern zu führen, war Cornelia stolz. Nach dem Eklat in der Neuen Nationalgalerie war das Unternehmen viel in den Medien gewesen, aber nicht gerade positiv. Bent Stohmann war überhaupt nicht erfreut über die Berichterstattung gewesen, er agierte lieber im Verborgenen. Andererseits war Cornelia froh, dass die Aktion der Künstler und Waldaktivisten dazu geführt hatte, dass Heike Waldmüller abgesprungen war. Die Zusammenarbeit mit ihr wäre doch eher konventionell gewesen. Renommiert, ja, das waren sie und das Museum natürlich, aber auch konventionell. Am Ende wäre etwas Absehbares herausgekommen – ein neues Museum, ein Erweiterungsbau, eine Außenstelle, was auch immer. Mit Florian Booreau bestand die Möglichkeit, das Ganze nochmal anders zu denken, und das freute sie. Nun musste er noch zusagen …

Vielleicht könnte der Dialog mit den Waldbesetzern dazu einen Beitrag leisten. Und natürlich das Unternehmen auch ansonsten in ein besseres Licht rücken. Es zahlte sich aus, dass sie die Redaktion von *Insights* seit Jahren mit kleinen Aufträgen versorgte, man hatte dort immer ein offenes Ohr für ihre Anliegen, so auch in diesem Fall. Gegenüber den Waldbesetzern war das Interview als Idee von *Insights* dargestellt worden.

Cornelia hatte sich wie immer akribisch auf das Gespräch

vorbereitet. Ihre Mitarbeiter hatten ihr ein kleines Dossier über Anka Schrepelius angelegt. 55 Jahre alt, unverheiratet, kinderlos. Sie hatte Kunstgeschichte und Publizistik studiert, dann bei einer Zeitung gearbeitet; war lange in der Gewerkschaftsbewegung und in der SPD aktiv gewesen; hatte sich verschiedentlich gegen die RMW positioniert und war in der Goldi-bleibt-Bewegung von Anfang an aktiv gewesen, zählte aber, so die Recherchen ihrer Mitarbeiter, nicht zu den radikalen, sondern zu den gemäßigten Aktivisten.

Es war ihr unangenehm, mit dem Wagen vorgefahren zu werden, und sie hätte gerne auf die Begleitung durch ein Polizeiauto verzichtet, aber die Sicherheitsabteilung von RMW hatte darauf bestanden. Das Kamerateam hatte schon aufgebaut, Cornelia erkannte Anka Schrepelius sofort. Sie saß auf einem Baumstamm und schaute in die Luft. Cornelia fand sie spontan sympathisch. Irgendetwas an dieser Frau, was sie nicht benennen konnte, berührte sie. Sie wunderte sich, dass sie auf die Frage, ob sie die Tochter von Bent Stohmann sei – das wusste ja jeder und lag bei dem Nachnamen auf der Hand –, mit dem doch geradezu intimen Detail der Adoption geantwortet hatte. Sie selbst sprach nie darüber und Bent auch nur im privaten Rahmen. Und so weit wollte sie die Kommunikationsstrategie, die sie mit ihrer Beraterin ausgearbeitet hatte (Offenheit zeigen, auf den Anderen zugehen, emotionale Bindung herstellen), nicht auslegen.

Das Team von *Insights* hatte inzwischen einen neuen Platz gefunden, die Kamera so aufgebaut, dass im Hintergrund der Blick in die Weite der Landschaft führte. Ganz rechts im Bild, wo Anka stehen sollte, war noch eine Barrikade, links im Bild, wo Cornelia stehen sollte, war in der Ferne ein riesiger Bagger zu sehen.

»Wir haben Sie, Frau Schrepelius, den Zuschauern eben im

Wald vorgestellt. Und Sie, Frau Stohmann, haben wir heute Vormittag in Ihrem Büro besucht. Nun sitzen wir hier an der Schnittstelle Ihrer beiden Reiche, dem Tagebau auf der einen und dem Wald auf der anderen Seite. Wir würden Sie jetzt gerne im Gespräch miteinander drehen und Ihnen danach jeweils eine Frage stellen. Die Idee ist, den Zuschauern ein Bild zu vermitteln, an das auch wir als *Insights* glauben: dass der Dialog möglich ist und, wenn sich alle bemühen, sogar eine Einigung.«

Cornelia reckte den Daumen hoch, Anka nickte abwesend.

»Ich bin nicht Ihre Gegnerin«, begann Cornelia, »auch ich will, dass diese Welt ein guter, ein schöner Ort wird.«

»Dann arbeiten Sie im falschen Unternehmen«, entgegnete Anka.

»Nein. Man muss da eingreifen, wo man ist. Ich kann das Unternehmen nur verändern, wenn ich im Unternehmen bleibe. Haben Sie von der Stiftung gehört, die ich initiiert habe? Wir wollen viel bewegen in den nächsten Jahren.«

Das Team von *Insights* stellte die Kamera um, um die »lockere Gesprächssituation«, wie der Regisseur es nannte, in verschiedenen Einstellungen zu filmen.

»Ja, wer sollte davon nicht etwas gehört haben. Nachhaltigkeit und deutsche Industrie. Wir hier im Wald halten das nicht für glaubwürdig.«

»Sagen Sie, wenn wir ein Kunstprojekt hier im Wald unterstützen wollten, wer wäre dann mein Ansprechpartner? Sie?«

Anka zuckte mit den Schultern.

»Danke, das reicht«, rief der Regisseur. »Wir kommen jetzt zum Höhepunkt des Doppelinterviews. Also: Welche Botschaft wollen Sie Ihrem Gegenüber mitgeben?«

Während ich an diesem Roman schreibe, beginnt die Covid-19-Pandemie. Die Erfahrung der Pandemie verändert mein Denken und mein Fühlen und damit auch mein Schreiben. Trotzdem beschließe ich, die Handlungsstränge beizubehalten – auch wenn während der Pandemie Florian und Lisa sich nicht mehr im Zug kennenlernen würden, weil man ja Abstand halten muss und bestimmt niemand ansprechen, geschweige denn jemandem etwas aus der Hand nehmen würde. Und so manches, was in dieser Geschichte noch erzählt werden soll, von einer Beerdigung bis zum titelgebenden »Fest der Folgenlosigkeit«, würde im Moment so nicht stattfinden können.

Allerdings habe ich den Waldbesetzern im Hambacher Forst »Sturmhauben« aufgesetzt, weil man bei »Masken« inzwischen nur noch an den Mund-Nasen-Schutz denkt.

Sieht man über diese minimalen Änderungen hinweg, könnte man meinen, dass sich die Pandemie nicht in diese Geschichte eingeschrieben hat. Aber das stimmt nicht. Zum einen gewinnt das zugrunde liegende Ideal der Folgenlosigkeit an Bedeutung, weil in der Pandemie viele – nicht alle – versuchen, ein Leben zu führen, das andere nicht schädigt.

Und was ich auch nicht aus dem Roman verbannen kann – und will –, ist meine eigene Verunsicherung, die in dieser Zeit gewachsen ist, die Einsamkeit, der ich ausgesetzt bin, und die depressiven Stimmungen, die mich immer wieder überkommen. Der Drache wird stärker, der Adler hat sich versteckt. Der Drache lässt sich aus der Geschichte nicht mehr vertreiben.

»Also, sind Sie bereit?«, fragte der Regisseur. »Es geht um das Statement, das Sie Ihrem Gesprächspartner – und damit auch unseren Zuschauern – mitgeben möchten. Das kann ruhig kontrovers sein, wir haben danach ja noch das Studiogespräch mit externen Experten, die das Thema nochmal vertiefen und

Ihre Positionen nachbesprechen. Wichtig ist nur: Sie müssen jetzt gut rüberkommen!«

Cornelia legte sich die Haare zurecht und schaute in die Kamera. »Meine Botschaft an die Waldbesetzer ist: Keine Gewalt! Keine Eskalation. Nur gemeinsam finden wir einen Weg in eine bessere Zukunft.«

Anka hatte keine Botschaft für Cornelia Stohmann. Klar, sie könnte die Phrasen runterbeten, wie sie es schon so oft getan hatte. Etwas von »Umweltgerechtigkeit« erzählen, von einer »CO_2-neutralen Zukunft«. Sie war müde, hatte keine Kraft mehr für die sonst immer abrufbare Empörung. War das Gespräch unter vier Augen, in dem eine menschliche Ebene hergestellt und so Konflikte abgebaut wurden, der Trick der Sendung? Oder lag es an Cornelia Stohmann? Was sollte sie dieser Frau erzählen? Sie spürte zu ihr eine Form von Nähe, die sie bislang nicht gekannt hatte und die sie verunsicherte.

»Frau Schrepelius, wir warten auf Sie. Die Kamera läuft!«

Anka schloss kurz die Augen. Bent Stohmann tauchte in ihren Gedanken auf. Gut sah er damals aus, dachte sie. Sie lächelte kurz, rollte ihre Schultern zurück, richtete sich ein Stück weit auf. Wir halten die Fassade aufrecht, sagte sie zu sich selbst, die Fassade des Kampfes, die Fassade der Wirksamkeit, auch wenn es tief innen eine unendliche Hoffnungslosigkeit gibt. Dann richtete sie sich mit fester Stimme an den Regisseur: »Wissen Sie, es gibt Grenzen, die sollte man nicht überschreiten. Es gibt Konflikte, über die kann man nicht reden. Wir – Cornelia Stohmann und ich, RMW und die Waldbesetzer:innen –, wir sind zu unterschiedlich. Schöne Worte sind das eine, aber Handlungen haben Folgen, ganz konkrete Folgen. Wenn wir nicht kämpfen, wird dieser Wald bald vernichtet sein. Wir haben hier etwas, woran wir wirklich glauben. Den Wald. Die Natur. Die Zukunft. Etwas, wofür wir einstehen wollen. Wofür wir bereit sind zu kämpfen. Etwas, wofür es sich lohnt zu kämpfen. Ich glaube, darum geht es im Leben: Sich klarzumachen, was die Folgen des eigenen Handelns sind. Und ob man dazu stehen kann!«

Aufgewühlt verließ Cornelia den Wald. Das Gespräch mit Anka hatte sie stärker berührt, als sie erwartet hatte. Ihr fiel ein, dass sie immer noch nichts von Florian Booreau gehört hatte. Der »Tag des Waldes« hatte so viele Besucher angezogen, dass die schmalen Straßen, die zum Goldbacher Wald führten, verstopft waren. Cornelias Fahrer kam kaum voran, drei Stunden standen sie im Stau.

Cornelia nahm ihr Handy aus der Tasche und scrollte durch ihre Mails. Dann rief sie Florian an. Freizeichen, keine Mailbox, aber niemand ging dran. Sie googelte nochmal Anka Schrepelius. Sie suchte Bilder, auf denen Schrepelius als junge Frau zu sehen war, fand aber nichts. Dann rief sie nochmal bei Florian an, wieder nur das Freizeichen. Sie überlegte einen Moment und entschied sich für eine SMS: »Warum melden Sie sich nicht? Wir wollen Ihre Provokationen. Gerade jetzt. Etwas, das aufrüttelt, neue Möglichkeiten des Denkens aufzeigt. Wir können das Ganze lassen, gerade jetzt. Oder wir nutzen es, um alles zu hinterfragen. Neu zu denken. Sie haben alle Freiheiten, Sie können der Jury vorschlagen, was Sie für richtig halten. Das muss ja kein Museum sein. Kann ich auf Sie zählen?«

Sie las die SMS nochmal durch, fand sie zu lang und kürzte sie. »Warum melden Sie sich nicht? Kann ich auf Sie zählen?« Sie las noch ein drittes Mal, fügte ein »Sie haben alle Freiheiten…« hinzu und drückte auf Senden. Dann schaltete sie ihr Smartphone aus und betrachtete die Sterne, die sie durch die Autoscheiben am Abendhimmel erkennen konnte.

Sind es die gleichen Sterne, die Florian in diesem Moment sieht? Sind »Freiheiten« eine Einschränkung von Freiheit, weil es von Freiheit keine Mehrzahl geben kann?

Oder anders gefragt: Können Erklärungen und Meta-Reflexionen die Fiktion offenlegen, ohne dabei das Moment der Immersion zu zerstören?

Cornelia Stohmanns Gedanken kreisten wieder um Anka Schrepelius. Sie hatte sie so komisch angeschaut, fremd, aber auch freundlich, ja, fast liebevoll, einen Blick, den sie gar nicht kannte von anderen Menschen. Dann hatte Anka Schrepelius diese unsichtbare Verbundenheit, die zwischen ihnen entstanden war, wieder abgebrochen; hatte weggeguckt, eine Maske der Unnahbarkeit aufgesetzt, als hätte sie Angst vor etwas. Vielleicht war die Voreingenommenheit des Aktivismus gegenüber der Industrie doch zu groß, um wirklich miteinander reden zu können. Kaum Bilder von Anka Schrepelius im Internet. Sie holte nochmal das Dossier aus ihrer Tasche. Immer wieder Aktionen gegen RMW, mal kleine, mal größere, die wieder im Sande verlaufen waren.

Ich sollte mal Bent nach ihr fragen, dachte Cornelia.

Anka hatte die Rollläden ihrer Wohnung heruntergelassen. Der »Tag des offenen Waldes« war ein Erfolg, aber für Anka auch anstrengend gewesen. Jetzt hatte sie Migräne und hielt es nur noch im Halbdunkeln aus.

Das Gespräch mit Cornelia Stohmann ging ihr nicht aus dem Kopf. Alles, was sie seit Jahren verdrängt, weggeschoben, aus sich verbannt hatte, war wieder da. Die Traurigkeit, die Verzweiflung, die Wut. Die Erinnerung bereitete ihr Schmerzen. Der Vorschlag für das Gespräch war ja nicht von ihr gekommen, sie hatte gedacht, das Ganze professionell angehen zu können, eben ein Pressegespräch. Sie hatte sich geirrt. Ich hätte auf die Anfrage nicht eingehen sollen, dachte sie.

Als Cornelia zu Hause angekommen war, machte sie nochmal ihr Handy an. Florian Booreau hatte geantwortet. Sie lächelte. Er hatte »Ja« geschrieben.

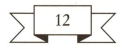

12

*Lisa und Florian gehen ins Museum;
Lisa weiß, dass sie schwanger ist,
sagt Florian aber nichts*

Seit dem Workshop auf der Insel hatten Florian und Lisa sich nicht mehr gesehen, es gab keinen besonderen Grund dafür, und es waren ja auch nur ein paar Tage gewesen. Jetzt wollten sie sich nochmal sehen, bevor Florian für eine Recherche nach Frankreich musste. Sie waren zusammen ins Berliner Bode-Museum gegangen.

Florian suchte nach Anregungen für das Projekt mit Cornelia, und ihm war in den letzten Tagen eine Christusfigur in den Sinn gekommen, die dort ausgestellt war. »Christus im Elend« von 1525, kein ausgemergelter Christus, sondern ein muskulöser, fast wie ein griechischer Held, aus Holz geschnitzt und detailliert bemalt, mit goldenem Tuch um die Hüften, die fahle Haut blutüberströmt und, wie Florian fand, entmutigt, den Kopf erschöpft in eine Hand gestützt. Entmutigt sein, das war ein Zustand, den er kannte, wenngleich er das nicht zugeben würde. Außerdem fand er, dass Niedergeschlagenheit zur »Stiftung Zukunft: für Kunst und Nachhaltigkeit« passen könnte – das Gefühl, dass der Kampf vergeblich sein wird.

Zwei Stunden waren sie durch das Museum gelaufen und hatten sich ihre liebsten Stücke gezeigt, nicht nur den »Christus im Elend«, sondern auch anderes. Lisas Lieblingsexponat hieß »Leerer Thron Gottes«, 1500 Jahre alt, von einem unbekannten Künstler in Byzanz aus weißem Marmor gehauen.

Es zeigte, wie der Name schon sagte, einen leeren Thron und zwei Lämmer, die in die Luft schauten.

»Sie suchen ihren Gott, sie wissen, dass es ihn irgendwo gibt, oder zumindest, dass es ihn gab, nun ist Gott weg.« So fasste Lisa das Werk zusammen. »Warum ist dieser Gott weg? Hat er keine Lust mehr, der Gott der Menschen zu sein, die seine Schöpfung zerstören? Oder haben die Menschen Gott umgebracht in ihrer Zerstörungswut? Bleibt die Welt ohne Gott oder kommt ein neuer?«

Sie lachten, und Florian betrachtete eingehend die Lämmer. »Und, was meinst du, haben die Lämmer nun Angst, oder sind sie froh, dass sie jetzt tun und lassen können, was sie wollen?«

Nach dem Museumsrundgang wollten sie ins Museumscafé gehen, dann bekam Florian doch Hunger und fragte Lisa, ob sie nicht etwas »Richtiges« essen gehen wollten. Sie gingen in ein nahe gelegenes chinesisches Restaurant, und dann begann Lisa, von dem Traum zu erzählen, den sie in der letzten Nacht auf Meuws gehabt hatte.

»Ich habe schon oft geträumt, dass alles, was ich tue, nicht ausreicht. Dass es nicht konsequent genug ist. Auf der Insel war es krasser. Ich habe geträumt, ich hätte eine Tochter, die mir vorwirft, dass ich nicht genug gegen Klimawandel und Umweltverschmutzung getan hätte, dass ich einfach so weitergelebt hätte und deshalb schuld bin, dass die Welt, in der sie leben muss, total kaputt ist.«

»Dann darfst du halt keine Kinder kriegen. Ist doch ganz einfach. In diese Welt muss man ja keine Kinder setzen, so viele Bäume kannst du gar nicht pflanzen, um das zu kompensieren.«

»Und du, möchtest du Kinder haben?«

»Ich?« Florian schüttelte den Kopf. »Weiß ich nicht. Die Frage hat sich mir noch nicht gestellt. Wenn man das, was wir machen, ernst nimmt, dann kann man in diese Welt keine Kinder setzen. Das kann man nicht verantworten. Wir haben eh mehr als genug Menschen auf der Welt.«

Florian wartete, ob Lisa etwas sagen wollte. Aber sie schwieg.

»Lisa. Versteh mich nicht falsch. Das hat nichts mit dir zu tun!«

Warum kann ich mir Florian nicht als Vater vorstellen?, dachte sie. Nein, an der Kunst liegt es nicht. Vielleicht, weil ich eh nicht weiß, was ein Vater ist. So hätte das bestimmt Anka erklärt. Sie führte fast jedes Lebensproblem auf die Eltern zurück. Lisas Eltern hatten sich getrennt, als sie fünf Jahre alt war. Ihren Vater hatte sie anfangs jedes zweite Wochenende, dann einmal im Monat und, nachdem er nach Spanien gezogen war, nur noch alle halbe Jahre gesehen. Inzwischen sah sie ihn nur noch sehr unregelmäßig, einmal im Jahr, wenn es hochkam. Das alles habe bei Lisa zu Verlustängsten geführt, so Anka. Lisa dachte nicht gerne an ihren Vater. Er hatte Kunst studiert, eine Zeit lang gemalt, dann in einer Galerie gejobbt. Inzwischen verkaufte er Kunsthandwerk auf Touristenmärkten, Ketten, Ringe, auch geflochtene Körbe. Ein paar Sachen machte er selber, das meiste importierte er aus China.

Florian stocherte in seiner Vorspeise herum.

Ich kann nicht ewig damit warten, dachte Lisa. Seit einer Woche hatte sie den Teststreifen nun in ihrer Handtasche.

»Ich muss mal kurz auf Toilette«, sagte sie und stand auf.

Es war ein Kreuz. Eindeutig ein Kreuz.

Nicht echt, dachte Lisa. Das war nicht der Plan. Sie steckte den Teststreifen wieder in ihre Handtasche. Holte ihn wieder heraus. Steckte ihn wieder weg. Sie saß jetzt bestimmt schon fünf Minuten auf der Toilette und starrte immer wieder den

Teststreifen an. Und dann musste Lisa an ihre Mutter denken. Genau genommen: wie sie das ihrer Mutter erklären sollte. Und was ihre Mutter für ein Gesicht machen würde. Lisa dachte nicht an sich, sie dachte nicht an Florian, sie dachte nicht an das Kind, sondern an ihre Mutter.

Ausgerechnet jetzt, würde ihre Mutter bestimmt sagen. Nicht weil es einen bestimmten Grund gab, sondern weil ihre Mutter immer etwas auszusetzen hatte an dem, was Lisa machte, was Lisa dachte, was Lisa passierte. Sie betrachtete die Narben an ihren Unterarmen, die wieder zu jucken anfingen. Sie hasste ihre Mutter, und dieser Hass wandte sich immer gegen sie selbst. Ihre Mutter hatte sich eine perfekte Lisa gewünscht, eine Lisa nach ihren Vorstellungen, gleichsam als Preis dafür, dass sie ihre eigene Karriere aufgegeben hatte, um sich um die Tochter und später ihren jüngeren Bruder Noah zu kümmern. Lisa hatte Ballett gelernt, Lisa hatte Klavier spielen müssen, Lisa war im Tennisverein gewesen. Lisa erbrachte sehr gute Leistungen in der Schule, Lisa machte ein Auslandsjahr in Frankreich, und Lisa wollte Kunstgeschichte studieren. Dass Lisa magersüchtig war, dass Lisa sich ritzte, dass Lisa Drogen nahm, das hatte die Mutter nie interessiert. Sie hatte die Augen stets fest verschlossen, damit ihr Idealbild von der Tochter ja keinen Kratzer bekam.

Lisa nahm wieder den Teststreifen aus der Handtasche. Das Kreuz war immer noch da.

Der erste Riss zwischen Lisa und ihrer Mutter entstand, als Lisa nicht Kunstgeschichte studierte, sondern sich an einer Kunsthochschule bewarb. Erst verstand sie die Wut ihrer Mutter nicht, schließlich hatte diese immer davon erzählt, wie gerne sie Künstlerin geworden wäre, dann verstand sie, dass ihre Mutter ihr diese Freiheit nicht gönnte. Als sie das verstanden hatte, brach sie den Kontakt ab.

Jetzt, mit dem Schwangerschaftstest in der Hand, dachte sie das erste Mal seit langer Zeit wieder an ihre Mutter. Lisa schüttelte sich, steckte den Teststreifen in ihre Handtasche und ging zum Waschbecken. In Ruhe zog sie ihren Lippenstift nach.

Ich bin im Lockdown, Corona-mäßig, aber auch psychisch. Oder emotional. Vielleicht auch beides, ich weiß es nicht. Nichts kommt an mich ran, und ich komme an nichts ran. Ich verbrenne mir die Finger, weil ich beim Kochen ins heiße Wasser fasse. Tut aber nicht weh. Mein Kopf brennt so, dass ich nicht mehr denken kann. Ansonsten herrscht Leere. Manchmal versuche ich zu schreiben, um so etwas wie Alltag zu simulieren. Oder zumindest vor mir selbst die Behauptung aufrechtzuerhalten, dass alles okay sei. Ich versuche zu schreiben, aber ich komme nicht weiter. Ich sitze vor meinem Rechner, schaue auf den Bildschirm. Nichts passiert. Was auch nicht zu erwarten ist, wenn man nur auf den Bildschirm guckt.

Ich überlege mir, wie eine Seite aussieht, auf der einfach nur »leer« steht.

Leer.

Leer.

Leer.

Leer.

Oder wenn ich ein paar leere Seiten ins Dokument einfügen würde. Sätze beginnen und dann einfach aufhören lassen würde. »Florian träumte, er stand auf und« oder »Lisa wusste nicht, ob sie«.

Ich schreibe es auf, und dann lösche ich es wieder. Manchmal verbringe ich so zwei Stunden, manchmal zwei Tage. Danach wird die Datei wieder abgespeichert, mit neuem Datum, weil ich mir ja sonst eingestehen müsste, schon wieder nichts gemacht zu haben. Die Leere in mir ist schwer zu ertragen.

Als Lisa von der Toilette kam, war Florian in sein Handy vertieft.

»Da bist du ja endlich«, sagte er und lächelte sie an.

Lisa lächelte flüchtig zurück und setzte sich, der Kellner brachte das Essen. Lisa hatte schon vergessen, was sie bestellt hatte.

»Willst du auch noch ein Glas Wein?«, fragte Florian.

»Gerne«, sagte Lisa und schob ihm ihr Glas zu, dann fiel ihr ein, dass sie jetzt keinen Alkohol mehr trinken sollte, und sie zog das Glas wieder zurück. Ihre Mutter hatte immer Alkohol getrunken, nicht viel, dafür regelmäßig. Warum denke ich die ganze Zeit an meine Mutter, dachte Lisa, und goss Mineralwasser ins Weinglas.

»Der Goldi soll bald geräumt werden«, sagte Florian.

Lisa lächelte kurz, weil sie an John denken musste. Noch so ein Mann, der keine Verantwortung übernehmen wollte. Oder konnte. Nach außen immer der Klarmacher, Ansager; Protest, Widerstand, die ganz große Nummer, aber in der alltäglichen Liebe total unfähig. Du suchst nach deinem Vater, hatte Anka gesagt, du wiederholst das Muster, das du aus der Kindheit kennst. Am Anfang hatte es Lisa geholfen, ihr Verhalten von Anka erklärt zu bekommen, inzwischen erschien ihr das manchmal als zu einfach.

»Das machen die nie, das gibt zu viel Krawall. Meint jedenfalls John«, sagte sie.

John. Er hatte immer behauptet, dass er sie liebe. Und dass er trotzdem seine Freiheit bräuchte. Stundenlang hatte sie mit Anka am Feuer gesessen und sich bei ihr ausgeheult. Über Angst und Freiheit. Freiheit von Angst und Angst vor Freiheit.

Natürlich hatte sie an John geklammert. Und John hatte immer von Freiheit geredet, dabei hatte er nur Angst vor einer Bindung. Je mehr er von Freiheit sprach, desto mehr hatte sie geklammert. Wenn Lisa an Anka dachte, lösten sich alle Unsicherheiten. Anka war der einzige Mensch, mit dem sie richtig reden konnte.

Lisa beobachtete Florian. Sie versuchte, ihn sich als Vater vorzustellen. Nein. Ihm erzählen, dass sie schwanger war? Nein! Sie wischte sich eine Träne aus dem Auge. Florian hatte nichts bemerkt.

»Apropos Goldi«, sagte sie, »hattest du eigentlich nochmal Kontakt zu Cornelia Stohmann und ihrer Stiftung?«

13

*Florian fährt zu Mikael Mikael und hat die Idee
für ein »Museum für ökologische Kunst«*

Am nächsten Morgen machte sich Florian auf den Weg nach Marseille. Er wartete am Flughafen auf den verspäteten Flug und ärgerte sich. Er ärgerte sich, dass er gegen seine Überzeugung wieder einen Flug gebucht hatte, statt mit der Bahn zu fahren. Zeit hatte er im Moment genug. Und er ärgerte sich über das Essen mit Lisa am Vorabend. Es wäre so einfach gewesen, »Ja« zu sagen, aber er hatte »Nein« gesagt, wobei das, wie er sich zugutehielt, nicht gelogen war: Schließlich hatte er nicht mit Cornelia Stohmann gesprochen, sondern nur SMS ausgetauscht.

Florian wollte den Künstler Mikael Mikael treffen, den er schon in mehreren Ausstellungen gezeigt hatte. Vor zwei Jahren war Mikael Mikael aus der Kunstwelt verschwunden, nun lebte er wie ein Mönch in der Einsamkeit, zurückgezogen und asketisch. Das letzte Lebenszeichen, das Florian von ihm erhalten hatte, war eine Postkarte gewesen. Sie zeigte eine Art dreidimensionales Rhönrad aus verchromtem, in der Sonne blitzendem Stahl, in dem ein weiß gekleideter Mann stand. Dazu hatte Mikael handschriftlich vermerkt: »Damit rase ich den Mont Ventoux hinab, vom Berg der Erkenntnis in das Tal der Qualen.«

Florian saß mit einer Flasche Wein beim Mittagessen auf der Terrasse eines Restaurants in der Nähe von Avignon. Er schaute in die Weite der provenzalischen Landschaft – Häuser aus Naturstein, Lavendelfelder, Zypressen.

Am Flughafen in Marseille hatte er sich ein Auto gemietet und war nach Avignon gefahren, hatte sich im Hotel Central einquartiert, kein besonderes Hotel, auf die Schnelle hatte er kein anderes gefunden. Auch nach zwei Tagen hatte Mikael Mikael noch nicht auf seine Nachricht geantwortet, das hatte Florian nicht anders erwartet. Jemand, der aufhörte, Kunst zu machen, und sich freiwillig in die Berge zurückzog, antwortete nicht sofort auf E-Mails, SMS oder Anrufe. Deshalb hatte er Mikael auch nicht gefragt, ob er ihn besuchen könne, sondern seinen Besuch einfach angekündigt. Das Ausbleiben einer Antwort wertete er vorsichtig optimistisch als Zustimmung. Allerdings wusste er nicht, wohin genau Mikael sich zurückgezogen hatte. Irgendwo am Mont Ventoux halt, aber was hieß das schon? Mikael hatte eine Obsession; er wollte keine Spuren hinterlassen und als Person geradezu unsichtbar sein.

Florian hatte beschlossen, die Wartezeit zum Nachdenken zu nutzen, offene Fragen gab es ja genug: Was würde aus dem Projekt mit der Agentur für Umweltgestaltung? Was sollte er für die »Stiftung Zukunft« vorschlagen? Und was würde aus ihm und Lisa?

Den ersten Tag hatte er entgegen seiner Absicht noch alte Mails beantwortet und mit Cornelia Stohmann die Formalitäten geklärt; die erste Tranche der 500 000 Euro war schon auf sein Konto überwiesen worden. Dann war er ins Nachdenken gekommen und hatte als Projekt für die Stiftung erste Ideen für ein »Museum der ökologischen Kunst« formuliert.

Der Kellner brachte den zweiten Gang – provenzalisches Kaninchen –, als Florian eine SMS bekam.

»Du kannst zu mir kommen. Heute Nachmittag, 16:00, du parkst in Malaucène und gehst dann die Straße hoch zum Mont Ventoux. Du wirst mich sehen.«

Mikael Mikael war die Projektionsfläche eines Lebenstraumes von mir, ich habe unter seinem Namen künstlerische Arbeiten produziert und ausgestellt. Außerdem ist er die Hauptfigur in meinen Romanen »RLF« und »1WTC«. In dieser Geschichte ist er nur eine Randfigur, eine Reminiszenz; ich hatte mich von ihm schon verabschiedet.

Mikael Mikael saß hinter einer Kurve auf einem Baumstamm. Um ihn herum grasten Schafe. Er begrüßte Florian mit einem kurzen Nicken. Dann zeigte er zu einem Pfad, der abseits der Straße den Berg hinaufführte. »Wir müssen noch ein Stück laufen.« Er setzte seinen Rucksack auf und ging los. Florian hatte Mühe, mit ihm Schritt zu halten. Mikael ging zügig, obwohl es immer steiler wurde, und Florian geriet außer Atem.

Nach einer Stunde Fußmarsch tauchte am Rand des Weges ein kleines Steinhaus auf. An jeder Seite zwei Fenster, daneben eine Art Stall aus Holz.

»Wir sind da.«

»Schön hier«, sagte Florian.

Neben der Hütte stand ein zwei bis drei Meter hohes, kugelförmiges Objekt aus gebogenem Stahlrohr. Florian betrachtete es. »Das ist auf der Postkarte?«

»Ja. Damit rolle ich den Berg hinunter. Und dann rolle ich das Ding wieder hoch. Ich nenne es ›Der Stein‹.«

»Wie oft machst du das?«

»Jeden Tag. Manchmal einmal, manchmal zweimal.«

»Warum?«, fragte Florian.

Mikael lachte. »Was soll ich hier sonst machen?«

Sisyphos, der Held, der als Strafe der Götter einen Stein den Berg hinaufrollen muss. Er leidet nicht, gibt nicht auf, macht weiter, obwohl die Perspektive trostlos ist. Er bietet den Göttern in der größten Strafe die Stirn.

Irgendwann kamen mir Zweifel. Camus hatte ja behauptet, Sisyphos sei glücklich, nicht weil er sich der Strafe beugt, sondern indem er sie annimmt, ihr etwas abgewinnt, ihr einen Sinn gibt, und dieser selbstgesetzte Sinn sei das, was glücklich mache. Ich glaube, Camus hatte das Anthropozän noch nicht verstanden. Er nahm die Welt, in der Sisyphos agierte, als gegeben an. Deshalb bleiben bei Camus so viele Fragen offen: Wer oder was ist der Stein? Warum gibt es den Berg? Woraus besteht der Berg?

Vilém Flusser, der tschechisch-deutsch-jüdisch-brasilianische Medienphilosoph, hat Gedanken über Abfall und Berge formuliert, die zu einer verkürzten Zivilisationstheorie anregen: Der Herrscher, der Häuptling, errichtet sein Haus, seine Burg, sein Schloss auf einem Berg, damit er den besten Überblick hat, den Feind schon von Ferne kommen sieht. Wo kein Berg ist, muss er sich einen bauen. Wo ein Berg ist, muss er ihn höher machen. Der Berg, auf dem der Häuptling sich ansiedelt, ist kein natürlicher Berg, sondern ein künstlicher. Aber woraus lässt der Häuptling sich den Berg bauen? Aus dem angehäuften Müll der Zivilisation. Der Häuptling thront auf einer Müllkippe.

Ich stelle mir also vor, dass Sisyphos den Stein eine Müllkippe hinaufrollt. Das gibt seinem Leben sogar einen Sinn, denn er verdichtet den bislang losen Müll, schafft ein solides Fundament für weitere Herrschaft. Würde es nicht mehr Sinn machen, die Müllkippe abzutragen?

Florian und Mikael saßen noch eine Weile vor der Hütte, ohne etwas zu sagen. Mikael holte zwei Becher, füllte sie am Brunnen mit Wasser.

»Warum bist du hergekommen?«

»Ich bereite eine Ausstellung vor. Und vielleicht passt etwas von dir dazu.«

Florian schaute Mikael erwartungsvoll an, der zeigte aber keine Reaktion.

»Ich kann noch nicht genau sagen, wie die Ausstellung wird. Ich bin noch unsicher. Aber ich musste an die Postkarte denken, die du mir geschickt hast, mit deinem Stein. Zu der Frage, welche Folgen unser Handeln hat, passt dein Stein doch sehr gut. Sisyphos halt. Da stecken wir ja alle drin. Also, ich dachte, dass das gut zu so einer Ausstellung passt.«

»Schön«, sagte Mikael, »schön. Schöne Ausstellung, bestimmt, das wird ganz bestimmt ganz toll. Aber weißt du … du weißt doch … ich mache keine Kunst mehr. Und das heißt … wirklich …. ich möchte nicht mehr ausstellen.«

Florian schaute ihn verwundert an. »Du kannst doch nicht aufhören, deine Arbeit zu zeigen. Und dieser ›Stein‹, mit dem du den Berg hinunterrollst, das ist doch deine Arbeit. Das ist deine Kunst. Und die muss man ausstellen!«

Mikael schüttelte den Kopf. »Ich muss gar nichts … Ich bin ein freier Mensch … Ich muss nicht ausstellen … wirklich nicht. Ich lebe hier auf meinem Berg. Und ab und zu rolle ich hinunter. Und dann gehe ich wieder hinauf. Das ist alles … Und das reicht … auch wenn du dir das nicht vorstellen kannst.«

»Und was soll ich dann ausstellen?«

Mikael zuckte mit den Schultern. »Stell doch nichts aus. Das ist das Ökologischste. Ein leeres Museum.« Er lachte. »Das traust du dich bestimmt nicht … Sonst stell doch Schafe aus.«

»Warum denn Schafe?«

»Schafe sind schöne, intelligente Tiere … Und anders als Ziegen beißen sie nur die Blätter ab und lassen die Wurzeln im Boden. Das passt doch gut zu deinem Projekt, oder?«

In einer der ersten Skizzen zu diesem Roman bietet Mikael an, einen Haufen Scheiße von sich auszustellen. Jeden Tag ein Foto von seinem Stuhlgang. Keiner, dem ich davon erzähle, findet das gut.

Ich versuche zu argumentieren: Es geht um die schmerzhafte Anerkennung der eigenen Folgenlosigkeit, der Vergeblichkeit: Weil alles, was man macht, am Ende zu einem stinkenden Haufen Scheiße verkommt. Was auch immer man oben hineinstopft, kommt – weich oder fest, flüssig oder körnig, hell oder dunkel – stinkend unten wieder raus.

Es gab aber schon bessere Ideen mit Scheiße, z. B. von Piero Manzoni, der 1961 seine eigenen Exkremente in Konservendosen gefüllt und als Künstlerscheiße ausgestellt hat.

Mikael macht keine Scheiße. Stattdessen also Schafe.

14

*Suzanna Schnejder teilt Florian mit,
dass das Kunstprojekt der AFED
abgebrochen wird*

Suzanna Schnejder saß an ihrem Schreibtisch und las zum zweiten Mal die Mail der Leiterin des Center for Climate Justice. »Das gesamte Verhalten der Künstler – herumlungern, nackt baden, Stofftieren das Sprechen beibringen – bringt das Center und letztlich die ganze Agentur in Misskredit … wir gehen davon aus, dass Ihre Stipendiaten Drogen konsumieren«, so lauteten die Vorwürfe, die dann noch weiter ausgeführt wurden. »Außerdem sind Beschwerden darüber eingegangen, dass die Stipendiaten des Centers bei einer Veranstaltung zur Gründung der ›Stiftung Zukunft: für Kunst und Nachhaltigkeit‹ Störaktionen organisiert hätten, obwohl doch die Stiftung grundsätzlich ähnliche Ziele verfolgt wie das Stipendienprogramm. Der Kurator des von Ihnen initiierten Stipendienprogramms, Florian Booreau, soll daran beteiligt gewesen sein und sogar den Druck von Flyern und Ähnlichem aus dem Stipendienprogramm finanziert haben.« Die Mail gipfelte schließlich in der Forderung, das Vorhaben zu beenden. »Um weiteren Schaden abzuwenden, bitten wir deshalb dringend, das Vorhaben ›Kunst mit Weitblick‹ abzubrechen.«

Die Mail war zwar an sie gerichtet, aber im Verteiler war auch das deutsche Umweltministerium, das an der Finanzierung des Centers beteiligt war, der Direktor der AFED, außerdem mehrere EU-Abgeordnete. Schnejder war außer sich. Sie trommelte mit ihren lackierten Fingernägeln auf der

Tischplatte. »Beschwerden eingegangen«, eine klassische Formulierung, die alles und nichts bedeuten kann. Ihr Chef hatte sie auch schon gebeten, die Angelegenheit »final zu klären«. Immer das gleiche Spiel: Druck machen, ohne Verantwortung zu übernehmen; Entscheidung und Umsetzung blieben dann an ihr hängen. Schon zwei Mal hatte sie das Telefon in die Hand genommen und wieder weggelegt. Wie sollte sie das Florian Booreau vermitteln, ohne sich lächerlich zu machen?

Das strategische Ziel des Stipendiums war ursprünglich, dem Center zu mehr Sichtbarkeit zu verhelfen. So hatte sie es der Behörde vermittelt, und das war auch gegenüber dem EU-Parlament die Begründung für die Gelder. Und nun wehrte sich das Center selbst gegen das Programm, nur weil es auf der ersten Teilstrecke nicht besonders überraschende Konflikte gab? Wobei Suzanna Schnejder über die Heftigkeit der Beschwerde erschrak.

Erst gestern hatte sie ausführlich mit Cornelia Stohmann gesprochen, die nicht verärgert über die Aktion der Stipendiat:innen war. Die Agentur plante eine langfristige Kooperation mit RMW, denn in dem neu zu entwickelnden Feld der Umweltgestaltung waren Partner notwendig, die das technische Rüstzeug hatten, um großmaßstäblich in Landschaft einzugreifen. Und außerdem hatte der Direktor ihr bedeutet, dass es sinnvoll wäre, die Unternehmen, die von der Energiewende und vom Kohleausstieg ökonomisch negativ betroffen wären, wenigstens an den geplanten Neugestaltungen zu beteiligen. Es ging schließlich auch um Arbeitsplätze in der Region.

Ihr war völlig unklar, wer sich beim Center beschwert haben könnte, aber letztlich war es ihr egal. Wie es aussah, musste sie einen eleganten Weg finden, das Projekt zu beenden oder auslaufen zu lassen. Seit zwei Jahren arbeitete sie an ihrer nächsten Karrierestufe, deren wichtigste Funktion es war, sie aus Cottbus wegzuführen. Zurück nach Brüssel, das wäre das Beste – Italien, Spanien, Frankreich würde sie auch mitnehmen, wenn es sich anböte. Griechenland im Notfall auch oder die Niederlande. Wien natürlich. Am liebsten Brüssel. Auf keinen Fall Osteuropa. Und sie hatte kein Interesse daran, dass nun alles, was sie sich diesbezüglich an Meriten erarbeitet hatte, von einem fehlgeleiteten Kunstprojekt ruiniert werden sollte.

Zwar hatte sie das Kunstprojekt durchaus mit der Absicht ins Leben gerufen, weitere Pluspunkte auf ihrem Karriereweg zu sammeln, aber wenn es sie stattdessen intern ins Schussfeld brachte, nur weil Florian Booreau das Ganze unnötig radikalisiert hatte, fiel es ihr auch nicht schwer, es sofort abzubrechen. Zudem hatte Cornelia Stohmann ihr berichtet, dass Booreau ihr eine Zusammenarbeit zugesagt habe – auf die sie extrem gespannt sei. Sie hatte den Ausführungen zwar nicht folgen können, aber Details waren ihr in diesem Zusammenhang eh egal gewesen. Sie war beruhigt, dass Booreau durch die nun vorzunehmende Entscheidung nicht in ökonomische Schwierigkeiten geraten würde, denn sie gab viel auf ihr soziales Verantwortungsbewusstsein.

Gegen ihren ersten Impuls hatte sie ihr auch nicht von einer Zusammenarbeit mit Booreau abgeraten, trotz der schlechten Erfahrungen, die sie mit ihm gemacht hatte. Wer weiß, vielleicht würde die Zusammenarbeit zwischen Booreau und Cornelia Stohmann ja doch ein Erfolg werden, und dann wollte sie nicht diejenige gewesen sein, die davon abgeraten hatte.

Sie nahm ihr Telefon ein drittes Mal in die Hand und rief Florian Booreau an.

Irgendwann stirbt jedes Projekt. Die vielen Ideen, die ich im Auftrag des Umweltbundesamts für eine Ausstellung über Folgenlosigkeit entwickelt habe, sollen nicht realisiert werden. Zumindest nicht mit dem Geld des Umweltbundesamts. Die symbolische Versöhnung von Florian mit seinem Vater, die ich ihm – oder mir – gewünscht hatte, ging gehörig schief. Keine Akzeptanz für künstlerisches Experimentieren; das Umweltbundesamt möchte keine Folgenlosigkeit finanzieren. Keine Ausstellung, keine Publikation. Immerhin darf ich den Film über Folgenlosigkeit umsetzen, weil das vertraglich bereits festgelegt war.

Und auch wenn das Ende des Projekts sich schon länger abgezeichnet hatte, war ich traurig, enttäuscht, niedergeschlagen. Michael Marten, der mein UBA-Projekt zeitweilig seitens des Umweltbundesministeriums betreute, meinte dazu lakonisch (und auch, um mich zu trösten): »Das ist doch nur konsequent, dass ein Projekt, das sich mit ›Folgenlosigkeit‹ beschäftigt, am Ende folgenlos bleibt.«

Als Florian die Nummer auf dem Display erkannte, überlegte er kurz, einfach nicht dranzugehen. Suzanna Schnejder. Er hatte keine Lust, sich zu ärgern. Außerdem war er in Gedanken ganz woanders. Am Abend stand ein Sponsorendinner in seinem Studio an, für das er noch eine Präsentation vorbereiten musste. Dann nahm er, quasi aus Gewohnheit, das Gespräch doch an.

Bevor Florian mit Suzanna Schnejder telefoniert, möchte ich noch Jakob Brossmann vorstellen. Er ist Filmemacher, und ich arbeite mit ihm an dem Film *Die Kunst der Folgenlosigkeit*. Jakob hat viele Ideen, nicht alle werden es in den Film schaffen, deshalb sind sie in den Roman geschwappt. Zum Beispiel, dass Florian eine Ausstellung macht mit Künstlern, die einen künstlichen Wald errichten wollen. Der Roman ist also auch ein Stück weit von Jakob.

Jakob hatte sogar noch mehr Ideen, die weder im Roman noch im Film Verwendung finden. Zum Beispiel, dass Mikael Mikael auf einem Berg weiße Folien auslegt, die das Sonnenlicht wieder in den Himmel zurückreflektieren. Das fand ich zu platt, weil das schon gemacht wird, um Gletscher vor dem Schmelzen zu schützen. Und Plastikplanen gegen den Klimawandel, nun ja, ich weiß nicht, ob ich das so stimmig finde. Es gab noch einen anderen Grund, warum ich mich gegen Jakobs Ideen, die Mikael Mikael anbelangten, gewehrt habe. Mikael Mikael gehört mir. Er ist meine Figur. Ich habe ihn mir ausgedacht, und ich gebe ihn nicht ab. Gerade weil er verschwunden ist: Vielleicht taucht er irgendwann mal wieder auf. Jetzt zurück zu Florian und Suzanna Schnejder.

Das Gespräch mit Suzanna Schnejder begann ganz unverfänglich. Sie wolle sich mit Florian über die Erfahrungen des Workshops austauschen. Sie sprachen über die Schwierigkeiten, die das Center for Climate Justice mit dem Vorgehen der Künstler hatte, die Probleme, die sich daraus für alle Beteiligten ergaben.

»Die Inselleitung hat sich beschwert, dass einige Künstler sich am Bootsanleger nackt sonnen«, berichtete Suzanna Schnejder, worauf Florian entgegnete, dass das eine Auseinandersetzung mit dem immer wieder behaupteten Naturzustand der Insel sein könnte. »Im Naturzustand ist der Mensch ja auch nackt.« Eine Argumentation, auf die Schnejder nicht weiter einging. Außerdem mache sich die Inselverwaltung große Sorgen wegen des Sprachunterrichts für Teddybären. »Sie sagen: ›Wenn jemand das mitbekommt und denkt, das sei die Arbeit des Center for Climate Justice, dann können wir einpacken.‹« Und auch mit dem alltäglichen Verhalten der Künstler habe die Inselverwaltung Probleme – Handtücher, die aus den Fenstern der Apartments hängen, Picknick auf der Wiese, »es gibt Mitarbeiter, die das als Zigeunerlager bezeichnen.« Für Florian verriet das allerdings mehr über die politische Stimmung der Region als über die Künstler. Die beiden tauschten sich noch über die Reaktion der Inselverwaltung auf die Komodowarane aus, wofür Florian das mangelnde Kunstverständnis in der Nachhaltigkeitsszene und Suzanna Schnejder die ostdeutsche Mentalität verantwortlich machte.

»Und, was ist die Konsequenz daraus?«, fragte Florian in der Erwartung, dass Suzanna Schnejder nun vorschlagen würde, das Projekt zu beenden.

»Ich glaube, das Center for Climate Justice ist für dieses innovative Projekt noch nicht weit genug. Wir müssen unser Vorhaben auf einer höheren Ebene ansiedeln. Ich werde zusätzliche Gelder bei der EU beantragen, und so lange lassen wir die Ausstellung und den Katalog ruhen. Wir brauchen mehr Geld, damit wir das richtig groß aufziehen können. So wie es im Moment angelegt ist, ist es einfach zu klein, eine vertane Chance, verstehen Sie, was ich meine?«

Die Macht der Gegenwart lächelt. Sie kleidet sich in Freundlichkeit und Verständnis. Sie versucht, ihre eigene Macht zu verbergen.

15

*Cornelia Stohmann veranstaltet ein Sponsorendinner,
auf dem Florian seine Ausstellungsidee vorstellt;
es kommt beinahe zum Eklat*

Den halben Vormittag hatte sich Florian über Suzanna Schnejder geärgert, sich dann aber gefreut, dass das Projekt mit der Agentur nun endlich vorbei war. Denn darauf lief es hinaus, er war ja nicht blöd – »ruhen lassen«, »neue Partner suchen«, das waren alles hohle Floskeln, um nicht »es ist vorbei, wir brechen das ab« sagen zu müssen, denn das wäre ja das Eingeständnis eines Scheiterns. Wobei leider auch das »vorbei« nicht stimmte, er musste noch einen Bericht schreiben, in dem das Scheitern als Erfolg dargestellt werden sollte. Schnejder müsste sich ja sonst selbst in Frage stellen, dachte Florian.

Immer wieder kamen ihm Szenen mit Suzanna Schnejder in den Kopf, er spielte sie durch, dachte sich neue, bessere Antworten aus, souveränere Reaktionen. Sie hatte sich in seinen Kopf gedrängt, wie ein Virus, der sich ungehindert ausbreitete, gegen den nur Kontaktsperre half, er war hilflos gewesen, ausgeliefert, vielleicht, weil sie an Rezeptoren andockte, die von seiner Mutter angelegt worden waren. Seine Mutter hatte ihn immer im Unsicheren gehalten, um ein Abhängigkeitsverhältnis zu konstruieren; ein raffiniertes Machtinstrument, das auch Suzanna Schnejder benutzte, indem sie alles immer wieder in Frage stellte und sich nicht an Absprachen hielt.

Mit Cornelia war es anders; sie sagte etwas, Florian hörte es sich an, und dann war es gut. Cornelia nistete sich nicht in seinem Kopf ein, sondern ließ ihm seine Freiheit.

Er nahm eine Dusche, versuchte alle Gedanken an Suzanna Schnejder und das gescheiterte Projekt von sich abzuwaschen. Den Rest des Nachmittags wollte er sich voll auf die Vorbereitungen für das Sponsorendinner konzentrieren, Cornelia hatte die Gäste für sechs Uhr eingeladen.

Das Sponsorendinner war Cornelias Idee gewesen. Ihr war wichtig, das Museum für ökologische Kunst auf eine breite Basis zu stellen, wie sie Florian erklärte. Florian wollte die Idee lieber noch etwas ausarbeiten – »das war doch nur ein Gedanke bei einer Wanderung auf den Mont Ventoux« –, aber Cornelia war so begeistert von dem, was er ihr erzählt hatte, dass sie unbedingt einen, wie sie es nannte, »Testballon« starten wollte. Die ursprünglich ganz kleine Runde von Freunden war schnell größer geworden, Cornelia hatte das halbe Who's who aus Politik und Wirtschaft eingeladen; Vorstandsmitglieder von Banken, Versicherungen, Automobilindustrie, Energie und Chemie – überall gab es jemanden, der für Umweltschutz und Klimawandel oder zumindest für *Corporate Social Responsibility* zuständig war. Das Feedback war positiv, Cornelia war euphorisch, es hatten sich neben den Managern auch einige Politiker angemeldet, nicht nur Abgeordnete, sondern sogar ein Minister.

Florians Studio lag in Berlin-Kreuzberg, es war eine Mischung aus Werkstatt, Büro und Wohnung; der große Raum, in dem er normalerweise die großformatigen Modelle der Ausstellungsräume aufbaute, um die Inszenierung vorzubereiten, die genaue Positionierung der einzelnen Arbeiten im Raum und an den Wänden zu überprüfen und Licht und Farbe zu simulieren, war leergeräumt. In der Mitte des Raums stand nun ein festlich gedeckter Tisch für fünfzehn Gäste. Issa hatte mit zwei Kollegen das Catering organisiert und, ganz wie es sich Cornelia vorgestellt hatte, groß aufgefahren: Hummer, Austern, Huhn, Lammkoteletts.

Gleich zu Beginn, die Gäste hatten sich noch nicht gesetzt, sondern standen mit ihren Champagnergläsern herum, stellte Florian seine ersten Ideen für das Museum vor, eine, wie er sagte, skizzenhafte Annäherung.

»Schafe. Stellen Sie sich vor: Ein Museum voller Schafe«, begann Florian. Wie erwartet wunderten sich die Anwesenden zuerst, dann erklärte Florian ihnen den Zusammenhang. »In der griechischen Antike war mit der Bukolik eine ganze Kunstgattung den Schafen und ihren Hirten gewidmet. Und im Barock wurden etliche Bilder von schönen Landschaften mit Hirten und Schafen gemalt, die die antiken Dichtungen wieder aufgriffen. Das Thema war immer das gleiche: Der Hirte und seine Schafe stehen für das einfache, das gute Leben und für Verantwortung, der Hirte muss die Schafe ja hüten, beschützen, so wie wir heute die Zukunft.« Er hatte Bilder an die Wand projiziert, Gemälde von Claude Lorrain und Nicolas Poussin, barocker Kitsch, liebliche Landschaften, und alle hatten aufmerksam zugehört und hier und da zustimmend genickt.

»Dieses Ideal ist heute natürlich unerreichbar. Das war aber schon früher so.« Als Gegenpol zu diesem Ideal zeigte Florian Bilder aus der Sammlung von Bent Stohmann. »Wir haben also das Gegensatzpaar von realer Energielandschaft und idealisierter Traumwelt. Dan Flavins Lichtinstallationen und Poussins Schafe. Und zwischen diesen beiden Polen«, erklärte Florian, »findet sich der Mensch. Sie. Ich. Wir alle. Aber nicht so, wie Sie sich selber gerne sehen, nicht als heldenhafter Bezwinger der Welt, sondern als Mensch in seiner Ambivalenz!« Florian zeigte weitere Bilder. »Antike Torsi«, erklärte er, »finden die meisten Menschen schön, man erkennt sofort den Menschen in seiner Schönheit, die Muskeln überdeutlich dargestellt, der leicht gewundene Oberkörper, wie in einem Moment der sexuellen Erregung.« Florian lachte. Auch er fand die Torsi schön, aber mit ihren abgeschlagenen Köpfen und Armen waren sie Zeugen der nie enden wollenden menschlichen Gewalt.

»Die Torsi zeigen, wie verletzlich der Mensch ist. Er glaubt immer, er sei mächtig, in Wirklichkeit ist er schwach. Er ist so verletzlich. Und es ist der Mensch, der den Menschen zerstört.«

Die These, die Florians Ausstellungskonzept zugrunde lag, war einfach: Man kann die ganze Kunstgeschichte so interpretieren, dass sie von der Bedrohung des Menschen durch die Natur und dem daraus resultierenden Versuch der Menschen, die Natur zu unterwerfen, handelte; eine Geschichte der Zerstörung, der, so Florians finale Zuspitzung, am Ende der Mensch selber zum Opfer fallen würde.

Cornelia war begeistert von der Idee, die Bilder von Energielandschaften aus der Sammlung ihres Adoptivvaters mit lebenden Schafen, barocken Schäferszenen und zerstückelten antiken Körpern zu kombinieren. Auch die anderen Anwesenden schienen angetan zu sein, zumindest taten sie das kund, und dann setzten sich alle und stopften sich mit Lammkoteletts voll und tranken französischen Rotwein.

Jakobs Film *Kunst der Folgenlosigkeit* handelt von dem Streit, in den Florian, Issa und Cornelia nach dem Sponsorenessen geraten – und den Gesprächen, die die Akteure am Set (der Regisseur, der Drehbuchautor, der Produktionsleiter, die Schauspieler) miteinander führen. Wir drehen, kurz bevor die Corona-Epidemie ausbricht, haben nur zwei Drehtage, mehr gibt das Budget nicht her. Als Drehort haben wir einen ehemaligen

Ballsaal in Berlin ausgesucht, heruntergekommene Kaiserzeit-Architektur, das Berliner Lebensgefühl der 1990er Jahre, konserviert für Filmdrehs, Firmenevents und Hochzeiten.

Florian ist kein Kurator mehr, sondern ein Künstler, weil das weniger kompliziert zu erklären ist. Was ein Künstler ist, weiß jeder. Wer weiß schon, was ein Kurator ist.

Florian wird von Albert Meisl gespielt, einem wuchtigen Schauspieler, der mit seiner Stimme und Körpersprache den Raum dominieren kann. Wir haben ihn in eine zu enge, silbern glänzende Lederjacke gesteckt, die ein bisschen an das Klischee des kritischen, aber trotzdem schicken Künstlers erinnert. Cornelia wird von Katharina Meves gespielt, einer filigranen, aber bestimmten Persönlichkeit. Für die Rolle des Issa haben wir Ahmed Soura gewonnen, einen Tänzer, der in seinem Geburtsland Burkina Faso das Kulturzentrum Yongonlon initiiert hat, einen Ort, an dem Kunst, Politik und praktische Lebenshilfe zusammenkommen. Außerdem als Küchenhilfen am Set: der Regisseur Milo Rau, die Kunstkritikerin Antje Stahl und der Aktivist Tadzio Müller. Sie sollen die Idee der Folgenlosigkeit kritisieren und das Geschehen am Set kommentieren, denn Jakob und ich wissen, dass der Film scheitern wird, und genau das wollen wir thematisieren. Zwei Kamerateams sind am Start; das erste dreht die Spielfilmszenen, das zweite beobachtet das ganze Geschehen und fängt Stimmen und Stimmungen am Set ein.

Alle reden über Folgenlosigkeit, weil mein ganzes Projekt folgenlos zu werden droht.

Milo Rau und Antje Stahl können mit meinem Versuch, der eigenen Folgenlosigkeit etwas Positives abzugewinnen, nichts anfangen. Sie halten den ganzen Ansatz für falsch. Ich beneide sie für ihren Optimismus. Ihnen sitzt vielleicht kein Drache im Nacken. Immerhin ist Milo Rau der Meinung, dass Kunst nicht immer wirksam ist, »klar, neun von zehn Projekten scheitern«. Mein Projekt zur Folgenlosigkeit, so mein Eindruck, gehört wohl eher zu den neun, die scheitern.

Die letzten Gäste waren gegangen. Auf der langen Tafel lagen die Reste des opulenten Abendessens; ein Schlachtfeld aus Austernschalen, halbvollen Weingläsern und abgegessenen Lammkoteletts. Von einer Etagere hing die Karkasse des Hummers herab, auf einem silbernen Tablett lag ein gegrillter Schafskopf, der als Dekoration gedient hatte.

Cornelia, mit dem Abend hoch zufrieden, saß am Computer und bereitete die nächste Presseerklärung vor.

»»Das Museum für ökologische Kunst blickt dank der großzügigen Unterstützung durch viele Förderer voller Tatendrang auf eine Eröffnung ...‹ Nein, nicht ›großzügig‹. Das klingt, als wären wir Bittsteller. Florian? Was meinst du?«

»Die ›Dringlichkeit‹, das sagst du doch immer ... Die Notwendigkeit wurde erkannt, der Ausweglosigkeit der planetaren Bedingtheit endlose Substantivketten entgegenzusetzen ... Muss das jetzt sein?«

Florian goss sich noch ein Glas Wein ein.

Cornelia verstand nicht, warum er schlecht gelaunt war. Der Abend war gut gelaufen, der Minister hatte ihr noch eine freundliche SMS geschickt, alles lief besser als erhofft. »Du wirst sehen, das wird ein Erfolg. Es ist einfach an der Zeit, mit Kunst die Gesellschaft zu verändern. Dem Minister gefällt deine Idee mit den nackten Körpern besonders gut! Die Ausstellung wird der perfekte Startschuss für das Museum. Und wir gestalten die Zukunft der Nachhaltigkeit!«

»Du Textroboter!«, stöhnte Florian. »Du klingst wie so ein Corporate-Responsibility-Nachhaltigkeits-Greenwashing-Pamphlet. Nackte Körper. Sex geht immer. Aber weißt du was? Der Planet kommt auch ganz gut ohne uns zurecht.«

»Florian, was ist los? Warum bist du so negativ drauf? Wir hatten einen erfolgreichen Abend, und du sitzt schlecht gelaunt rum und betrinkst dich?«

Florian nahm noch einen Schluck Wein. »Natürlich betrinke ich mich. Schau dir die ganzen Leute an, die heute Abend da waren. Von Kunst haben die keine Ahnung. Der fette Typ mit seiner Botox-Fresse und der dicken Uhr. Die Frau in dem roten Blazer oder der Kleine mit der Glatze, der sich in seinen Turnschuhen so cool vorkam. Der fragt mich im Ernst, ob ich mit ›recyclingfähiger Farbe‹ arbeite. Dabei bin ich doch gar kein Künstler. Und überhaupt: Kompostierbare Kunst, das wär's noch.«

»Genau diese Menschen müssen wir aufklären!«, sagte Cornelia.

»Ach, Quatsch.« Florian schenkte sich ein weiteres Glas Wein ein. »Die wissen doch eh alles! Über den Klimawandel, über Ressourcenvernichtung, über das Artensterben. Ich kann das ganze Gerede über Nachhaltigkeit nicht mehr hören! Was hat denn das ganze Nachhaltigkeitsgelabere gebracht? Nichts! Seit 40, 50 Jahren nichts – zumindest gemessen an den Zielen. Umweltzerstörung geht weiter, Klimawandel geht weiter, der Glaube ans Wirtschaftswachstum geht weiter – nur dass der nun grün angemalt wird. Neue Chancen für Elektromotoren, für CO_2-Capturing, das sind alles riesige Märkte. Märkte – sonst nichts. Wir brauchen Zuschüsse, damit wir genügend Ladesäulen für Elektroautos bauen! Wir brauchen Zuschüsse für den Biomasseanbau ... Das Geld fließt weiter, von unten nach oben, von den Armen zu den Reichen, von der Zukunft in die Gegenwart.«

Florian griff sich eines der übriggebliebenen Lammkoteletts.

»Nachhaltigkeit ist ein Feigenblatt, hinter dem die Industrie ihre Profitinteressen versteckt. Und das ›Museum für ökologische Kunst‹ ist für die ein Marketing-Gag. Die freuen sich über jede Provokation, bringt ja Aufmerksamkeit. Dann klatschen sie so laut sie können über all die guten Absichten und saufen sich bei der Vernissage die Welt schön. Am nächsten Morgen gehen sie wieder ins Büro und machen die gleichen dreckigen Geschäfte wie vorher. Wenn die den Klimawandel ernst nehmen würden, dürften die morgen gar nicht aus dem Bett steigen. Der kleine Dicke von Agony erzählt mir was von nachhaltig erzeugtem Strom, dabei sind die eine 100 %ige Tochter von NEO. Statt Kunst zu fördern, sollten die lieber ein paar ihrer Kohlekraftwerke abschalten.«

Irgendwann sind am Set alle müde. Die Dialoge verselbständigen sich und haben nichts mehr mit dem zu tun, was Jakob und ich im Drehbuch geschrieben haben.

Albert: »PC, du Lamm Gottes, das du hinwegnimmst die Sünde des Klimawandels. Unser täglich Tesla gib uns heute ...«

Katharina: »... und vergib uns unseren CO_2-Ausstoß.«

Albert: »Und vergib uns unseren CO_2-Ausstoß ...«

Katharina: »... wie auch wir vergeben den Leuten ohne Umweltmarke.«

Albert: »... wie auch wir vergeben allen Klimasündern.«

Katharina: »Und führe uns nicht in Versuchung ...«

Albert: »... sondern erlöse uns vom Treibhauseffekt.«

»Florian, wenn wir die Gesellschaft verändern wollen, müssen wir nun mal da ansetzen, wo die Probleme entstehen«, entgegnete Cornelia genervt.

»Wir sind die Hofnarren. Wir Künstler sind Hofnarren!«, rief Florian aus, stieg auf einen Stuhl und sang, Freddy Mercury imitierend: »*The show must go on!*«

Cornelia schüttelte den Kopf, während Florian mit seiner Tirade fortfuhr.

»Künstler als Utopie-Produzenten! Allianzen zwischen Kultur, Politik und Wirtschaft. Wir wollen die transformative Kraft sein, die in die Gesellschaft hineinwirkt.« Er stieg wieder vom Stuhl. »So ein Quatsch. Das bringt doch nichts.«

Er stierte die Wand an. Jetzt mit der Faust auf den Tisch hauen. Er stellte sich vor, wie die Gläser vom Tisch rollten und klirrend auf dem Boden zerschellten. Besser gleich das Tischtuch herunterreißen. Oder eine Flasche Wein gegen die Wand werfen. Einen Stuhl durch den Raum schmeißen. Dann biss er die Zähne zusammen, ballte eine Faust und krallte seine Fingernägel in die Handinnenflächen. Der Schmerz beruhigte ihn. Er holte tief Luft und atmete langsam aus.

Die Wut. Unendliche Wut. Lust auf Gewalt. Ich will alles kleinschlagen, nur noch brüllen. Will alles zerstören, was mir in den Weg kommt. Stattdessen richtet sich die Wut gegen mich. Ich zerreiße die Kleider, die ich am Körper trage. Schlage gegen Wände und breche mir dabei die Finger.

Danach die Scham. Und die Ruhe, wenn alles still ist und leise, wenn endlich Frieden herrscht im Inneren. So, nur ohne Scham, so muss sich »Erlösung« anfühlen.

»Die Schafe sind deine Idee, Florian. Du kannst machen, was du willst. Du kannst das ganze Museum mit Schafen vollmachen. Du bist der Kurator, nicht ich!«

Florian nickte. »Ja, das ganze MÖK voller Schafe.«

»Du sagst übrigens immer MÖÖÖK.«

»Heißt doch so.«

»Nein. Em-Ö-Ka! Sonst klingst du selbst wie ein Schaf.« Cornelia kicherte. »Sag lieber: Museum für ökologische Kunst.«

Jakob und ich kriegen im Film nicht erklärt, was »Folgenlosig-keit« ist. Wir machen deshalb einen Nachdreh, auf dem Land. Ich habe ein altes Megaphon in der Hand und laufe auf eine Herde Schafe zu, die Florian nie ausstellen wird. »Folgenlos. Folgenlos. Dein Leben soll folgenlos sein. Du hast Angst vor Folgenlosigkeit, weil du glaubst, dass dein Leben dann keinen Sinn mehr hat. Dabei ist es genau umgekehrt.« Sobald ich zwi-schen den Schafen stehe, nehme ich das Megaphon herunter, knie mich auf den Boden und beginne, die Schafe zu streicheln. Dazu sage ich mit weicher Stimme: »Ich mag übrigens Schafe. Sie leben so folgenlos.«

Jakob ist mit der Szene zufrieden. Ob er sie im Film verwen-den wird, weiß er noch nicht. Ich bin müde. Den ganzen Tag schon drehen wir mit den Schafen. Immer wieder muss ich den gleichen Text sagen. In meiner Hosentasche habe ich lauter Haferflocken, die ich den Tieren zu fressen gebe. Manchmal beißen sie mir in die Hand.

16

*Cornelia trifft in Kopenhagen die
Architektin Johanna Semmen;
ich beginne zu gendern*

Das Radisson Hotel in Kopenhagen war ein Klassiker der dänischen Architektur, gebaut von Arne Jacobsen. Cornelia hatte es sich extra ausgesucht, schließlich ging es bei dieser Reise um gute Architektur. Sie hatte eine Suite in einer der oberen Etagen des schmalen Hochhauses. Gerade hatte sie sich eine heiße Badewanne eingelassen und schaute durch das große Panoramafenster auf die Stadt. Cornelia erinnerte sich voller Zufriedenheit an das Sponsorenabendessen. Florians Idee war gut angekommen, das war ihr wichtig, denn auch wenn sie sich schon seit langem für Kunst interessierte, fühlte sie sich in ihrem Urteil unsicher und freute sich deshalb über die Bestätigung, die sie bekommen hatte.

Über Florians Wutausbruch wunderte sie sich nicht, sie hatte schon von anderen gehört, dass er zu cholerischen Anfällen neigte, die geradezu ein Ausdruck von Vertrauen oder zumindest von Nähe seien; er bekäme sie nur vor Leuten, die ihn emotional berührten. Und außerdem würden sie wieder verfliegen und keine Nachwehen hinterlassen. Jetzt ging es also um den nächsten Baustein im Projekt, das Museum, das es zu bespielen galt.

Der Wecker ihres Handys klingelte. Noch zwei Stunden bis zum Treffen mit Johann Semmen. Sie stieg aus der Badewanne und betrachtete ihren Körper im Spiegel.

Cornelia hatte viel über zeitgenössische ökologische Architektur recherchieren lassen und war sich sicher, dass WMTWB genau das richtige Büro für die Planung des Museums für ökologische Kunst wäre. Anlässlich der Weltklimakonferenz in Thailand hatte die einflussreiche Architekturzeitschrift *Arch-extrem* ein Heft über nachhaltige Architektur herausgegeben, ein wichtiger Bestandteil waren eine Werkschau von WMTWB und ein Interview mit dem Gründer des Büros, Johann Semmen. Die Werkschau stammte von einer jungen Architektin, die ein akribisches Verzeichnis aller Bauwerke erarbeitet hatte. Kein einfaches Unterfangen, denn das Büro des inzwischen Siebzigjährigen hatte in der ganzen Welt Gebäude gebaut und die Standards für ökologisches Bauen geprägt. In dem Artikel wurde er deshalb als einer, wenn nicht *der* wichtigste Architekt der Gegenwart vorgestellt. WMTWB war ein Akronym für das Programm des Büros: *We make the World better* – und zwar, wie Johann Semmen auch in dem Interview betonte, nicht aus einer »universalistisch-eurozentrischen Perspektive«, sondern »pluriversell«, also unterschiedliche Perspektiven einnehmend. So waren viele Hochhäuser, mehrere Wohnsiedlungen, etliche Verwaltungsgebäude und Firmenzentralen, zwei Flughäfen, ein Bahnhof, zahlreiche Hotels, drei Museen, zwei Bibliotheken, fünf Kulturzentren und sogar ein Parlamentsgebäude entstanden. Und das waren, wie die *Arch-extrem* hervorhob, nur die Neubauten. Ein Schwerpunkt der ökologischen Architektur von WMTWB waren Umnutzungen und Umbauten, »minimalinvasive Eingriffe«, die mit wenig Kosten und wenig materieller Veränderung bestehende Strukturen einer neuen Nutzung zuführten.

Wie kein anderer vor ihm hatte Semmen dabei Bautraditionen verschiedener Kulturen und historischer Epochen miteinander kombiniert; Lehmbau mit Stahlkonstruktionen, arabische Verschattungssysteme mit iranischen Windtürmen, filigrane Holzkonstruktionen mit farbigen Leichtbauelementen aus recyceltem Kunststoff, den chinesischen Städtebau mit der japanischen Kunst der minimalistischen Grundrisse. Und bei aller Lust an der Avantgarde gelang es ihm, was Cornelia besonders gefiel, in alles eine skandinavische Leichtig- und Gemütlichkeit zu bringen, die nie aufgesetzt, sondern immer selbstverständlich wirkte. Typisch Kopenhagen halt.

Besonders beeindruckte Cornelia sein jüngstes Bauwerk, ein Kongresszentrum auf einer kleinen Ostseeinsel, bei dem, wie der Artikel hervorhob, Architektur und Natur fließend ineinander übergingen.

Es war nicht einfach gewesen, einen Termin bei Semmen zu bekommen, das Büro war immer freundlich, aber, wie Cornelia fand, auch merkwürdig reserviert gewesen, es schien sich nicht um Aufträge zu reißen. Für das auf eine Stunde angesetzte Gespräch wollte Semmen ein Honorar von 1 Promille der geplanten Bausumme. Allerdings nur, wenn seine Vorschläge umgesetzt werden würden. Das klang erst wenig, aber bei den 15 Millionen Baukosten, die sie für das kleine Museum als realistisch veranschlagt hatte, ergaben sich immerhin 15 000 Euro.

Das Büro befand sich im ehemaligen Hafengelände von Kopenhagen, in einem alten Lagerhaus, das WMTWB schon in den 1990er Jahren ökologisch umgebaut hatte; Lehmputz im Innenraum, die vorgestellten Balkone und Verschattungselemente an der Fassade aus Holz, ein begrüntes Dach, ansonsten der Charme alter Industriebauten, Backstein, Glas und Stahl.

Als Cornelia klingelte, öffnete sich die Tür. Mit dem Fahrstuhl fuhr sie, wie es per Mail verabredet war, in den vierten

Stock. Auch hier öffnete sich die Tür automatisch, der Empfangstresen war nicht besetzt. Cornelia hatte ein belebtes Großraumbüro mit vielen Mitarbeitern erwartet. Nichts dergleichen. Stattdessen ein großer leerer Raum, durch die großflächigen Fensterscheiben konnte sie auf den Hafen hinaussehen.

Sie schaute sich um, sah aber niemanden. Plötzlich hörte sie hinter sich die tiefe Stimme von Johann Semmen.

»Sie müssen Cornelia sein. Willkommen.«

Johann Semmen führte sie zu einer Sitzgruppe am Ende des großen Raumes.

»Setzten Sie sich doch. Sie haben hier etwas anderes erwartet. Etwas mehr Leben, oder?«

Cornelia nickte.

»Ich mache uns erst mal einen Kaffee. Oder mögen Sie lieber Tee?«

Irgendwann in der Konzeptphase überprüfe ich, wie viele meiner Protagonisten Männer und wie viele Frauen sind. Florian, Bent und Bernd Stohmann, John, Berneburg, Issa, Johann Semmen. Sieben Männer. Cornelia, Lisa und Suzanna Schnejder (damals kannte ich Anka noch nicht, sie kam erst später dazu): drei Frauen. Kein gutes Verhältnis. Ich muss also dringend einen Mann zu einer Frau machen. Ich entscheide mich für Semmen. Aus dem Architekten Johann wird die Architektin Johanna.

Johanna Semmen kam mit einer Teekanne und zwei Tassen zurück zu der kleinen Sitzgruppe.

»Sehen Sie, ich habe WMTWB umstrukturiert. So sagt man doch heute, oder?« Sie lachte. »Das berühmte Büro, das Sie suchen, gibt es nicht mehr. Ich habe beschlossen, nichts mehr zu bauen. Und deshalb habe ich alle Aufträge, die ich noch hatte, an meine Mitarbeiter übergeben … meine früheren Mitarbeiter«, korrigierte sie sich. »Es war ein tolles Fest, wir haben eine Lotterie veranstaltet. Alle Mitarbeiter, die wollten, konnten mitmachen. Und haben dann auch fast alle. Alleine oder in Teams. In einem Topf alle Projekte, im anderen Topf alle Mitarbeiter. Das war wirklich lustig. Jeder hat was anderes bekommen. Stellen Sie sich vor, eine Praktikantin hat das neue Hochhaus für Green Futures Industries gewonnen, sie hat jetzt ein Büro in Seoul aufgemacht. So viel Spaß hatte ich noch nie, zumindest nicht im Büro. Der letzte Tag vom WMTWB war mit Abstand der beste.«

»Und das Museum für ökologische Kunst war auch in der Tombola?«, fragte Cornelia.

»Nein. Wobei es gut gepasst hätte. Ich hatte viele Mitarbeiter, die sofort und sehr gerne so ein Museum gebaut hätten. Aber wissen Sie, dieses Thema hat mich dann doch zu sehr interessiert. Ich habe Ihre Anfrage einfach für mich behalten.«

»Das heißt, Sie bauen doch noch? Das beruhigt mich ja sehr!«

Johanna Semmen lachte laut. »Nun, das habe ich damit nicht gesagt. Ich habe zwar meinen Mitarbeitern gekündigt, aber ich will nicht aufhören zu arbeiten. Dazu später mehr. Vorher müssen Sie mir noch etwas mehr über das Museum verraten.«

Johann ist nun also Johanna. Warum mache ich ausgerechnet dann den »Mann« zur »Frau«, wenn Kaffee und Tee angeboten wird und der Architekt den schöpferischen Akt des Bauens aufgibt und als (ehemalige) Architektin zum Handlungsmodell der klug moderierten Vermeidung übergeht? Wenn auf das Wachstumsparadigma verzichtet wird, wenn wirklich nach Folgenlosigkeit gesucht wird. Traue ich das einem Mann nicht zu? Oder bin ich in tradierten Geschlechterklischees verhaftet, die tief in mich eingeschrieben sind? Aber deshalb Johanna wieder zu Johann machen?

Mir kommt ein Gespräch in den Sinn, das ich nach einem Vortrag mit zwei Studentinnen hatte. Ihnen hatte der Inhalt gut gefallen, aber sie hatten sich nicht angesprochen gefühlt, weil ausschließlich von Architekten, Designern, Künstlern und Gestaltern die Rede gewesen war. Ich beschließe, im weiteren Verlauf des Romans zu gendern.

»Was Sie da erzählen, klingt nach einem aufregenden Vorhaben«, sagte Johanna Semmen, nachdem Cornelia Stohmann von der Sammlung ihres Adoptivvaters, der Stiftung, ihrem Angebot an Florian, dessen zunächst abweisender Reaktion und schließlich von den Schafen berichtet hatte. »Scheint ja ein interessanter Typ zu sein. Denn wenn Sie ehrlich sind, wissen Sie doch eh, dass ein Museum für ökologische Kunst auch sehr langweilig sein kann.«

Cornelia nickte. Sie war zwar von der Idee, der Sammlung ihres Adoptivvaters einen neuen Sinn zu geben, begeistert gewesen, aber nicht zwingend von der Vorstellung, ein Museum zu bauen. Das hätte sie auch von Heike Waldmüller haben können.

»Aber haben Sie nicht eben gesagt, dass Sie an der Idee etwas interessant fanden und deshalb das Projekt nicht an Ihre Mitarbeiter:innen weitergegeben haben?«, fragte sie Semmen.

»Ja, das stimmt.« Johanna Semmen machte eine Handbewegung, als wollte sie Fliegen verscheuchen. »Sehr interessant. Weil es nicht nur ein Kunstmuseum sein will, in dem, wie in fast allen Kunstmuseen der westlichen Welt, die Freiheit der Kunst die Freiheit der Gesellschaft repräsentiert, sondern weil es die Kunst in die Pflicht nimmt. Was das konkret heißt, kann ich nicht sagen. Ich frage mich aber, was es für die Architektur bedeutet.«

»Deshalb bin ich ja hier. Ich wünsche mir, dass Sie einen Entwurf für das Museum erstellen. Mit allem Drum und Dran, von der Wahl des Grundstücks bis zur Inneneinrichtung.«

»Mies van der Rohe hatte ein Mantra – *less is more*. Weniger ist mehr. Das war immer mein Leitbild.« Mies, so Semmen, hätte »Weniger ist mehr« vor allem ästhetisch verstanden. Sie, Johanna Semmen, sehe das eher in Hinblick auf Materialeinsatz, Energieverbrauch, Umweltbelastung. »Je weniger Energie ein Gebäude verbraucht, desto besser. Je weniger Material verbaut wird, desto besser. Je weniger Umwelt zerstört wird, desto besser.« Das habe sie lange geglaubt. Doch sie habe einsehen müssen, dass sie sich geirrt hatte. »Weniger, das reicht nicht!« Außerdem sei ihr bewusst geworden, dass ihre Auftraggeber:innen sich nur dann für klimagerechtes Bauen interessierten, wenn es ökonomische Vorteile brachte. Und selbst dann, wenn sie dachte, eine:n Investor:in wirklich überzeugt zu haben, Geld in eine neue, innovative Technologie zu stecken, war ihre Arbeit nur Teil einer komplexen Kalkulation, die letztlich auf die Produktion von symbolischem Kapital, von einem Image abzielte, das von dem:der Investor:in – gegen Geld – an seine:ihre Käufer:innen und Mieter:innen weitergegeben werden sollte. »Dabei geht es nie um die Umwelt, nicht um gute Architektur, sondern nur um eins: Geld verdienen«, schloss Johanna Semmen. »Deshalb werde ich nicht mehr bauen.«

»Sie haben einmal gesagt, es gebe ›keine Architektur ohne Architektur‹. Wenn Sie jetzt aufhören, wird es doch nicht besser!«

Semmen stimmte ihr zu, ja, so habe sie lange gedacht. »Das war in der Zeit der Stararchitekten der Globalisierung, in der wenige gehypte Büros weltweit expandiert sind. Das war eine Ressourcenverschwendung, die letztlich zu großer Langeweile geführt hat. Für die Zukunft steht zum Glück anderes auf der Tagesordnung.« Deshalb habe sie nun ein komplett neues Konzept für ihre Architekt:innentätigkeit entwickelt, das gleichzeitig auch ein völlig neues Geschäftsmodell sei. Sie berate Auftraggeber:innen bei der Architekturvermeidung. »*Less is more* gilt immer noch«, sagte sie lachend. »Je weniger neu gebaut wird, desto besser für die Umwelt und desto besser auch für die Ästhetik.« Und ökonomisch mache es auch mehr Sinn. Für sie: keine Mitarbeiter:innen, kaum noch Kosten. Und die Auftraggeber:innen müssten kein Geld ausgeben für teure Neu- oder Umbauten. »Ich verdiene jetzt mehr Geld als früher. Weniger tun ist mehr Lebensqualität. Für alle. Weniger tun ist mehr ökologische Gerechtigkeit.«

»Sie meinen, ich soll das Ganze lassen?«

»Nein, nicht die Grundidee. Sie brauchen kein Museum. Die Kunst, die in Zukunft im ökologischen Kontext entsteht, ist nicht materiell. Jedenfalls nicht so, dass man sie in einem Museum sinnvoll ausstellen kann. Die Kunst der Zukunft offenbart sich doch woanders. Also eher im Goldbacher Wald als in Ihrem Museum.«

Cornelia nickte. Kunst im Goldbacher Wald. Sie machte sich eine Notiz auf dem Smartphone. Darüber musste sie mit Florian reden.

»Mit den Sachen, die Sie in der Sammlung haben, können Sie doch was anderes machen. Ein eigenes Museum – das ist vielleicht etwas eitel, oder? Das passt nicht zu Ihnen. Nutzen Sie das Geld für etwas anderes, etwas, das wirklich sinnvoll ist.«

»Und was mache ich dann mit der Kunstsammlung?«

»Demokratisieren Sie die Sammlung. Geben Sie die Kunst aus der Hand. Kunst-Sharing. Geben Sie die Arbeiten an Mitarbeiter:innen Ihres Unternehmens, an Menschen, die in der Region leben – mit der Auflage, dass sie im Gegenzug interessierten Besucher:innen die Türen ihrer Wohnungen öffnen müssen. Das bringt Menschen zusammen, schafft Begegnungen, eine Bereicherung für alle. Und Ihre Mitarbeiter:innen werden stolz sein, das verspreche ich Ihnen.«

»Und die Kunst? Ist das ein guter Rahmen, um Kunst zu zeigen?«

»Was wollen Sie denn von der Kunst? Wenn zwei Menschen, die sich noch nicht kennen, über ein Kunstwerk ein ernstes Gespräch führen – mehr geht doch nicht! Und seien Sie doch ehrlich: Wenn man durchs Museum geht, wie viele Arbeiten kann man sich denn wirklich ansehen? Also so, dass etwas mit einem passiert. Mehr als fünf oder sechs kann eh niemand konzentriert anschauen. Und wirklich wichtige Sonderausstellungen können Sie in bestehenden Museen zeigen, ohne dafür etwas neu zu bauen. Also, das wäre meine Empfehlung: Lassen Sie das Museum einfach sein. Bauen Sie keines. Die Welt braucht nicht noch mehr Museen. Ihr Geld können Sie besser nutzen, um mit Kunst etwas im Sinne einer besseren Zukunft voranzutreiben.«

17

Florian trifft Heike Waldmüller und stellt ihr seine Idee für eine Ausstellung über »Wald« vor; Issa ist von der Idee nicht überzeugt

Florian, Lisa und Issa saßen an dem großen Tisch in Florians Studio.

»Die Sache ist ganz einfach«, begann Florian. »Gestern habe ich mit Cornelia Stohmann telefoniert. Sie will kein Museum mehr machen. Sie findet, ein Museum zu bauen, das könnte zu eitel wirken. Und sei undemokratisch.«

»Schon wieder ein Projekt, das abgeblasen wird?«, fragte Lisa. »Weil du nach dem Sponsorenabendessen ausgetickt bist?«

»Eher, weil sie in Kopenhagen eine Architektin getroffen hat. Aber das ist auch egal. Ich bin froh drum.«

»Und jetzt?«, fragte Issa.

»Jetzt machen wir ein anderes Projekt«, sagte Florian. »So wie ich bisher gedacht habe, machte es eh keinen Sinn. Schafe … Wenn, dann geht es nur als Trojanisches Pferd. Können wir die Stiftungsinitiative von Cornelia Stohmann nutzen, um unsere Botschaften in das System einzuschleusen? Subversion. Gegeninstrumentalisierung. Wir müssen den Zugang, den Cornelia Stohmann uns bietet, nutzen, um in die Welt der Wirtschaft, in die Realität, neue Gedanken hineinzuschmuggeln.«

»Klingt gut«, unterbrach ihn Lisa. »Klingt sehr überzeugend. Oder redest du dir damit alles nur schön?«

»Nein, ich habe eine neue Idee, was die Stiftung machen soll.«

Ich habe immer die Geschichte vom Trojanischen Pferd gemocht, weil sie der Inbegriff von Subversion ist. Man schmuggelt etwas in das Herz des Gegners, etwas, das so attraktiv erscheint, dass sich der Gegner bereitwillig öffnet, sich freiwillig darauf einlässt – und überrascht ihn dann. Die Geschichte ist so schön unglaubwürdig. Ein Holzpferd! Es kann nicht mal laufen. Und die Neugierde der Trojaner ist angeblich trotzdem so groß, dass sie es in ihre sichere Feste holen, allen Warnungen zum Trotz und angestachelt durch die Behauptung, das Pferd sei ein Opfergeschenk der Griechen an die Göttin Athene. Der weitere Verlauf ist bekannt, des Nachts kriechen die griechischen Kämpfer aus dem Bauch des Pferdes und richten in Troja ein Blutbad an, die Stadt wird zerstört, der Krieg ist gewonnen.

Vielleicht ist das eigentliche Trojanische Pferd dieser Geschichte nicht, dass Odysseus seine Mannen im Bauch des Pferdes in die Stadt schmuggelt. Kriege wurden schon viele verloren, aber nur die Trojaner waren so dumm, auf ein Holzpferd hereinzufallen. Diese Schmach bleibt in den vielfältigen Erzählungen der Weltgeschichte Troja vorbehalten, das von den Griechen damit für alle Ewigkeit lächerlich gemacht wurde.

Florian lachte. »Wir müssen das System von innen aushöhlen. Den Akteur:innen nichts erklären, nichts vermitteln, sondern Situationen schaffen, in denen sie etwas verstehen und dieses Verstehen als ihre eigene Erkenntnis annehmen. Wir stellen keine Schafe aus, sondern wir pflanzen mit dem Geld einen Wald!«

»Was für einen Wald?«, fragte Lisa.

»Wir schlagen vor, dass die Stiftung ihr Geld verwendet, um Wald zu schaffen. Neue Wälder. In der ganzen Welt. Das beste Museum für ökologische Kunst ist die Natur. Also, das ist das Fernziel. Wald. Und wie kommunizieren wir das? Wie machen wir das nachvollziehbar, attraktiv, begehrenswert? Nicht mit irgendwelchen Kompensationsargumenten, sondern mit Kunst. Wir machen eine Ausstellung mit lauter Künstler:innen, die über Wald arbeiten. Da können wir auch deine Arbeit ausstellen, die von Thomas, die Aktion von Nadja und auch die von Paul und Nicolette.«

»Das ist doch genau die Instrumentalisierung von Kunst, die du bei Suzanna Schnejder so ablehnst. Kunst, damit Wald gepflanzt wird?«

Florian schüttelte den Kopf. »Nein, das ist etwas ganz anderes. Der Wald ist nur ein Nebeneffekt. Wir legen die Perversion offen, die mich schon bei der Kurator:innenverkündung und auf dem Sponsor:innenabendessen so aufgeregt hat. Woher hat die Stiftung ihr Geld? Aus der Ausbeutung und Zerstörung von Natur. Zugespitzt könnte man sagen: Die Stiftung wird auch durch das Abholzen des Goldbacher Waldes finanziert. Und was machen wir? Wir nutzen das Geld, um Wald auszustellen und um mit Künstler:innen neuen Wald zu pflanzen. Das macht ja überhaupt keinen Sinn – und genau deshalb machen wir es! Und wir machen nicht nur eine Ausstellung über Wald, wir machen auch eine Social-Media-Aktion. Dazu führen wir kurze Videointerviews mit allen beteiligten Künstler:innen, in denen sie erläutern, warum sie ›Wald‹ wichtig finden. Das wird eine ganz eigene Dynamik entfalten, der sich auch die Jury nicht entziehen kann.«

Florian lehnte sich zufrieden zurück.

»Manipulation als höchste Form der Kunst?«, fragte Lisa.

»Nein. Auf den ersten Blick ist es Aktivismus mit den Mitteln der Kunst. Wir schaffen eine öffentliche Meinung, und daraus entsteht öffentlicher Druck. Stimmung machen. Also, man könnte sagen, das ist Kurator:innen-Aktivismus«, erklärte Florian. »Am Ende ist es vor allem Aufklärung, Aufklärung über die Art, wie der Kapitalismus heute funktioniert und wie Kunst dabei instrumentalisiert wird.«

Issa hatte das Gespräch verfolgt, aber selber noch nichts beigetragen. Er fand die Idee nicht überzeugend. Eine Ausstellung über »Wald«, um RMW bloßzustellen? Was sollte das bringen? Dennoch beneidete er Florian um die Leichtigkeit, aber auch Unverfrorenheit, mit der er die Mechanismen des öffentlichen Kunstbetriebes nutzen wollte.

Der Platz vor der Neuen Nationalgalerie war leer, Florian war, wie so oft, etwas zu spät. Durch die großformatigen Fensterscheiben sah er Heike Waldmüller, die im Foyer auf ihn wartete.

»Etwas andere Stimmung als das letzte Mal«, begrüßte sie ihn.

Florian lachte. »Ja, das war nicht schlecht.« Die Bilder von der Protestaktion hatte er noch vor Augen. Rückblickend war es für ihn der aufregendste Tag der letzten Monate gewesen; erst die Protestaktion, dann die »Verkündigung« von Cornelia Stohmann.

»Nicht schlecht? Damit hast du doch das Projekt mit der AFED beerdigt, oder?«

Florian schwieg einen Moment. Aus dieser Perspektive hatte er die Protestaktion noch gar nicht gesehen.

»Und, wie läuft es mit der Stiftung – oder verbockst du das auch?«

»Du meinst, die haben …«

»Es soll Politiker gegeben haben, die von der Protestnummer nicht so begeistert waren, RMW hat Einfluss, RMW schafft Arbeitsplätze in der Region, mit RMW will man es sich nicht verscherzen.«

»Mit Cornelia Stohmann verstehe ich mich gut.«

»Ich weiß.«

Florian schaute sie irritiert an.

»Wir sind im Austausch.« Sie waren inzwischen im Büro von Heike Waldmüller angekommen. »Und ich habe ihr erzählt, dass du hier eine Aktion machen willst, irgendwas mit Bäumen, wie auch immer, sie war gleich neugierig, und ich habe ihr versprochen, dich zu unterstützen.«

»Schön, danke«, begann Florian und erzählte Heike Waldmüller dann von dem Sponsor:innenabendessen. »Es braucht kein Museum für ökologische Kunst. Zumindest keines, das man hier in der Stadt baut. Das wahre Museum für ökologische Kunst gibt es schon, und zwar da draußen. In der Natur. Und hier, bei dir, würde ich gerne eine Ausstellung über ›Wald‹ machen. Kunstprojekte, die sich mit ›Wald‹ auseinandersetzen. Außerdem kann ich dann die Arbeiten der Stipendiat:innen von Meuws zeigen, die sich auch alle mit Wald beschäftigen. Die hast du ja mit ausgesucht, und das bin ich denen irgendwie schuldig.«

Wir stellen uns vor: Eine Ausstellung über »Wald«. Irgendetwas über Joseph Beuys, wie er 1982 in Kassel 7000 Eichen pflanzt, als dessen Aktualisierung dann Andreas Greiner, der Sprösslinge aus dem Hambacher Forst nimmt und an anderen Stellen einsetzt, dazu seine Waldbilder, die eine künstliche Intelligenz aus von ihm gesammelten Fotografien generiert. Fehlen darf auch nicht Michael Sailstorfer, der Bäume falsch herum von der Decke hängen lässt, ausgestattet mit einem Motor, der jeden Baum um die eigene Achse dreht. Die Bäume trocknen aus, Nadeln und Blätter fallen ab. Das immer kahler werdende Geäst fegt das Laub auf, bereinigt die Spuren des eigenen Sterbens. Zu sehen wäre auch »Der Wald (The Forest)« von

Antje Majewski, die sich in ihre Familiengeschichte vertiefte und dort lauter Förstern begegnete, Pionieren der Nachhaltigkeit, die sie in historischen Fundstücken – z. B. eine Tuschezeichnung, die ihre Großmutter vom Wald angefertigt hat – und eigenen Arbeiten vorstellt. Die Liste zu verlängern ist einfach, auf ihr finden sich nicht nur Künstler:innen aus Deutschland, sondern Menschen aus der ganzen Welt; Klaus Littmann, der 2019 das Spielfeld des Fußballstadions von Klagenfurt für mehrere Wochen in einen Mischwald aus 299 Bäumen verwandelt hatte, oder der Finne Ilkka Halso, der in Fotomontagen ein fiktives »Museum of Nature« vorstellt, Naturlandschaften, die von gigantischen Glaskonstruktionen überdacht werden. Und Lisas Vorbild, der niederländische Künstler Herman de Vries, der Fundstücke aus Wäldern in strenge, geometrische Anordnungen bringt.

Romantisierende Bilder von Wald, die in uns die Sehnsucht wecken, treffen auf Dystopien, die uns Angst einflößen. Und natürlich auf den Wald als Wald, jenseits der Kunst, im realen Leben, so wie bei Yacouba Sawadogo, einem einfachen Bauern aus Burkina Faso, der in seinem Dorf Wald pflanzt, Baum für Baum, Baum für Baum.

Kaum hatte Florian die Neue Nationalgalerie verlassen, rief er Issa an. »Wir können eine Pop-up-Ausstellung machen. Drei Tage, alles im Foyer. Heike Waldmüller meinte, das sei sie Cornelia Stohmann schuldig, was auch immer sie damit meint.«

»Und der Termin klappt auch?«, fragte Issa.

»Ja, Eröffnung am Tag vor der Juryentscheidung.«

Die »Kampagne«, wie Florian immer noch mit einem ironischen Unterton sagte, nahm Form an: Eine Pop-up-Ausstellung in der Neuen Nationalgalerie und eine Reihe von Filmen in den sozialen Medien.

»Dann sprechen wir jetzt die Künstler:innen an?«, fragte Issa.

»Ja, ich glaube, es fehlt noch etwas«, sagte Florian und kratzte sich hinter dem Ohr.

Er kratzte sich häufig hinter dem Ohr, eine Geste, die bei vielen den Eindruck erweckte, dass er mit etwas unzufrieden war, aber der Grund war ein juckendes Ekzem. Wobei natürlich nicht auszuschließen war, dass es immer dann juckte, wenn er mit etwas unzufrieden war, oder dass intensives Nachdenken dazu führte, dass er das Jucken am Ohr spürte. So oder so, Florian kratzte sich am Ohr, was bei seinem Gegenüber meist den Eindruck erweckte, dass er unzufrieden war. Aber das konnte Issa nicht sehen.

»Wir müssen noch einen Schritt weiter gehen. Nur die Stiftung bloßzustellen, das reicht nicht«, sagte Issa. »Wir müssen noch eine andere Botschaft unterbringen in unserem Trojanischen Pferd.«

»Und die wäre?«, fragte Florian.

»Du hast doch davon gesprochen, dass das, was die Stiftung macht, folgenlos ist. Darüber sollten wir nachdenken.«

»Ja, ja«, sagte Florian, nicht aus Zustimmung, sondern weil ihm nichts anderes einfiel.

»Vielleicht sollten wir noch ein Manifest schreiben?«, sagte Issa.

Florian zuckte mit den Schultern. Ein Manifest, das war für ihn das Gegenteil von Folgenlosigkeit. Ein Manifest war der Ausdruck maximaler Folgenhaftigkeit. Im Moment war ihm das aber egal.

»Wenn du magst, schreib doch eins.« Dann legte er auf.

18

*Lisa erzählt Florian immer noch nicht,
dass sie schwanger ist; die Polizei
räumt das Camp im Goldbacher Wald;
John stirbt drei Tode*

Es gibt noch so viel zu erzählen, bevor wir zum Höhepunkt des Romans, dem »Fest der Folgenlosigkeit«, kommen. Zum Beispiel muss Florian noch erfahren, dass Lisa schwanger ist. Bemerkt er es selbst, weil Lisa keinen Alkohol mehr trinkt, und spricht sie direkt an? Oder ist er dafür zu selbstbezogen? Dann müsste Lisa den ersten Schritt machen. Sich mit ihm an einem Ort treffen, an dem sie gut reden kann. Ist es ein harmonisches Ereignis oder ein angespanntes, mit Streit? Was will Lisa? Und wie reagiert Florian?

Stellen wir uns also vor, Lisa erzählt es Florian in seinem Studio. Lisa mag Florians Wohnung nicht, zu harmonisch darf die Situation nicht sein, die Szene braucht Spannung, die nicht nur aus der Ungewissheit entsteht, ob Lisa das Kind bekommen will oder nicht, sondern grundsätzlicher ist. Ich brauche einen unausgesprochenen Konflikt zwischen den beiden. Also: Lisa findet das Studio zu groß, 120 Quadratmeter, für eine Person, unangemessen, Luxus, also asozial; er behauptet, er brauche das, Wohnen und Arbeiten in einer Wohnung, das sei billiger, als wenn er ein Büro anmieten müsste. Und sie hätte doch selber beim Sponsor:innendinner gesehen, dass es sinnvoll sein kann. Wir wissen nicht, wie Florian wohnt. Hängen in seiner Wohnung Kunstwerke an der Wand, oder ist es eher sachlich und kühl? Moderne Möbel oder Antiquitäten? Vom Flohmarkt oder geerbt?

Wir wissen wenig über Florian. Wir wissen nicht, wie groß er ist, wie er aussieht, was für Kleidung er trägt. Lebt er eher bescheiden, aus Überzeugung, schließlich setzt er sich in seinen Ausstellungen für soziale Fragestellungen ein, oder doch eher bürgerlich, wie so viele Menschen im Kunst- und Kulturbetrieb?

Doch Lisa und Florian und all die anderen Figuren interessieren mich gar nicht mehr so sehr. Ich habe mich verkrochen, der Lockdown hat sich auf meine Seele gelegt. Auch zu den Menschen, die ich noch sehe, baue ich keine echte Beziehung mehr auf. Wie soll ich das dann zu meinen Figuren? Also: Im Moment mag ich keine Menschen. Ich interessiere mich mehr für Ideen. Die Idee der »Folgenlosigkeit« interessiert mich mehr als die Figuren in diesem Roman. Die brauche ich aber, um »Folgenlosigkeit« zu erzählen.

Also zurück zu Florian und Lisa. Florian sucht Lisas Nähe, während Lisa sich mehr und mehr zurückzieht. Trotzdem hatten sie gerade Sex miteinander, Florian glaubt, ihre Beziehung sei im Übergang von Affäre zu etwas Ernsterem. Florian kocht ein kleines Abendessen, nichts Besonderes, Nudeln mit irgendeiner Sauce, dazu macht er einen Rotwein auf, einen schönen, er ist guter Laune. »Probier mal«, sagt er. Sie sagt: »Nein.« Er fragt: »Warum denn?« Sie druckst herum, schließlich kommt es heraus. Er freut sich, ruft »toll«, nimmt sie in den Arm, macht Musik an, sie tanzen.

Vielleicht treffen sie sich auch in einem Café, einem Ort, den Lisa ausgesucht hat, in der Nähe ihrer Wohnung. Sie ist unsicher, weil sie nicht weiß, was sie von Florian will, nicht weiß, welche Perspektive ihre Beziehung hat. »Ich muss dir etwas sagen.« Florian nickt, schaut dabei auf sein Handy, gerade ist eine neue Mail gekommen, er schaut immer sofort aufs Handy, wenn es »Pling« macht. »Kannst du das Handy nicht mal weglegen, ich will dir was sagen.« Lisa ist schon etwas genervt. »Ja klar«, sagt Florian, legt das Handy nicht weg, sondern liest erst die Mail zu Ende, sagt dann »Entschuldigung« und legt endlich das Handy weg. Er lächelt Lisa an. »Ich bin schwanger«, sagt Lisa. Florian schaut irritiert. »Was?«, sagt er, kommt sich dabei dumm vor, er hatte sie ja genau verstanden. »Ich bin schwanger«, wiederholt Lisa. Florian schweigt, dann sagt er: »Und?«

Oder, ganz pragmatisch, zum Mittagessen in einem kleinen Restaurant, Thai, Vietnamese, etwas auf die Schnelle. Die beiden sind definitiv kein Paar, die Stimmung ist eher am Abflauen. Florian hat keine Zeit, das behauptet er zumindest, in Wirklichkeit hat er keine Lust, Lisa zu treffen. Er hatte eh die Angewohnheit, Problemen aus dem Weg zu gehen, und er merkte Lisa an, dass es kompliziert werden würde. Aber klar, wenn sie sagt, »Ich will dich treffen«, dann kann er nicht einfach »nein« sagen. Also ein kurzes Mittagessen, nichts Besonderes, Reis mit Curry steht für 6,50 Euro auf der Mittagskarte – Lisa vegetarisch, er mit Rindfleisch. Florian berichtet von der Kampagne, bittet um ihre Einschätzung, die Idee mit der Ausstellung zum Thema Wald findet sie »okay«, zumindest sagt sie das, er will ja auch ihre Arbeit ausstellen, das Gespräch plätschert so dahin, und dann, ganz unvermittelt, sagt Lisa: »Ich bin schwanger.« Florian schaut sie fragend an, sagt nichts. Lisa, schon gereizt, sagt, nun etwas lauter: »Ich bin schwanger.« Florian, peinlich berührt, schaut sich um, keiner der anderen Gäste hat es bemerkt, dann beugt er sich über den Tisch und fragt leise: »Von mir?«

So könnte man es erzählen, drei Varianten, alle etwas anders, aber im Kern, als weiterer Treiber für die Geschichte, ist es raus: Florian weiß, dass Lisa schwanger ist. Mir ist es egal, wie er es erfährt. Ich brauche den Kontrast von Leben und Tod. Darauf kommt es an.

Aber Florian erfährt es noch nicht. Ich kriege die Szene einfach nicht hin. Vielleicht erfährt er es später. Später, später, ich schiebe alles auf, im Moment geht es nicht anders. Mehr als zwei Stunden am Tag Schreiben geht nicht, weil mich der Drache jagt.

»Das Camp zu verlassen ist keine Option. Sollen sie doch kommen«, sagte John am Telefon. »Die Frage ist eher: Wann kommst du wieder ins Camp?« Er habe keine Angst vor der angedrohten Räumung, »es sind bloß Wasserwerfer, Tränengas, ein paar Stunden, eine umkämpfte Nacht, allerhöchstens zwei Tage, dann ziehen sich die Bullen wieder zurück«, erläuterte er, weil dann, so seine Erwartung, der Polizeipräsident und der Innenminister »Schiss bekommen«. Der Druck der Straße. 25 000 Unterstützer:innen seien es in der letzten Woche gewesen, der Tag des offenen Waldes sei ein voller Erfolg gewesen, um in der Öffentlichkeit deutlich zu machen, wie viele Menschen die Waldbesetzer unterstützen. Und bei der Räumung, so John, würden bestimmt noch mehr Menschen aktiv werden. Und wenn es länger dauern würde, wäre das für das Camp auch kein Problem. Sie hätten Lebensmittelvorräte angelegt und oben in den Bäumen Schlafstellen eingerichtet, »da kommt kein Bulle hoch«.

In der Zeit, in der der Drache verschwunden ist, schreibe ich. Der Adler trägt mich in die Höhe, damit ich glaube, ganz weit sehen zu können. Ich habe das Gefühl, die »Folgenlosigkeit« zu begreifen. Der Begriff birgt in seiner Widersprüchlichkeit so vieles, was unsere Zeit auszumachen scheint: Er umfasst die Lüge des grünen Kapitalismus, dass unser Handeln folgenlos bleiben könnte; er beschreibt die enttäuschende Erfahrung vieler Aktivist:innen, dass ihre Aktionen nichts zu bewirken scheinen, also folgenlos im negativen Sinne bleiben; und er bezeichnet eine Hoffnung, eine Utopie – dass wir uns so verhalten könnten, dass unser Handeln keine negativen Folgen für andere hat. Mit je mehr Menschen ich über »Folgenlosigkeit« rede, desto öfter höre ich, dass »Folgenlosigkeit« unmöglich sei. Alles, was wir machen, habe Folgen, mit jedem Atemzug produzieren wir CO_2 und, und, und.

Manchmal werfen die Einwände mich nieder, manchmal geben sie mir Auftrieb: Dann bin ich mir sicher, einen wichtigen, weil wunden Punkt getroffen zu haben. Jakob, der manchmal viel analytischer ist als ich, stellt die These auf, dass jeder Paradigmenwechsel erst mal abgelehnt werde. Die praktische Umsetzbarkeit könne aber kein Maßstab für ein Ideal sein. Jakob und ich sinnieren darüber, dass das Ideal »Gerechtigkeit« auch nicht in Frage gestellt wird, obwohl vollkommene »Gerechtigkeit« nie erreicht wird. Auch das Ideal »Freiheit« wird nie in Frage gestellt, auch wenn unbegrenzte Freiheit, alleine schon wegen unserer leiblichen Gebundenheit, nie verwirklicht werden kann. Auch dem Ideal »Gleichheit« ergeht es ähnlich. Und die wenigen, die »Freiheit, Gleichheit und Gerechtigkeit« ablehnen, tun das, weil sie Angst davor haben – nicht weil diese Ideale unerreichbar sind. Ja, wir können nie ganz frei sein, und es wird nie vollkommene Gerechtigkeit geben – aber wir können danach streben und unser Handeln an diesen Idealen orientieren. Sie sind eine ethische Richtschnur. Warum soll das bei »Folgenlosigkeit« nicht möglich sein?

Lisa wollte nicht ins Camp, auch wenn man sie dort jetzt brauchte. John wurde ihr unheimlich. Das Unberechenbare, das sie an ihm attraktiv gefunden hatte, fand sie nun unheimlich. Seine Gewaltfantasien und die Aggressivität, mit der er über RMW sprach, machten ihr Angst. Sie konnte nicht einordnen, ob er wirklich an die »Ökologische Revolution« glaubte oder ob er eine dunkle Sehnsucht nach dem Untergang hatte.

Sie erinnerte sich an den Moment, als sie ihn zum ersten Mal gesehen hatte. Er hatte eines Tages am Lagerfeuer gesessen, und wie bei den Waldbesetzer:innen üblich, hatte keine:r gefragt, wer er war und woher er kam. Manchmal war er eine Woche nicht da, manchmal zwei, keine:r wusste, wie lange er blieb und was er machte, wenn er nicht im Camp war. Auch Lisa wusste nicht, wie John außerhalb des Waldes hieß, was er beruflich machte und wo er wohnte; auch für Lisa und John galt die Regel »keine Namen, keine Netzwerke, keine Informationen«. Er war John, mehr war nicht wichtig – und ging sie auch nichts an.

Sie hatte sich gleich von ihm angezogen gefühlt, er war einfühlsam und zärtlich gewesen. Irgendwann hatte er sich verändert, er wurde herrisch und begann, die anderen im Camp herumzukommandieren. Die Gewalt, so schien es, die von außen ins Camp getragen wurde, führte auch zu Gewalt im Camp. Unmerklich entstanden Hierarchien, und John hatte den Anspruch, in der Hierarchie weit oben zu stehen. Am Anfang war er ein wenig schüchtern gewesen, auf jeden Fall sehr vorsichtig. Hatte zugehört, statt selber zu sprechen. In den letzten Wochen war er lauter geworden, redete immerzu von Widerstand, von Kampf, von der Revolution, die im Wald beginnen würde. Er war der Kopf hinter den Barrikaden, die nun überall errichtet wurden, er hatte den Stacheldraht organisiert, den die Waldbewohner:innen verbauten, und er brachte, wenn Lisa sich richtig erinnerte, als Erster die Idee mit den Molotowcocktails auf.

Nein, zu John ins Camp wollte sie nicht. Dieses Camp war nicht mehr der utopische Ort, in dem sie eine Zukunft gesehen hatte.

Sie wollte sich auch nicht bei Florian melden. Seit Tagen war ihr schlecht, wahrscheinlich die Schwangerschaft, von der sie Florian immer noch nichts erzählt hatte – und sie war sich auch nicht sicher, ob sie das überhaupt sollte. Sie waren kein Paar, sie waren nicht zusammen, und deshalb ging ihn ihre Schwangerschaft auch nichts an.

Der einzige Mensch, den sie sprechen und sehen wollte, war Anka.

Der Wald war von Polizei umstellt. Anka führte einige Journalist:innen zum Waldrand und zeigte ihnen die weite Wüste des Tagebaus. Noch immer verstand sie nicht, warum so wenigen Menschen die unmittelbaren Auswirkungen des Energieverbrauchs bekannt waren.

Ihr Telefon vibrierte. Lisa. Sie hatte versprochen, sie anzurufen, nun schon wieder eine SMS, dass sie unbedingt mit ihr sprechen wolle, ihren Rat brauche.

Die Journalist:innen interessierten sich nicht für die Schönheit des Waldes und auch nicht für die Zerstörung der Natur. Sie wollten wissen, ob es bei einer Räumung zu gewalttätigen Ausschreitungen kommen würde. Anka führte die Gruppe zu einem Baumhaus, stellte eine vermummte Besetzerin vor, die den Journalist:innen Rede und Antwort stand. Sie ging einen Schritt beiseite, um kurz zu telefonieren.

»Ich bin schwanger«, sagte Lisa.

»Und, wie fühlst du dich damit?«, fragte Anka.

»Ich weiß es nicht. Ich weiß nicht, ob ich ein Kind will. Jetzt. Und überhaupt.«

»Und der Erzeuger?«

»Es geht ihn nichts an.«

»Und wie kann ich dir jetzt helfen?«, fragte Anka.

»Indem du weiterfragst, mich einfach fragst, bis ich weiß, was ich machen soll.«

Anka schaute zu den Journalist:innen rüber.

»Das geht jetzt nicht. Ich führe gerade eine Gruppe durch den Wald. Hier ist die Hölle los. Überall steht Polizei. Alle gehen davon aus, dass die Räumung bald kommt. Am Ende kann ich auch nur sagen: Viele Menschen kriegen Kinder. Viele Menschen kriegen keine Kinder. Manche sind froh darüber, andere traurig. Auf der Welt, so scheint es, gibt es erst mal genug Kinder. Wenn du das Kind nicht haben willst, warum solltest du es dann jetzt bekommen?«

Ich diskutiere die Szene im Umweltbundesamt. Michael Marten findet eine Abtreibung inkonsequent. »Wenn man wirklich folgenlos leben will, muss man sich schon selbst umbringen«, sagt er. Ich finde, dass das eine das andere nicht ausschließt.

John hatte sich geirrt, das Camp wurde in den frühen Morgenstunden geräumt, die Politik blieb stur, die Polizei »griff hart durch«. Die Räumung ging schneller und einfacher, als die Waldbesetzer:innen erwartet hatten. Die Barrikaden, der Stacheldraht, alles hatte nichts genutzt. Die Räumgeräte der Polizei hatten alles weggeschoben wie Kinderspielzeug.

Etliche Waldbesetzer:innen waren verhaftet worden, nur John hatte sich nicht fassen lassen, er kannte den Wald besser als die Polizei.

Er war weggerannt, nun versteckte er sich in der Hütte in Lisas Wald, der vom Goldbacher Wald nur wenige Stunden Fußmarsch entfernt war. Die Schlacht war verloren, doch der große Kampf würde noch kommen. Ein Kampf, der schwerer wog, der weiter ging als alles, was er vorher erlebt hatte. Er hatte Angst vor diesem Kampf.

Den Rest des Tages verbrachte er damit, trockenes Holz zu stapeln, er schichtete es in einem Kreis um die Hütte auf, zwei Meter hoch. Er verschickte noch ein paar SMS, immer den gleichen Text: »Wer die Zukunft retten will, muss sich vom Erfolg verabschieden.«

Dann machte er ein Streichholz an, das trockene Holz fing sofort Feuer. Er nahm ein Messer, legte sich auf den Boden und schnitt sich langsam die Pulsadern auf. Das Feuer loderte, fraß sich durch das trockene Gras, erreichte das aufgestapelte Holz, dann Lisas Kohlelager. Alles brannte; die Hütte, die Kohle, Bäume, der ganze Wald.

Das Setting ist klar. Lisas Kompensationswald löst sich auf und setzt das in ihm gespeicherte CO_2 wieder frei. Ihre künstlerische Arbeit ist zerstört, ihr aktivistisches Bemühen bleibt im schlechtesten Sinne folgenlos. John bringt sich um, weil er sich von Lisa hintergangen fühlt, alleinegelassen, vielleicht sogar betrogen. Ein tragischer Liebeskonflikt. Daraus ließe sich eine Geschichte stricken, wie wir sie aus dem Fernsehen und dem Blockbuster-Kino kennen, wo in fast jedem Film eine gesellschaftspolitische Fragestellung durch ein Liebesdrama übertönt wird. John, Lisa und Florian als Dreiecksgeschichte, das wäre ein Plot.

Ich lese die Passage über Johns Selbstmord bei einem von Globart und mir veranstalteten »Fest der Folgenlosigkeit« in Klosterneuburg bei Wien. Es gibt eine festliche Tafel mit opulentem Essen und Wein, ich habe Wissenschaftler:innen, Künstler:innen und Kulturschaffende eingeladen, meine Textzwischenstände zu kommentieren. Wir essen und trinken, dabei lese ich vor. Danach sprechen die Gäste. Um uns herum sitzen Zuschauende, das Ganze ist eine öffentliche Veranstaltung. Jakob hat eine Reihe von Kameras aufgebaut, zum einen, um das Ganze zu filmen, zum anderen, um es aus der Aura des Privaten zu heben.

Die Kritik der Gäste an Johns Selbstmord ist heftig. Dieses

Verhalten sei narzisstisch, ein:e echte:r Aktivist:in bringe sich nicht um, und erst recht nicht aus Liebeskummer, so die verkürzte und überspitzte Zusammenfassung.

Meine erste Idee ist eine Sackgasse. John soll sich nicht aus Liebeskummer umbringen, selbst wenn ich es für einen guten Plot halte. Ich entwickele also eine neue Version von Johns Tod. Dass Lisas Wald in Flammen aufgeht, hebe ich mir für später auf. Mehr Inhalt, vielleicht auch mehr Drama. Denn sterben muss er. So oder so.

John bereitete sich vor. Er wusste: Der große Kampf würde kommen. Ein Kampf, der schwerer war, der weiter ging als alles, was er vorher erlebt hatte. Er hatte Angst vor diesem Kampf. Er machte jeden Morgen Yoga, meditierte in seinem Baum, um gegen die negativen Energien anzukämpfen, die sich in ihm angestaut hatten. Er dachte an seine Mutter und an seinen Vater, den er hasste, an sein Leben, das keinen wirklichen Sinn hatte, er dachte an den Helden, der er gerne gewesen wäre, aber nicht war.

Er wusste, dass die Zeit im Goldi bald zu Ende sein würde. Ja, wenn sie kämpfen würden, würden sie die Räumung vielleicht verzögern können, zu verhindern war sie nicht. Früher oder später würde die Polizei siegen und sein Traum von Freiheit würde enden. Trotzdem hatte er die letzten Wochen damit verbracht, den Wald aufzurüsten, hatte Barrikaden gebaut, hatte sich Konstruktionen ausgedacht, mit denen er und andere sich an Bäumen festketten konnten; er hatte alles getan, was er konnte, und trotzdem fühlte er sich unendlich leer.

Er sah, wie Polizei mit ihren militarisierten Räumfahrzeugen die Barrikaden beiseitedrückte, wie sie mit Steigern die Baumhäuser zerstörte, wie alles, was die Gemeinschaft der Baumbesetzer:innen in den letzten Monaten aufgebaut hatte, zerstört wurde. Er sah, wie andere Aktivist:innen festgenommen wurden; die Polizei arbeitete sich langsam, aber zielstrebig durch den Wald, bald würden sie bei seinem Baumhaus angekommen sein.

John entschloss sich, zu fliehen, hier wollte und konnte er nicht bleiben. Er setzte seine Sturmhaube auf und rannte über eine der Seilbrücken, der Eile wegen nicht wie sonst gesichert, sondern frei. Er drehte sich um, hörte schon die Rufe der Polizist:innen, sein Puls stieg, er überlegte, was er machen könnte, sah sich nochmal um, sein linker Fuß blieb in einer Masche hängen, er verlor das Gleichgewicht, konnte sich nicht mehr halten und stürzte aus 18 Metern in die Tiefe.

Er war, wie dem Bericht der Polizei später zu entnehmen war, sofort tot.

Kein Selbstmord, sondern ein tragischer Unfall. Ich bin mit dem Unfall nicht zufrieden. Nicht weil er an Steffen Meyn erinnert, der 2018 bei der Räumung des Hambacher Forsts gestorben ist, oder an die beiden Aktivistinnen 2020 im Dannenröder Forst, die auch, wie John, auf der Flucht vor der Polizei ungesichert von einer Seilbrücke stürzten. Auch dieser Plot hat einige Ansätze, die man dramaturgisch gut ausbauen könnte. Zum einen würde Bernd in Bedrängnis geraten, weil die monatelange unnötige Härte seiner Sicherheitsleute gegenüber den Waldbesetzer:innen zur Eskalation der Gewalt und damit auch zu Johns Tod geführt hatte. In der Öffentlichkeit, aber auch zwischen Cornelia und Bernd, wäre diskutiert worden, ob die Sicherheitskräfte den Waldbesetzer:innen mit mehr Respekt hätten begegnen müssen und ob Johns Tod durch ein behutsameres Vorgehen im Vorfeld der Räumung hätte verhindert werden können.

Zum anderen hätte ich die Künstler:innen von Meuws nochmal mit dem Goldbacher Wald verknüpfen können, weil Thomas, der mit der Kameradrohne eigentlich nur Bäume filmen will, zufällig den Unfall aufgezeichnet haben könnte – eine Dreieckskonstellation zwischen Thomas, Bernd und John, zwischen Kunst, Wirtschaft und politischem Aktivismus. Doch ich verwerfe auch diese Variante, weil John, der Widerstandskämpfer, sich im Laufe des Schreibens verselbständigt hatte. Die Figur hatte andere Züge bekommen, als ich ursprünglich geplant hatte, und auch Bernd war weniger eindimensional, als ich mir am Anfang vorstellen konnte. Deshalb war es nötig, dass John nicht durch einen Unfall stirbt, sondern durch einen Selbstmord, nicht aus Liebeskummer, sondern aus politischer Überzeugung, weil er mit einem radikalen Akt etwas in Bewegung setzen will; er bringt sich um, weil er glaubt, dass eine Welt ohne Menschen besser ist als eine mit, und er deshalb bei sich anfängt. Damit stellt sich John in die Tradition der vielen Menschen, die ihre Selbsttötung, ihre Selbstverbrennung als (verzweifeltes) Zeichen, als Fanal zum politischen Auf- und Ausbruch verstanden haben. Der verzweifelte Versuch, der eigenen Folgenlosigkeit eine (mögliche, vermeintliche, wer weiß das schon) Folgenhaftigkeit entgegenzustellen: John tötet sich, um ein politisches Zeichen zu setzen. Aber nicht in Lisas Wald, denn der gehört ihr.

Nur mühsam konnte John seine Wut unterdrücken, als die Polizei mit Hilfe von Steigern und Hebebühnen begann, die Baumhäuser abzureißen. Er wusste, dass er nun ganz still sein musste, um sich nicht zu enttarnen. Die Polizei hatte bereits rund zwanzig Besetzer:innen verhaftet, auch die, die sich an Bäume festgekettet oder ihre Hände in Betonblöcke eingeschlossen hatten. Die Barrikaden, die er in den letzten Wochen mit den anderen gebaut hatte, waren von den Räumpanzern weggeschoben worden wie Kinderspielzeug. Nun saß er mit drei Molotowcocktails in seinem Baumhaus und bereitete sich vor.

Er wusste: Sein letzter Moment im großen Kampf würde bald kommen. Ein Kampf, der schwerer war, konsequenter als alles, was er vorher erlebt hatte. Ein Kampf, der weit über ihn hinausging. Er hatte Angst vor diesem Kampf. Ein Steiger näherte sich nun seinem Baumhaus, der Korb wurde langsam hochgefahren. John steckte sich eine Zigarette in den Mund. Er dachte an seinen Vater, den er hasste, und an das Gemeinschaftsgefühl, das er in den letzten Monaten gespürt hatte und durch das er zum ersten Mal so etwas wie Liebe erlebt hatte: eine Form von uneingeschränkter Zuneigung und Solidarität. Ja, es hatte sich gelohnt, dafür zu kämpfen.

Der Korb des Steigers war nun auf der Höhe seines Baumhauses, ein Polizist sah ihn direkt an. »Hier ist noch einer«, rief er laut.

John lächelte den Polizisten an, holte das Feuerzeug aus der Tasche und steckte seine Zigarette an. Das Baumhaus brannte innerhalb von wenigen Sekunden. Die Fernsehbilder von John als lebendiger Fackel gingen um die ganze Welt.

19

Johns Tod ist wie ein klärendes Gewitter,
er bringt Bewegung in festgefahrene Positionen

Ich vermisse John. Es tut mir weh, dass er tot ist. Ich hätte ihn gerne noch etwas kennengelernt und sein Leben begleitet, nun ist es zu spät.

Jemand aus dem Wald hatte Lisa einen Link zu dem Video geschickt. Immer wieder schaute sie den kurzen Film von dem brennenden Baumhaus an, in dem sie und John so viele gemeinsame Stunden verbracht hatten.

»Unbekannter Aktivist zu Tode gekommen«, lautete die Schlagzeile auf *Spiegel Online*. Außerdem sei ein Polizist leicht verletzt worden. Wer der Aktivist war, wurde nirgends erwähnt, aber Lisa wusste, dass es John war. Wer sonst sollte sich in seinem Baumhaus anzünden, außerdem hatte sie ihn erkannt, nicht an den dunklen Klamotten, die trugen viele im Camp, sondern an seiner Silhouette, die in den Flammen sichtbar geblieben war.

Mit einem Schlag wurde ihr klar, was »unbekannt« wirklich bedeutete. Sie selbst wusste nicht, wer John war. Sie wusste nicht, wie er hieß, wie alt er war und wo er geboren wurde. Sie wusste nicht, wer seine Eltern gewesen waren und ob er Freund:innen gehabt hatte. Sie wusste nicht, wo er gemeldet gewesen war und wer über seinen Tod benachrichtigt werden sollte. Sie hatte kein Foto von ihm, keinen Abschiedsbrief, kein Erbstück. Alles, was sie hatte, war die Erinnerung an einen Menschen, der sich John genannt hatte und jetzt tot war, bis zur Unkenntlichkeit verbrannt. Wahrscheinlich, dachte sie, weiß keiner, wer John gewesen war.

Anka hatte die Bilder vom brennenden Baumhaus am Morgen in den Nachrichten gesehen. Es war von »ungeklärten Todesumständen« die Rede, zu sehen war auch ein kurzes Interview mit Cornelia Stohmann, die von einem tragischen Unfall sprach – und die Besetzer:innen aufforderte, den Wald zu verlassen, um noch mehr Unglücksfälle zu vermeiden. Dabei war doch klar, dass hier jemand ein Zeichen hatte setzen wollen und alle sich darum bemühten, das runterzuspielen.

Sie schaute sich den Film noch mehrmals im Internet an, bis sie sich sicher sein konnte, dass es John war. Sein Baumhaus sprach schon dafür, war aber natürlich kein Beweis. In Anka kam Wut hoch, Verzweiflung über die Aussichtslosigkeit des Kampfes, die Unterlegenheit der Protestierenden und die Tragik von Johns Tod.

Sie rief Lisa an, doch die ging nicht ans Telefon. Sie überlegte, ob sie zu ihr fahren sollte, irgendjemand musste sich ja um sie kümmern.

Sie erinnerte sich an ihre erste Begegnung mit John. Sein Lachen, seine Stimme. Die Erinnerungen, die sein Verhalten in ihr geweckt hatte, und die abstruse Vermutung, wer sein Vater sein könnte.

Sie holte ihr altes Adressbuch. Alle Adressen und Telefonnummern ihres Lebens. Seit zwanzig Jahren hatte sie nicht mehr mit Berneburg gesprochen. Sie wusste nicht, ob seine Nummer noch stimmte. Sie nahm ihr Telefon und tippte sie ein. »Kein Anschluss unter dieser Nummer.«

In ihrem Postfach waren über dreißig Presseanfragen. Lokalradio, Zeitung, Fernsehen. Tote bringen Aufmerksamkeit. Wahrscheinlich hatte John genau das gewollt, und sie musste da jetzt durch. Bevor sie die Anfragen beantwortete, schrieb sie eine kurze Pressemitteilung: »Der Wald weint. Der Kampf um den Goldbacher Wald hat das erste Todesopfer gefordert. Heute starb John, der mit uns allen für den Erhalt des Waldes gekämpft hat. Mit seinem freiwilligen Tod setzte er ein Zeichen, ein Zeichen gegen die Vernichtung.« Sie überlegte, wie sie die Mitteilung noch pathetischer machen konnte. »Seine Selbstverbrennung ist ein Fanal gegen die Klimakatastrophe. Wir müssen aufhören, unsere Zukunft zu verbrennen, denn wir haben nur eine. Daran hat uns John mit seinem Tod erinnert.« Sie las den Text noch zweimal durch, überlegte, ihn jemandem zum Gegenlesen zu schicken. Dann schaute sie in ihre Mailbox, acht weitere Presseanfragen. Schnell fügte sie noch ein paar Sätze hinzu. »Wir fordern die Polizei auf, die Räumungsarbeiten sofort einzustellen, damit nicht noch mehr friedliche Aktivist:innen sterben. Wir fordern NEO und RMW auf, die Rodungen für immer einzustellen. Die Zukunft braucht den Wald, damit wir weiter atmen können.«

Die Pressemitteilung schickte sie an ihren Presseverteiler. Dann beantwortete sie die bereits eingegangenen Anfragen.

Lisa schloss sich in ihre Wohnung ein, ging nicht ans Telefon und öffnete nicht die Tür. Sie setzte sich in ihrem Schlafzimmer in eine Ecke, weinte und dachte nach. Über John. Und über sich. Über ihr Leben. Hätte sie ihm besser zuhören, seine Verzweiflung spüren können? Im Rückblick erschien ihr seine letzte SMS wie ein Abschiedsgruß, den sie nicht verstanden hatte und auf den sie anders hätte reagieren müssen. Andererseits war sein Tod eine freie Entscheidung gewesen, so schien es ihr, keine spontane Reaktion, erst recht kein Unfall, sondern etwas, was er seit langem geplant hatte, bestimmt aus

Verzweiflung, aber sicherlich auch aus innerer Überzeugung. Sie fühlte sich schuldig, obwohl sie wusste, dass sie keine Schuld an seinem Tod hatte.

»Nein, ich will niemanden mehr sprechen«, schrie Cornelia ihrer Sekretärin entgegen. Schon wieder eine Interviewanfrage. Sie hatte schon sechs Interviews gegeben, im Prinzip immer das Gleiche: Dass der Tod des Aktivisten schrecklich sei, dass es ein Unfall gewesen war und dass die Aktivist:innen, um weitere Unfälle zu vermeiden, sich nicht weiter gegen die Räumung wehren sollten.

»Haben Sie Bernd endlich erreicht?«, rief sie zur Sekretärin hinüber. Bernd war abgetaucht, seit die Polizei mit ihnen die Räumung abgesprochen hatte. Obwohl das ganz klar in seinen Geschäftsbereich fiel, nicht in Cornelias. Das war typisch für ihn. Wenn es brenzlig wurde, machte er sich aus dem Staub. Erst große Töne spucken und dann abtauchen, wenn es darum geht, den Kopf hinzuhalten.

Als Lisa wieder aufwachte, hatte sie Hunger. Sie ging in die Küche und aß alles, was sie finden konnte, einen Joghurt, der schon abgelaufen war, ein paar verschrumpelte Äpfel, zwei Scheiben trockenes Brot. Sie hatte mehrere SMS von Anka und von Florian erhalten. Florian wollte sie nicht sehen. Anka schon.

Der Drache ist wieder da, lacht mich an mit seiner Fratze, ich verkrieche mich in meine Höhle, hoffe, dass er mich nicht erwischt, aber er kommt überall hinterher. Ich bin gelähmt, wieder leer. Ich kann den Kampf nicht alleine führen, habe keine Kraft mehr, bin erschöpft. »Ich kann nicht mehr« schreie ich, keiner versteht, was ich meine. Wie auch, die anderen sehen den Drachen ja nicht. Ich wünsche mir den Adler herbei, der den Drachen vertreibt, aber der Adler kommt nicht.

»Ich kann nicht mehr«, sage ich leise zu mir selbst und wünsche mir, einfach ins Wasser hineinzugleiten, in die Kälte zu fallen, hinwegzutreiben aus der Welt, hinein in die Stille, in die Ruhe, in die Leere der Unendlichkeit.

Der Direktor der AFED hatte Suzanna Schnejder um eine schriftliche Einschätzung gebeten, welche Folgen durch den Tod des unbekannten Aktivisten für die Zusammenarbeit mit RMW zu erwarten seien. Suzanne Schnejder versuchte, Bernd Stohmann zu erreichen, sie wollte sich mit ihm absprechen. Seit Tagen ging er nicht ans Telefon, bei seiner Sekretärin hatte sie keinen Gesprächstermin bekommen. Sie hatte auch versucht, Cornelia Stohmann zu sprechen, war von deren Sekretärin aber ebenfalls auf unbestimmte Zeit vertröstet worden.

Sie formulierte die Einschätzung ohne Rücksprache. Die Gefährdung der, wie sie in präzisem Verwaltungsdeutsch schrieb, »Akzeptanz der Kooperation zwischen AFED und RMW bei der geplanten Renaturierung« war der Kern ihrer Argumentation. Denn es lag auf der Hand: Ein Unternehmen, für dessen Baumfällungen Aktivist:innen starben, war kein glaubwürdiger Partner für die ökologische Neugestaltung der Tagebaubrachen. Sie versuchte noch, das Engagement für ein »Museum für ökologische Kunst« hervorzuheben, merkte aber beim Schreiben, dass sie keine Energie mehr hatte, um gegen die Erwartungshaltung des Direktors anzuarbeiten. Seit zwei Stunden wollte sie sich schon um die Bienenstöcke kümmern, die vor einer Woche auf dem Dach des AFED aufgestellt worden waren – Teil einer Kampagne, die sie ins Leben gerufen hatte, Diversität im urbanen Raum, ein wichtiges Thema, mit dem sich die AFED auch befasste.

Ihr Telefon klingelte, das Büro des Direktors. Sie nahm nicht ab, es war eh klar, dass er wissen wollte, wo der Text blieb. Sie las sich nochmal den Text durch, erinnerte sich an das letzte Gespräch mit dem Direktor und formulierte nochmal um.

»Die mediale Empörung wird nur von kurzer Dauer sein. Langfristig ist von keiner Beeinträchtigung der Beziehungen zwischen der AFED und der RMW auszugehen«, lautete nun ihr Kernsatz.

Sie drückte auf »senden«, zog sich ihre Jacke an und ging zu den Bienenstöcken.

Florian hätte gerne Lisa gesehen, es gab so viel zu besprechen, aber sie hatte keine seiner Nachrichten beantwortet. Johns Tod hatte sie – verständlicherweise – völlig durcheinandergebracht, sie brauchte Ruhe, das konnte er verstehen.

Er selbst dachte nicht viel über John nach. Sie waren sich fremd geblieben, trotz (oder wegen, da war er sich nicht sicher) Lisa, und nach wie vor war er der Überzeugung, dass Johns Weg der falsche gewesen war. Daran änderte auch sein Tod nichts, wenngleich, das musste Florian zugeben, es eine gute Inszenierung war. Sofort schämte er sich für den makabren Gedanken.

Anka war erleichtert, dass Lisa sich endlich gemeldet hatte. Sie hatte darauf bestanden, dass sie sich sahen, war sofort aufs Fahrrad gestiegen und zu ihr gefahren. »Es gibt Dinge, die kann man nur persönlich besprechen.«

Sie war unsicher, ob sie Lisa mit ihrem Verdacht konfrontieren sollte. Zwei Stunden saßen sie schon auf dem Sofa, Lisa hatte alles erzählt: wie sie John kennengelernt und wie sie sich in ihn verliebt hatte, warum sie mit ihm keine Beziehung hatte führen wollen, was ihr an ihm Angst gemacht hatte. Anka hatte zugehört und nur wenige Fragen gestellt.

»Hast du John jemals ohne Maske gesehen«, fragte Anka.

»Ja, natürlich, im Dunkeln.« Sie lachte. »Nachts hatte er keine Maske auf.«

»Würdest du ihn wiedererkennen?«

»Ja, ich glaube schon«, antwortete Lisa.

Anka zog einige Blätter aus der Tasche, darauf Fotos eines Mannes. Lisa schaute sich die Fotos an. Manches erschien ihr fremd, manches erinnerte sie an John. Bei einer Seite blieb sie länger hängen. »Ja, das ist er. Das ist sein Lächeln. Du erkennst es an den Augen. Selbst mit Maske.«

Anka und Lisa schwiegen eine Weile.

»Und, wer ist das?«, fragte Lisa.

»Das wirst du mir nicht glauben«, sagte Anka. »Das wird jetzt nicht einfach für dich.«

Der Text quält mich und ich quäle den Text. Ich beginne, meine Protagonist:innen zu verlieren. Das, was ich erzählen will, entgleitet mir, ich verliere den Überblick über meine Geschichte; weiß nicht mehr, wer was warum macht.

»Es war seine Stimme«, sagte Anka, als Lisa fragte, wie Anka hinter Johns Identität gekommen war, aber weil Anka dabei so abweisend wirkte, hatte Lisa sich nicht nachzufragen getraut, wessen Stimme Anka in John wiedererkannt zu haben glaubte.

Das Gespräch mit Lisa war auch für Anka nicht einfach gewesen, nicht nur, weil sie sah, wie Lisa litt, sondern auch, weil es ihre eigene Geschichte berührte.

Anka und Lisa hatten vereinbart, dass Lisa mit Cornelia Stohmann sprechen sollte.

»LISA MUSS ETWAS IN SICH ZERSTÖREN

BENT MUSS ETWAS IN SICH ZERSTÖREN

ANKA MUSS ETWAS IN SICH ZERSTÖREN.«

Das hatte ich mir in Großbuchstaben in die Notizen zu diesem Kapitel geschrieben. Jetzt taucht Bent gar nicht mehr auf. Dafür im nächsten Kapitel.

Lisa wusste, was sie jetzt zu tun hatte.

Es fühlte sich komisch an, mit Florian zu sprechen, er schien aus einer anderen Welt zu kommen. Alles fühlte sich verschwommen an, als sei mit Johns Tod auch ein Teil von Florians Attraktivität verlorengegangen. Er wollte sich mit ihr treffen, am liebsten gleich, sie sagte ihm, dass sie Zeit brauchte. Dann bat sie ihn um Cornelia Stohmanns Telefonnummer.

»Warum willst du mit der Stohmann sprechen?«, fragte Florian.

»Das kann ich jetzt nicht erklären«, sagte Lisa. »Du wirst es verstehen. Tu mir den Gefallen.«

Die Nummer, die Florian ihr diktierte, schrieb sie auf ihren Unterarm. Dann setzte sie sich ins Auto und fuhr los.

Sie legte eine CD in den alten CD-Player, Bach, *Goldberg-Variationen*, die Musik, die John und sie gerne gehört hatten. Wenn Johns Tod – sie hatte beschlossen, ihn weiter so zu nennen, weil er für sie John war und sonst niemand – irgendeinen Sinn haben sollte, dann bestand er darin, jetzt weiterzukämpfen, und nicht aufzugeben. Nicht, wie John geträumt hatte, als Kampf auf der Straße – wobei Lisa inzwischen zu der Überzeugung gekommen war, dass John daran nicht wirklich geglaubt hatte, sondern sich eher in einer Art romantischer Verklärung an diese Vorstellung geklammert hatte, weil er sich eine andere Form von Veränderung nicht hatte vorstellen können –, sondern als Kampf mit sich selbst. Denn der eigentliche Feind, das hatte Johns Tod gezeigt, waren nicht die anderen, der Feind, den es zu überwinden galt, war man selbst.

Zwei Stunden später war sie in ihrem Wald angekommen. Um frei zu sein, dachte Lisa, müssen wir etwas zerstören. Nicht uns selbst, wie John, sondern etwas in uns. Wir müssen die Bilder kaputtmachen, die wir in uns tragen, die in uns eingepflanzt sind und die uns daran hindern, uns so zu verhalten, wie wir es für richtig halten. Sie holte zwei Kanister Benzin aus dem Kofferraum, goss einen Kanister in der Hütte aus, mit dem Benzin aus dem zweiten legte sie eine Spur zu dem Kohleberg, den sie in den letzten zwei Jahren aufgeschüttet hatte. Dann montierte sie die drei Videokameras, die sie sich geliehen hatte, auf Stative und platzierte sie auf dem umgebenden Gelände. Bei jeder Kamera kontrollierte sie, ob die Akkus geladen waren, stellte den Bildausschnitt und die Schärfe ein und drückte auf den roten Aufnahmeknopf.

Jakob findet es inkonsequent, dass Lisa ihren Wald anzündet und dies dann auch noch filmt. Denn von den damit verbundenen Inhalten, so Jakob, will Lisa sich nicht verabschieden, sondern lediglich vom Repräsentations- und Verwertungssystem »Kunst«. Außerdem habe es schon genug Feuer gegeben im Roman, so Jakob. Ich mag Feuer, und ich mag die Szene, ich mag das Video, das dabei entsteht, und lasse die Szene deshalb so, wie sie ist.

Es war genau das Bild, von dem Lisa heimlich immer geträumt hatte. Alles stand in Flammen, meterhoch, die Holzkohle krachte und knackte. Sie dachte an John und stellte sich vor, dass er sich im Moment seines Todes frei gefühlt hatte, frei, weil er eine Entscheidung getroffen hatte.

Sie zog ihr Handy aus der Tasche und wählte die Nummer, die Florian ihr gegeben hatte. Cornelia Stohmann ging sofort dran.

Bent hält eine Beerdigungsrede; weder Cornelia noch Anka werden die Wahrheit erfahren

Cornelia Stohmann hörte Lisa zu, erfasste in den Worten aber keinen Sinn. Dann, langsam, verstand sie, worüber Lisa sprach. Erst lachte sie, so absurd fand sie das, hielt es für einen Witz der Waldbesetzer:innen, doch irgendwann verging ihr das Lachen. Rückblickend erschien ihr das Gespräch lang, dabei dauerte das Telefonat nur wenige Minuten. Sie hatte einige Fragen gestellt, die Lisa nicht beantworten konnte.

Nach Lisas Anruf ging Cornelia mit Bernds Sekretärin dessen Kalender durch. Immer wieder hatte es lange Phasen gegeben, in denen Bernd keine Termine wahrgenommen hatte, in denen er wie abgetaucht gewesen war. Cornelia ging diese Phasen mit Lisa durch, und sehr häufig deckten sie sich mit Lisas Erinnerungen, wann sie mit John im Wald gewesen war.

»Er hat mir nie erzählt, wo er ist, wenn er nicht im Wald ist«, sagte Lisa, »und wenn ich ihn danach gefragt hab, wurde er wütend«.

Cornelia nickte. Bernds Wutanfälle kannte sie. In diesen Momenten hatte sie immer Angst vor ihm. Sie wollte Lisa in den Arm nehmen, aber sie schaffte es nicht. Sie wollte weinen, aber das konnte sie auch nicht. Denn eigentlich hatte sie Bernd gehasst. Sein Verschwinden hätte sie also auch als Befreiung verstehen können, trotzdem war da nur Schmerz.

War es die Unmöglichkeit einer Versöhnung, die im Tod manifest wurde? War es die Sehnsucht nach einer Geborgenheit, die sie mit ihrem Bruder nie verspürt hatte?

Sie hatte irgendwie die Hoffnung, dass alles vielleicht ganz anders gewesen war, dass Bernd noch lebte, dass er, wie eben früher auch, abgetaucht war, sich zurückgezogen hatte, warum und wohin auch immer, und dass er morgen, übermorgen oder am besten gleich vor der Tür stehen würde.

Sie wischte die Gedanken beiseite. »Vielleicht ist Bernd der unbekannte Aktivist. Vielleicht ist es jemand ganz anderes.«

Warum wurde Bernd zu John? Und warum traute er sich nicht, wirklich John zu werden, sondern blieb weiterhin auch Bernd? Weil seine Eltern ihn nicht geliebt haben und er sich immer noch nach Bestätigung sehnte? Derartige Begründungen geben der Vergangenheit so viel Macht und nehmen einem selbst so viel Freiheit.

Aber irgendwo kommen sie her, der Adler und der Drache. Ich war kein glückliches Kind. Der Drache trieb mich vor sich her und verhinderte, dass ich so war, wie ich sein wollte. Mit der Zeit lernte ich, dem Drachen aus dem Weg zu gehen oder ihn irgendwie auszuhalten. Mit jedem Tag, den ich älter wurde, wurde ich mehr ich selbst. Aber glücklich wurde ich deshalb nicht, denn die unglückliche Kindheit, von der ich nicht abhängig sein will und der ich keinen Einfluss auf meine Gegenwart zubilligen möchte, ist ja trotzdem da. Je älter ich werde, desto öfter holt mich die Traurigkeit der Kindheit ein. Der Drache trägt sie auf seinem Rücken und schleudert sie mir entgegen, und auch der Adler, selbst der mächtige Adler, kann mir dann nicht helfen. Die Traurigkeit der Kindheit setzt sich auf mich und nimmt mir die Luft zum Atmen.

Mit der DNA-Analyse war es schnell gegangen, es hatte einen Tag gedauert, dann war das Ergebnis da. Cornelia wollte sich hundertprozentig sicher sein, bevor sie ihren Vater mit dem

Tod seines Sohnes konfrontierte. Und das Ergebnis war eindeutig. Der Tote aus dem Goldbacher Wald war Bernd Stohmann.

Cornelia war zu Berneburg gefahren und hatte ihm alles erzählt. Er musste sich jetzt um alles kümmern, worum sich nach einem Todesfall gekümmert werden muss – Totenschein, Testamentseröffnung und -vollstreckung. Sie hatte keine Idee, wie sie ihrem Vater die Nachricht vermitteln sollte, und bat Berneburg, sie zu begleiten, zu unterstützen, die Familie – oder das, was von ihr übriggeblieben war – in diesem Moment nicht alleine zu lassen. Berneburg hatte in Cornelias Erinnerung alle schwierigen Gespräche der Familie begleitet und war nicht nur Bent Stohmanns rechtlicher Beistand, sondern aus so etwas wie sein bester Freund.

Ich wusste am Anfang noch nicht, dass Bernd und John die gleiche Person sind. Es ergab sich beim Schreiben. Ihre Charaktere verselbständigten sich, und je weiter sie auseinanderdrifteten, desto mehr begegneten sie sich in ihrer Verzweiflung. Ich mochte die Vorstellung, dass ein Doppelgänger eine produktive Anfechtung der eigenen Identität ist. John hebt sich in Bernd auf und Bernd in John. In dem Moment, in dem der eine sich eingesteht, dass er sich von sich selbst abspalten muss, um »ich« sein zu können, verlässt er den festgesteckten Rahmen der üblichen Identitätsvorstellung. Diese Form von Freiheit wünsche ich mir manchmal auch.

Diese Entwicklung eröffnet neue Perspektiven für die Geschichte: John, der Lisa unterstützt, zusammen mit Waldbesetzer:innen eine Aktion in der Neuen Nationalgalerie zu machen, kann an der Aktion selbst nicht teilnehmen, weil er gleichzeitig als Bernd bei Cornelia Stohmann sein muss – es geht ja schließlich um die Firma. Allerdings muss er vermeiden, dass er auf Lisa trifft, denn auch wenn sie ihn nur nachts ohne Maske gesehen hat, könnte sie ihn erkennen. Daraus ließe sich ein Spannungsmoment aufbauen, den die Leser:innen aber nicht bemerken dürfen, weil sie zu diesem Zeitpunkt der Geschichte ja noch nicht wissen, dass Bernd und John die gleiche Person sind. Das gelingt mir aber nicht, stattdessen verstricke ich meine Figuren in Widersprüche, auf die mich mein Lektor Thomas Halupczok hinweisen muss, und Konstruktionen, die nicht wirklich schlüssig sind. Ich habe mich beim Schreiben oft gefragt, ob die Geschichte zu vollgestopft ist und ich strenger mit ihr sein muss. Ob ich mich von manchen Figuren trennen muss. Aber das schaffe ich nicht.

»Nein«, sagte Bent Stohmann. »Das stimmt nicht.« Dann setzte er sich an seinen Schreibtisch und wischte sich eine Träne aus dem Auge. »Das glaube ich nicht.«

Cornelia stand neben Berneburg und brachte kein Wort heraus. Dann, nach einigem Zögern, sagte sie: »Doch. Das war auch Bernd. Ein Bernd, den wir nicht kannten.«

Es waren viele Menschen zur Beerdigung gekommen, die Verwandtschaft, Mitarbeiter:innen, Schulfreund:innen, alte Bekannte und einige Waldbesetzer:innen. Menschen aus Bernds Leben und Menschen aus Johns Leben wie Anka und Lisa.

Bent Stohmann hatte versucht, öffentliches Aufsehen zu vermeiden, aber dafür war der Todesfall zu spektakulär; der frisch gebackene Geschäftsführer von RMW agiert inkognito als Waldbesetzer. Für die Medien ein gefundenes Fressen, und angesichts des öffentlichen Interesses – man denke nur an die Debatten um den Kohleausstieg und vor allem die Räumung – stand die Privatsphäre der Stohmanns hintenan.

Natürlich waren die Verschwörungstheorien ins Kraut

geschossen – Spion, Doppelagent, bei der Flucht vor der Polizei gestorben, weil er auf keinen Fall erkannt werden wollte … Alles Mögliche kursierte in den Boulevardzeitungen und den sozialen Medien, je nach politischer Ausrichtung unterschiedlich ausgeschmückt.

Bent hatte sich entschlossen, eine Trauerrede zu halten, für sich selbst, für Bernd, aber auch, um die Deutungshoheit zu behalten. Auch beim Tod seines Sohnes blieb er, was er war: ein machtbewusster Mensch, der sein Revier verteidigt.

Er hatte sich erhoben, war an das kleine Pult getreten, das vor dem Sarg stand. »Wir haben einen Freund, einen Weggefährten, einen geliebten Menschen verloren. Einen Bruder. Einen Sohn. Ich kann es immer noch nicht fassen. Manchmal denke ich, er ist nur kurz weg. Wie so oft in den letzten Jahren, wenn er, ohne zu sagen wohin, für ein paar Tage verschwand. Er brauche das, sagte er immer, das sei seine Freiheit.«

Er holte ein zusammengefaltetes Blatt Papier aus der Jackentasche und faltete es auf. Dann legte er ein Taschentuch auf das Pult.

»Bernd ist ein verwöhntes Kind, dachte ich oft. Ein Kind, das Schwierigkeiten hat, in die Spur zu kommen. Jemand, der einen kleinen Schubs braucht. Ich habe ihn viel geschubst, in die völlig falsche Richtung. Bernd hat etwas anderes gesucht als das, was ich in ihm gesehen habe. Nun ist er tot.«

Für Bent Stohmann waren die Waldbesetzer:innen zunächst »Terroristen«. Es hatte einige Gespräche mit Lisa gebraucht, um ihm ein Gefühl dafür zu geben, was Bernd gesucht und als John gefunden hatte.

»›Unbekannter Aktivist verbrannt‹, so lautet eine Nachricht in der Zeitung. Dieser unbekannte Aktivist, das wissen wir jetzt, war Bernd. Bernd? Wirklich? War das wirklich Bernd? Oder war es ein anderer?«

Bent Stohmann faltete den Zettel wieder zusammen.

»Ich hätte diese Trauerrede auch anders beginnen können. Von dem Bernd erzählen, den ich kenne. Von dem Bernd, der verschwunden ist. Denn Bernd ist ja gar nicht gestorben. Der, der da gestorben ist, war nicht Bernd, sondern ein unbekannter Aktivist. So steht es in der Zeitung. Ein unbekannter Aktivist, der sich John nannte. Ich kannte ihn nicht. Wir kannten ihn nicht. Es sind Gäste hier, die diesen John kannten. Aber sie kannten nicht Bernd. Wollen wir diesen Abschied also nutzen, um Bernd und John kennenzulernen. Und um uns von diesen beiden zu verabschieden.«

Er nahm das Taschentuch, um sich ein paar Tränen wegzuwischen.

»Wer hat also John zu Tode gehetzt? Es war Bernd. Bernd, der bei RMW die Zügel straff hielt. Vielleicht wollte er mich damit beeindrucken. Oder sich selbst. Uns alle. Und wenn Bernd John war, dann war Bernd ein Mörder und John ein Selbstmörder. Sie merken, ich komme noch nicht ganz damit zurecht. Also, wer war Bernd? Ich weiß es nicht. Deshalb wird jetzt jemand über John sprechen.«

Wie mit Bent und Cornelia Stohmann verabredet, stand Lisa auf. Auch sie hatte ein paar Worte vorbereitet. Wahrscheinlich hatte niemand John so nahegestanden wie sie, und deshalb war klar, dass sie über ihn sprechen musste.

»John war stark. John war wütend. John war radikal. Und er hatte Angst, aber das weiß ich erst jetzt. Er konnte wütend sein. Ja, auf RMW war er wütend. Aber er war auch euphorisch. Mit seinem Enthusiasmus steckte er uns immer alle an. Er war ein Kämpfer. Jetzt ist er tot.«

Lisa musste ein paar Mal schluckte, verlor die Stimme, räusperte sich und versuchte dann weiterzusprechen.

»Gibt es Wahrheit? Wer war John? Und wer war Bernd?

Und wer von beiden war echt? War das Leben als Bernd nur gespielt oder das Leben als John? Oder war beides echt, zwei Personen in einem Menschen? Ich kann doch nicht jemanden geliebt haben, den es gar nicht gab?«

Lisa hatte mehrmals mit Cornelia gesprochen, sie hatte Bent Stohmann besucht und viel über Bernd erfahren. Die Gespräche mit Bent und Cornelia hatten ihr gutgetan; alle drei verband die Erfahrung, einen Menschen geliebt zu haben, der einen wesentlichen Teil seiner Persönlichkeit verborgen gehalten und auf merkwürdige Weise die Menschen, die ihn liebten, betrogen oder zumindest hintergangen hatte.

»Bernd war sehr widersprüchlich. Bernd war so, wie wir alle, nur in extrem. Er hat sein Leben und sein Wünschen nicht zusammengebracht. Daran ist er zerbrochen. Ich glaube, er hätte sich nicht umgebracht, wenn er eine Hoffnung gehabt hätte. Und deshalb bitte ich euch, jeden von euch: Überlegt, wie wir Bernd und John – und damit irgendwie uns allen – Hoffnung geben können. Ihr Tod soll nicht folgenlos bleiben.«

Ich hatte nicht vor, dass Bernd/John eine zentrale Figur meines Romans wird. Wirklich nicht. Bernd und John waren am Anfang eher Randfiguren.

Vielleicht liegt es am Selbstmord. Ich stelle mir oft vor, wie es wäre, wenn ich meinem Leben ein Ende setzte. In den Fluss steigen und einfach nicht wiederauftauchen. Eine Pistole in die Hand nehmen und eine Kugel in den Kopf schießen. Erst im Tod findet das Leben seinen Sinn, denke ich dann. Manchmal, wenn ich alleine Auto fahre, drücke ich das Gaspedal durch und schließe die Augen. Das fühlt sich sehr frei an. Dann denke ich an meine Kinder und meine Frau und nehme den Fuß wieder runter.

Vielleicht macht erst Lisa Bernd/John zur zentralen Figur, weil sie fordert, dass sein Tod nicht »folgenlos« bleiben dürfe.

Vielleicht bleibt Florian die Hauptfigur.

Jetzt muss ich für Bernd/John ein Testament schreiben, das seinem Leben – und vor allem seinem Tod – einen Sinn gibt.

Anka lief langsam hinter Lisa her. Wie oft hatte sie sich vorgestellt, wie es wäre, wenn sie ihre Tochter wiedersehen würde. Sie würden sich begegnen und einander sofort erkennen. Dann würden sie sich in den Arm nehmen, aller Schmerz würde von ihr abfallen. So hatte sie es sich vorgestellt, und nun war alles anders. Sie stand an einem Grab vor einer Frau, die ihre Tochter sein könnte, sicher war sie sich dessen nicht. Kein sofortiges Erkennen, keine Umarmung. Vielleicht nur eine Sehnsucht. Alles, was Anka zu Cornelia sagen konnte, war »mein Beileid«.

Der Weg vom Grab zum Ausgang war lang. Bent Stohmann sah Anka, die langsam hinter Lisa herging. Sie geht noch genauso wie früher, dachte er, dann verdrängte er die Erinnerungen, die in ihm hochkamen, und überlegte, ob er an ihr vorbeigehen sollte. Sie hatte mit Cornelia gesprochen, sie schienen sich zu kennen, aber nicht vertraut zu sein. Bent hatte sie schon fast eingeholt und rief leise ihren Namen. Sie drehte sich um, verlangsamte ihren Gang. 35 Jahre, dachte Bent, oder waren es 36?

»Hast du ihn gut gekannt?«, fragte Bent Stohmann.

»Keiner hat ihn gut gekannt«, antwortete Anka.

»Hast du sofort gewusst, dass … dass John … dass er mein Sohn ist?«

»Ich glaube schon. Aber ich habe es mir nicht erlaubt. Es tat zu weh.«

»Das kann ich verstehen.«

Anka überlegte, ob sie stehen bleiben sollte, um das Gespräch zu beenden.

»Ich habe nachgedacht«, setzte Bent Stohmann nochmal an. »Viel nachgedacht. Der Verlust eines Kindes tut weh.«

»Das musst du mir nicht sagen«, sagte Anka.

»Ich habe dir viel angetan«, sagte Stohmann.

»Ja. Das hast du.«

Sie gingen ein Stück schweigend nebeneinander.

»Ich habe meinen Sohn verloren, ich möchte nicht auch noch meine Tochter verlieren.«

Anka schaute ihn verwundert an. »Du hast Angst, dass du deine Tochter verlierst?« Sie wartete ab, ob Bent Stohmann ihr antworten würde, aber er schwieg. »Du hast es immer noch nicht verstanden. Du würdest sie nicht verlieren, sondern dadurch erst gewinnen. Sie ist dir dankbar, aber sie sieht in dir nicht einen Vater.«

»Vielleicht hast du recht«, sagte Bent. »Und glaubst du, dass du deine Tochter zurückbekommen könntest?«

Anka schüttelte den Kopf. »Nein. Was vergangen ist, ist vergangen, es kommt nicht zurück. Aber die Zukunft, die kann noch kommen.«

Ich muss die Geschichte zu Ende bringen. Eigentlich ist es ja ganz einfach. Anka war von Bent schwanger, Bent hielt nicht zu ihr, sondern weigerte sich, die Vaterschaft anzuerkennen. Anka gab das Kind zur Adoption frei, Bent erfuhr davon und adoptierte – ohne Ankas Wissen – das Kind. Cornelia weiß nicht, dass Anka ihre Mutter ist, und Anka weiß nicht, dass Cornelia ihre Tochter ist. Das könnte ich nun, zum Ende der Geschichte, auflösen. Und Anka und Bent versöhnen sich.

Diese schöne Geschichte werde ich nicht erzählen. Denn

dazu müsste ich ergründen, was sie einst zusammengebracht und dann auseinandergetrieben hat. Wir müssten Bent als Mann in mittleren Jahren kennenlernen, getrieben von seinem unendlichen Ehrgeiz, das Unternehmen zu führen, das seine Frau von ihrem Vater geerbt hat. Wir müssten die Beziehung zu seiner Ehefrau beschreiben. Sind sie liebevoll miteinander, oder herrscht Kühle? Was fehlt der Beziehung, was hält sie zusammen? Was sucht er in seinen Affären, von denen eine – die mit Anka – unerwartet in eine Schwangerschaft mündet. Was geht in Bent vor? Angst, seine Position im Unternehmen zu verlieren? Freude, endlich Vater zu werden? Haben seine Frau und er versucht, Kinder zu bekommen, und es hat nicht geklappt? Nahm seine Frau Hormone, die ihre Fruchtbarkeit erhöhen sollten, aber gleichzeitig dazu führten, dass sie sich ihrem Körper entfremdete, sich unter Gebärdruck gesetzt fühlte, sich selbst zu hassen begann, worunter auch die Beziehung litt?

Wie lernen sich Anka und Bent kennen? Was findet Anka an Bent, was Bent an Anka? Ist es ihre unbekümmerte Jugend, die ihn anzieht, ihre Attraktivität, oder mehr?

Es wäre so viel zu erforschen, zu erklären, zu erzählen. Die Vergangenheit genauso wie die Gegenwart. Warum versucht Anka nicht herauszufinden, wer ihre Tochter adoptiert hat? Warum spricht sie Bent nicht direkt an? Warum folgt sie nicht ihrer Intuition? Schämt sie sich dafür, dass sie sich als junge Frau nicht in der Lage sah, ein Kind großzuziehen, und es deshalb zur Adoption freigegeben hat? Oder ist es komplexer, hat es mit ihrer eigenen Geschichte zu tun, der Familie, aus der sie stammt?

Nicht nur die Vergangenheit, auch die Gegenwart wäre zu durchleuchten. Wovor fürchtete sich Bent? Dass Cornelia sich von ihm abwendet, wenn sie erfährt, dass er ihr die leibliche Mutter vorenthalten hat? Oder ist seine Sorge, dass er seinen

Ruf als großzügiger, sozial engagierter Unternehmer verliert, wenn herauskommt, dass seine Adoptivtochter sein leibliches Kind ist, das er nur adoptiert hat, um seiner Ehefrau seine außerehelichen Eskapaden nicht gestehen zu müssen?

Das wäre ein neuer Roman, eine andere Geschichte. Aber ich muss diese Geschichte zu Ende bringen, die Folgenlosigkeit frisst mich von innen auf, treibt mich in die Verzweiflung, immer wieder packt mich der Drache von hinten und stößt mich in ein tiefes Loch, in die Dunkelheit, aus der ich nur mühsam wieder herausfinde. Und deshalb erfährt Cornelia nicht, dass Anka ihre leibliche Mutter und Bent ihr leiblicher Vater ist.

*Issa zweifelt den Sinn der
»Wald«-Ausstellung an und bringt die
Folgenlosigkeit ins Spiel*

Lisa hatte Florian gebeten, im Auto zu warten. Er konnte das verstehen, was sollte er auf der Beerdigung von Bernd Stohmann oder John oder wer auch immer unter die Erde gebracht wurde? Bernd Stohmann hatte er noch nie getroffen, und seine Beziehung zu John rechtfertigte nicht, auf dessen Beerdigung zu gehen. Außerdem hatte er das Gefühl, dass Lisa ihn dort auch nicht haben wollte. Also hatte er sie hingefahren und im Auto gewartet, bis es ihm zu langweilig wurde und er auf dem Friedhof spazieren ging.

Es gab dort eine Einsegnungskapelle, späte 1950er Jahre, Beton, buntes Glas, die Florian schon seit längerem hatte ansehen wollen. Als er die Kapelle erreichte, hörte er Lisas Stimme, das machte ihn neugierig, und er kam näher, als er vorgehabt hatte. Gerade konnte er noch das Ende ihrer Trauerrede hören. »Ihr Tod soll nicht folgenlos bleiben.«

Er ging weiter über den Friedhof, dann in einem Bogen zurück zum Parkplatz und dachte über den Tod nach und die Frage, ob ein Tod nun folgenlos oder folgenreich sei. Dann setzte er sich ins Auto und checkte seine E-Mails. Eine Anfrage von einer Produktionsfirma, die ihn zu einer Fernsehshow einladen wollte. Er überflog die Mail, konnte sich aber auf den Inhalt nicht konzentrieren.

Er sah Lisa, als sie durch den Torbogen ging, der den Friedhof vom Parkplatz trennte, sie verabschiedete sich von einigen anderen Trauergästen, am Leichenschmaus wollte sie nicht teilnehmen.

Schwarz steht ihr gut, dachte Florian.

Schweigend setzte sie sich neben ihn, nur ein kurzes »Bringst du mich nach Hause?«, sonst nichts, kein Wort die ganze Fahrt über. Florian versuchte, ein Gespräch zu beginnen, aber Lisa wollte nicht, legte nur kurz die Hand auf seinen Unterarm. »Tut mir leid, Florian, ich brauche jetzt Ruhe.«

Florian setzte sie vor der Haustür ab und fuhr allein nach Hause. Die Suche nach einem Parkplatz dauerte eine halbe Stunde.

Issa war noch im Studio. Florian kochte einen Tee und setzte sich zu ihm an den großen Besprechungstisch.

»Und, wie war die Beerdigung?«, fragte Issa.

»Ich weiß nicht. Ich habe einen Spaziergang über den Friedhof gemacht. Und Lisa hat nichts erzählt. Ich habe nur gehört, wie sie gesagt hat, Johns Tod solle nicht folgenlos bleiben.«

»Das hat sie von dir«, sagte Issa und ergänzte, als Florian ihn fragend anschaute: »Du glaubst doch auch, dass Folgenlosigkeit etwas Schlechtes ist.«

Florian nickte. Ja, stimmt, das habe ich gesagt, dachte er, von der Verweigerung ist nicht viel geblieben, die Ausstellung über Wald ist zwar kritisch, provokativ, aber nicht radikal.

»Was ist mit deinem Manifest? Ich dachte, du wolltest ein Manifest schreiben. Oder habe ich mir das falsch gemerkt?«

Issa zögerte einen Moment. »Das passt nicht mehr.«

Florian dachte an Lisa, die sich immer weiter von ihm entfernte. Sie entfremdeten sich, vom Zauber der ersten Begegnung war nicht mehr viel übrig, dabei könnte man doch auch an eine Zukunft denken, gerade jetzt, aber sie weigerte sich, mit ihm über Zukunft zu sprechen. »Was weißt du schon von Zukunft«, hatte sie ihm entgegengeworfen. Sie ist enttäuscht von mir, dachte Florian. Weil ich nicht so radikal wie John bin. Wobei John ja auch nicht radikal war, sondern verlogen.

»Schade, ich fand das schön, ein Manifest, das keine Folgen haben will.«

»Es läuft alles in die falsche Richtung«, sagte Issa.

»Warum? Erzähl mal«, sagte Florian.

»Ich finde die ›Wald‹-Ausstellung nicht gut. Nicht konsequent. Sie ist so durchsichtig. So durchschaubar. Es gibt nichts Poetisches. Nichts Grundsätzliches. RMW gibt Geld, und dafür kritisierst du sie. Sie fällen Bäume und du stellst Bäume aus. Na und?«

»Und was, denkst du, sollte ich sonst machen? Du warst doch dafür, das Geld von der Stiftung anzunehmen. Ich war von Anfang an dagegen.«

»Ja, ich finde es richtig, das Geld zu nehmen. Und dann was draus zu machen. Warum machst du nicht was über die Folgenlosigkeit, von der du gesprochen hast?«

»Weil Folgenlosigkeit so negativ ist. Das ist doch unsere Grunderfahrung mit der Wirtschaft und der Politik; sie reden, sie versprechen, sie behaupten: alles. Aber nichts passiert, alles bleibt folgenlos, weil alle doch so weitermachen wie bisher.«

»Ich finde Folgenlosigkeit nicht nur negativ«, sagte Issa. »Man kann Folgenlosigkeit auch positiv sehen. Es ist nicht schlecht, wenn etwas folgenlos bleibt. Folgenlos bleiben, das heißt ja auch, keine negativen Folgen zu haben.«

»Und was heißt das für die Ausstellung?«

»Ich würde sie nicht machen. Museen sind Mausoleen. Ins Museum kommt, was vorbei ist. Ich würde eine Schule der Folgenlosigkeit eröffnen. Einen Ort, in dem man wirklich was über Folgenlosigkeit lernen kann. Wie man ein Leben führt, das keine negativen Folgen für andere hat. Für andere Menschen, für andere Lebewesen, für die Natur, die Erde, für alles. Das müssen wir noch lernen.«

Was wird von der Folgenlosigkeit bleiben? Nichts. Ich arbeite, wann immer ich kann, trotzdem an einem »Archiv der Folgenlosigkeit«. Dieses Archiv, das versteht sich von selbst, ist leer. Denn das, was keine Folgen hat, kann man nicht archivieren.

Auf meinem Schreibtisch liegt ein Bild von André Malraux und seinem Musée Imaginaire. Das Foto zeigt einen zweistöckigen, großbürgerlichen Salon. Malraux lehnt an einem schwarzen Flügel, auf dem Fußboden liegen die Bilder verschiedener Kunstwerke, die nie in einem klassischen Museumsraum zusammenkommen würden, weil sie aus den unterschiedlichsten Kulturen, Epochen und Regionen stammen. Die Fotos sind nicht zu Malraux, sondern zum Betrachter gedreht, in dessen Kopf das Museum entsteht. Ich stelle mir ein Bild vom »Archiv der Folgenlosigkeit« vor: der Raum ist leer. Keine Bilder und auch kein Mensch.

Die Schule der Folgenlosigkeit ist in sich genauso widersprüchlich wie das Archiv. Schule will immer Folgen haben, will etwas bewirken. Die ganze Idee der Folgenlosigkeit ist ein Widerspruch in sich. Diesen Widerspruch finde ich wichtig, denn das Aushalten von Widersprüchen – Widersprüchen in uns selbst – ist eine wichtige Kompetenz, um die Gegenwart zu gestalten: Wir leben in einer Übergangsgesellschaft, einer Zeit, in der sich Gesellschaft ändern muss, weil jede:r weiß, dass es so nicht weitergehen kann, aber noch niemand genau weiß, wie Gesellschaft sich ändern kann. Ich mag das Bild der »Schule«, weil man Folgenlosigkeit – also den Abschied vom Streben nach Erfolg, von der Sehnsucht nach Wirksamkeit – lernen muss, üben muss; die Folgenlosigkeit als positives Handlungsideal kommt nicht einfach so zu uns.

Ich selbst bin dafür völlig ungeeignet. Meine Gedanken zu Folgenlosigkeit werden folgenlos bleiben … Und wahrscheinlich ist das der Grund, warum ich die Idee an Issa abgegeben habe.

»Werbefilmchen!«, schimpfte Issa. »Das finde ich so doof. Warum machst du nicht genau das Gegenteil?« Issa redete sich in Rage, warf Florian vor, dass er ein Lügner und Betrüger sei, dass er, statt für die Ausstellung lauter Interviews mit berühmten Künstler:innen zu machen, deren Ruhm dann auf ihn oder auf die Ausstellung abfärben soll, besser einen Film über sein eigenes Scheitern drehen solle, einen Film über das Sponsor:innenabendessen, die Verlogenheit aller Beteiligten, und warum er, der angeblich so kritische und radikale, in Wirklichkeit in Erfolg verliebte Kurator es trotzdem nicht schafft, das Projekt abzubrechen.

Florian war vom Tisch aufgestanden und hatte sich auf die Couch gesetzt, die an der Wand stand.

»Ich würde eine Schule der Folgenlosigkeit machen.« Issa schrie beinahe. »Einen Ort, an dem man wirklich was über Folgenlosigkeit lernen kann.«

»Dann mach es doch, wenn du eh alles besser weißt … Dann mach du doch das Projekt!«

Issa hatte angefangen, sich Notizen zu machen, während Florian die Beine auf die Couch gelegt hatte. Er war in ein fiktives Gespräch mit Lisa und Cornelia versunken, dann schreckte er hoch. »Ja«, sagte er, »ein Film über das Scheitern. Und eine Schule der Folgenlosigkeit.« Er schaute Issa an. »Das Manifest, das Manifest, du musst unbedingt noch das Manifest schreiben. Schreib endlich das Manifest.«

Auch der Film, den Jakob und ich drehen, scheitert. Wie frei ist die Kunst? Und was kann ihr Beitrag zu gesellschaftlichem Wandel sein? Jakob ist wahnsinnig und ich bin depressiv. Wir kreisen um unsere eigene Folgenlosigkeit und fangen sie nicht ein. Offen bleibt dabei die Frage, ob man einen Film, dessen Scheitern eingeplant ist, nicht auch hätte bleiben lassen können. Wer will schon anderen beim Scheitern zusehen?

Der folgenlose Film muss nicht gedreht werden.

Issa stand auf und brachte Florian ein Blatt Papier, das er soeben beschrieben hatte. »Das Manifest ist ganz kurz«, sagte er.

Florian nahm ihm das Paper aus der Hand, las kurz, nickte zustimmend. Dann stand er auf, stellte sich aufrecht hin, streckte eine Hand aus und deklamierte: »Lebe stets so, dass dein Leben keine negativen Folgen für andere – Menschen, Tiere, Pflanzen, Materie – hat.« Er legte sich wieder aufs Sofa und sagte zu Issa: »Gut, so machen wir das. Damit gehst du in diese Fernsehshow, wenn du Glück hast, wirst du berühmt und kannst die Schule machen.«

Er zog sein Handy aus der Hosentasche und leitete Issa die Anfrage der Produktionsfirma weiter.

22

Issa tritt bei The Message *auf und lernt dort die Visagistin Doreen kennen; er gewinnt nicht, aber die Idee von Folgenlosigkeit verbreitet sich trotzdem*

Issa war zunächst skeptisch gewesen. Die Anfrage, die Florian ihm per Mail weitergeleitet hatte, widersprach seinen Prinzipien. Die Show *The Message: Happy People Never Give Up* war eine der erfolgreichsten Sendungen im Privatfernsehen; schnell, trashig und brutal. Samstagabends, 20:15 Uhr. Prime Time. Das Prinzip von *The Message* war einfach: Es ging nicht um Inhalt, es ging um mediale Beachtung. Die Teilnehmer:innen kämpften gegeneinander, wer gewann, durfte eine Minute lang eine Botschaft an das Publikum richten. Bei Andy Warhol waren es noch »*15 minutes of fame*« gewesen, dachte Issa, so ändern sich die Zeiten.

Auch für die Zuschauer:innen ging es um etwas, denn sie konnten Geld auf die Kandidat:innen setzen. Für jede Show wurden andere Übungen, Herausforderungen und Hindernisse ausgedacht, denen immer eines gemeinsam war: Sie waren albern, und das Gelingen hing nicht von Können oder Übung ab, sondern von Zufall oder Unverfrorenheit. Zwischendurch wurden Werbespots eingeblendet, die entweder dazu animieren sollten, noch Geld auf eine:n der Kandidat:innen zu setzen, oder eines der Merchandising-Produkte anpriesen, mit denen Simon Koch, Erfinder und Moderator der Sendung, ein Vermögen verdiente – Ratgeber für alle Lebenslagen und die dazugehörenden Workshops und Incentives der »Happy People Never Give Up«-Akademie.

Issa hatte nichts gegen populäre Formate, aber hier war klar: Wer bei der Show mitmacht, macht sich lächerlich. Kein Wunder, dass Florian das an mich weitergegeben hat, dachte er, dafür ist er sich zu fein. Aber, und das war der Vorteil, die Show sahen Millionen von Menschen, und wenn es ihm irgendwie gelingen würde, seine Botschaft zu platzieren, war das sicherlich nicht von Nachteil. Okay, dachte er sich, dann mache ich das. Die Antwort der Produktionsfirma kam prompt. Sie freute sich über die Zusage.

Simon Koch, früher einmal Schauspieler, war seit einem Verkehrsunfall querschnittsgelähmt und saß deshalb im Rollstuhl. Er stellte sich als den lebenden Beweis für »Happy People Never Give Up« dar: Immer gut gelaunt, immer einen Witz auf den Lippen, wobei man sich bei einer Spaßkanone wie ihm fragen konnte, ob er mit seinem ewig lustigen, oft überdrehten Auftreten nicht auch eine tiefe Traurigkeit überspielte. Wie auch immer, er hatte die Show erfunden, er war der große Impresario, der sich immer neue Hürden und Hindernisse ausdachte. Jede Show hatte ein Motto, aber das wurde vorher nicht verraten.

Wie so oft gibt es alles schon, was ich mir ausdenke. Jakob weist mich auf einen Film seines Lieblingsregisseurs hin; Nanni Moretti, *Sogni d'oro (Die goldenen Träume)*, Italien 1981. In diesem Film gibt es eine durchgeknallte Gameshow, in der Regisseure, als Pinguine verkleidet, gegeneinander antreten müssen. Der Film ist bösartig, komisch, traurig – alles, was man sich wünscht – und macht mir mal wieder bewusst, wie begrenzt meine Fantasie ist.

Es dauerte etwas, bis Issa den Weg in die Maske gefunden hatte, das Studiogelände war groß und unübersichtlich. Er hatte wie erbeten eine Reihe von Kleidungsstücken mitgebracht, »sportlich«, so hatte es in der Mail geheißen. Die Auswahl wurde von der Visagistin – sie hatte sich als Doreen vorgestellt – und der Kostümbildnerin Britta heiß diskutiert. Es dauerte, bis die beiden sich auf einen Dress geeinigt hatten. Issa versuchte mitzureden, wurde aber elegant übergangen.

»Glaub mir, Turnschuhe sind heute echt angebracht«, erklärte Britta ihm, als er andeutete, lieber Lederschuhe tragen zu wollen. Schließlich holte sie noch ein neongelbes Stirnband aus dem Fundus, von dem sie behauptete, dass es ihm stehen würde. Dann wurde er in die Umkleide geschickt.

Issa wartete eine halbe Stunde, dann kam Doreen, um ihn zu schminken, zu pudern und zu frisieren.

»Und, was ist deine Botschaft«, fragte sie.

»Ich will einen ›Bund der Folgenlosen‹ gründen und suche Mitstreiter:innen«, antworte Issa.

»Ein Bund der was?«, fragte Doreen.

Und er begann, wie im Rausch, alles zu erklären: Vom Goldi, der Klimakatastrophe, dem Erfolgsdenken, dem sich alle unterwarfen, dem gesellschaftlichen Wandel, der notwendig ist, aber vor dem alle Angst haben, von der Idee, ein »folgenloses« Leben zu führen. Von der Firma RMW, die eine Stiftung ins Leben gerufen habe, die sich für Nachhaltigkeit einsetzte, aber dass dafür Geld mit klimaschädlicher Kohle verdient wurde; von Florian, der behauptete, radikal und kritisch zu sein, sich aber dem Sog des großen Geldes nicht entziehen konnte; von John, dem radikalen Öko-Aktivisten, der sich umgebracht hatte. Er berichtete also von all den Widersprüchlichkeiten oder, wie er es ausdrückte: von all den Verlogenheiten, die ihm begegneten. Und während Doreen ihn schminkte, malte Issa sein Zukunftsideal aus: eine Gesellschaft, in der alle Menschen danach strebten, möglichst folgenlos zu leben.

»Stell dir vor, es ginge nicht immer um ›mehr, mehr, immer mehr‹, nicht um Erfolg, sondern darum, keine Spuren zu hinterlassen. Nichts zu zerstören. Das wäre doch ein schönes, ein beglückendes Leben, meinst du nicht?«

Doreen hatte aufmerksam zugehört. »Voll, das klingt voll gut.«

»Und alle, die das versuchen wollen, die sind im Bund der Folgenlosen. Weil sie ja versuchen, ein folgenloses Leben zu führen.

Doreen lachte. »Ich bin dabei. Aber wie du das meinem Vater erklärst …«

»Soll ich? Kann ich gerne versuchen.«

»Nee, lieber nicht«, sagte sie und lachte etwas verkrampft, »der kann sehr wütend werden«.

»Wieso, was ist mit deinem Vater«, fragte Issa.

Wie komplex soll die Geschichte sein? Und wann wirkt sie überkonstruiert? Könnte Doreen die Tochter von Jobst Weinmer sein, der im sechsten Kapitel der Gegenspieler von Cornelia ist? Oder die Schwester von Ronald, der erst später auftauchen wird? Doreen könnte eine Verbindung zwischen Florian/Lisa/Issa und Menschen herstellen, die nicht auf der Seite der Waldbesetzer:innen stehen, sondern sich gegen das Ende des Bergbaus wehren wollen; eine Verbindung, die im späteren Verlauf der Erzählung noch Bedeutung erlangen könnte.

Nach dem Schminken saß Issa noch eine Stunde im Warteraum. Er dachte über Doreen und ihren Vater nach. Sie hatte ihm erzählt, dass dieser bereit sei, für den Erhalt des Tagebergbaus zu kämpfen. Nicht für den Wald, sondern für die Kohle. Und viele seiner Kumpel auch.

»Die sind echt wütend«, sagte sie. Seit über dreißig Jahren sei ihr Vater Bergmann, und er sei stolz darauf. Schon ihr Großvater habe im Bergbau gearbeitet, ein harter Job, eine »Knochenarbeit«. Die Kumpel seien harte Typen, jetzt hätten sie Angst, ihre Arbeit zu verlieren. »Die wollen sich das nicht einfach alles wegnehmen lassen, verstehst du?«

Die verlieren nicht nur ihre Arbeit, sondern auch ihre Identität, dachte Issa, auch wenn Doreen das so nicht ausgedrückt hatte. Mit Verlust von Identität kannte Issa sich aus, und er wusste, dass es ein sehr schmerzhafter Prozess war.

The Message war eine Livesendung. Issa hörte, wie das Publikum eingelassen wurde und ein Einheizer Stimmung machte. Noch immer wusste er nicht, wer seine Mitspieler:innen waren, und auch nicht, welche Übungen oder Aufgaben er zu bewältigen hatte. »Wir sind die Gladiatoren der Gegenwart«, dachte er und nahm sich noch eine Cola vom Buffet, das im Warteraum aufgebaut war.

Um kurz vor acht kam Doreen, frischte den Puder auf. »Viel Glück«, sagte sie. »Egal, was passiert: Ich drücke dir die Daumen. Und deinem Bund der Folgenlosen natürlich auch.«

20:15 Uhr, die Sendung hatte begonnen, noch immer saß Issa im Warteraum. Durch den Bühneneingang hörte er Musikeinspieler und Applaus, was Simon Koch sagte, konnte er leider nicht verstehen. Er nahm eine der Zeitungen, die herumlagen, und versuchte, sich abzulenken.

Dann erschien die Bühnenassistentin von Simon Koch. »Ich bringe dich jetzt auf die Bühne, drinnen wird Simon dich begrüßen. Du setzt dich dann einfach auf das Sofa. Alles Weitere wird Simon dir erklären«, erläuterte sie.

Sie öffnete eine Tür, und Issa betrat die Bühne. Das Publikum konnte er nicht sehen, weil alle Scheinwerfer auf ihn gerichtet waren. Simon Koch peste im Rollstuhl auf ihn zu und bremste abrupt vor ihm ab: »Hey hey, du bist Issa, du bist Künstler, du willst die Welt retten, du bist unser Mann. Und jetzt ab aufs Sofa mit dir.«

Das Publikum klatschte, Issa ging ein paar Schritte auf das lila Sofa zu, Simon Koch rollte hinter ihm her. Issa versank in der weichen Polsterung des lila Sofas, Koch lehnte sich über den Rand seines Rollstuhls jovial zu ihm herüber. »Yeah, mach es dir gemütlich. Denn gleich geht es los, und dann ist es mit der Gemütlichkeit vorbei. Und, hast du deine Message gut auswendig gelernt?«

Issa nickte.

»Hast du eine Ahnung, was dich hier heute erwartet?«

Issa schüttelte den Kopf.

»Er weiß noch nicht, was auf ihn zukommt«, schrie Simon Koch und klatschte dabei wie ein Kind in die Hände. »Das ist auch besser so.«

Das Publikum johlte.

»Bevor ich dir jetzt erzähle, was gleich passiert, darfst du dem Publikum kurz erzählen, wer du bist.«

»Ich heiße Issa. Ich komme aus Burkina Faso. Ich bin Künstler und will …«

»Yeah, yeah, ein Künstler«, unterbrach ihn Simon Koch, »einen Applaus für unseren Künstler. Wir lieben Künstler, denn wir sind alle Künstler. Wir sind alle Künstler, denn jeder ist ein Künstler!«

Das Publikum applaudierte wieder, zusätzlich wurde von der Regie ein Fanfaren-Geräusch eingespielt.

»Und jetzt eine kleine Werbepause«, rief Simon Koch, dann drehte er sich zu Issa. »Jetzt bringe ich dich zu deiner Startposition.«

Er fuhr mit seinem Rollstuhl zu einem kleinen Podest und rief Issa zu sich, der sich unsicher aus dem tiefen Sofa erhob. »Komm schon her, schnell, es geht gleich weiter, schnell«, sagte er barsch.

Es wurde dunkel, dann richteten sich drei Lichtkegel auf jeweils ein Podest. Issa sah seine beiden Mitstreiter:innen, die dem Publikum anscheinend bereits vorgestellt worden waren. Aus der Regie war nun ein »Wir gehen wieder auf Sendung« zu hören, dann zählte jemand von zehn herunter. Koch positionierte sich vor der Bühne und setzte an: »Sie alle wollen bestimmt wissen, was heute die Herausforderung ist. Drei Kämpfer in der Battle um eine Minute Sendezeit für ihre Message.«

Er machte mit dem Arm eine ausholende Bewegung, wieder ertönten Fanfaren-Klänge, und mehrere Nebelmaschinen hüllten die Bühne in dichte Schwaden, aus denen sich langsam ein zehn Meter hoher Berg erhob.

»Der Berg der Wahrheit«, rief Simon Koch dem applaudierenden Publikum zu.

»Und für jeden von euch … ein … Stein des Sisyphos«.

In diesem Moment tauchte aus dem Boden neben jedem Podest eine schwarze Kugel auf.

»Jeder Stein wiegt fünfzig Kilo, und eure Aufgabe ist es, den Stein auf den Berg zu bringen. Wie in der alten griechischen Geschichte, in der ein Mann – er hieß Sisyphos, lustiger Name, oder? –, ein Mann einen schweren Stein immer wieder den Berg hinaufrollen musste. Aber ihr müsst es nur einmal machen, und wer es als Erster schafft, dem gehört die Minute – und die volle Aufmerksamkeit unseres verehrten Publikums. Oder?«

Das Publikum johlte, aus der Regie wurde nun ein ohrenbetäubender Trommelwirbel eingespielt, Simon Koch hob sei-

ne Pistole, rief »Auf die Plätze, fertig, los« und gab den Startschuss.

Die drei Kandidat:innen – neben Issa ein sportlicher Mann
um die dreißig und eine äußerst muskulöse Frau Anfang
zwanzig – sprangen von den Podesten und rollten ihre Kugeln zu dem Berg in der Mitte des Studios. Dann versuchten
sie, die Kugeln irgendwie den Berg hinaufzubugsieren. Issa
geriet ins Stolpern, die Frau rutschte aus, jede:r kämpfte sich
ab, während die Zuschauer:innen laut lachten oder aufheulten,
je nachdem, auf welche:n der drei Kandidat:innen sie gesetzt
hatten.

Das Ganze dauerte nun schon rund fünf Minuten, und Issa
schlug sich nicht schlecht, er hatte die Kugel fast oben und
sah wie der Gewinner aus, als seine Konkurrentin ihn am
Fuß packte und so aus dem Gleichgewicht brachte. Issa stürzte, und seine Mitbewerberin brachte ihre Kugel als Erste auf
die Spitze des Berges. Ein lauter Jingle ertönte, von der Decke regnete Konfetti, das Publikum jubelte. Während Issa erschöpft am Boden liegen blieb, proklamierte die Gewinnerin
von der Spitze des Berges den auswendig gelernten Werbetext
für die von ihr entwickelte Fitness-App.

»Danke, danke, danke«, schrie Simon Koch. »Leider kann
nicht jeder Erfolg haben, wo es Gewinner gibt, da gibt es auch
Verlierer, so ist das Leben, so ist *The Message*.« Er klatschte in die Hände, strahlte über das ganze Gesicht. »Auch für
die Verlierer gilt: ›Happy People Never Give Up‹. Also, macht
weiter, habt noch einen schönen Abend, und wir sehen uns
nächsten Samstag, wenn es wieder heißt: ›Happy People Never Give Up‹!« Es ertönte eine abschließende Fanfare, Simon
Koch verließ die Bühne.

Erschöpft und niedergeschlagen saß Issa in der Maske. Er ärgerte sich, dass alles umsonst gewesen war, aber auch froh, dass er die Sache hinter sich gebracht hatte.

»Du hast das echt super gemacht«, meinte Doreen, die mit dem Abschminken fast fertig war. »Und du hast, glaube ich, echt viele Mitglieder für deinen Bund gefunden.«

Issa schaute sie irritiert an.

»Na, mich hast du ja eh schon.« Sie lachte. »Unter deinen 10 000 neuen Followern werden schon ein paar Mitstreiter sein.«

»Wieso neue Follower? Ich habe doch meine Message gar nicht …«

»Wir haben unser Gespräch in der Maske gesendet, wo du alles erklärt hast. Du warst so süß.« Sie warf ihm einen Kuss zu.

Issa schaute sie verwundert an. »Ihr habt heimlich unser Gespräch gefilmt?«

»Wieso heimlich?«, fragte Doreen, nun ihrerseits verwundert. »Alles, was hier passiert, wird gedreht und gesendet. Wusstest du das nicht? Das gehört doch alles zur Show!« Dann steckte sie ihm einen Zettel mit ihrer Telefonnummer zu.

Florian und Lisa schauen The Message;
Lisa sagt Florian, dass sie abtreiben wird; Florian
hat einen merkwürdigen Traum

Florian wartete. Er wartete nicht gerne, aber er hatte keine Lust, Lisa anzurufen, um zu fragen, wo sie bliebe. Sie waren zum Abendessen verabredet und wollten die Show mit Issa kucken. Der Salat und das Risotto waren schon fertig. Egal, dachte er, Hauptsache, sie kommt überhaupt.

Issa hatte ihm erzählt, dass Lisa sich öfter mit Cornelia getroffen hätte. Er verstand nicht, warum (und auch nicht, woher Issa das wusste). Seit Johns Tod stand alles kopf, sogar Cornelia hatte beim letzten Telefonat einen verwirrten Eindruck auf Florian gemacht. Sie hatte davon gesprochen, dass er die Ausstellung radikaler machen solle, wegen Bernd, aber sie hatte nicht erklärt, was genau sie damit meinte. Florian hatte keine Lust nachzufragen, er wollte in voller Konzentration, ohne Ablenkung, an der Kampagne für den Wald arbeiten. Und eine Woche vor Ausstellungseröffnung sollte man eh nichts mehr ändern, fand er.

Lisa steht vor Florians Wohnung und versucht, Anka zu erreichen. Irgendwas muss sie ja machen, während Florian auf sie wartet. Es fällt mir schwer, über Lisas Schwangerschaft zu schreiben.

Wie geht es ihr körperlich? Wie geht es ihr psychisch? Kann und darf ich darüber spekulieren? Literatur, so könnte man meinen, kann sich auch in Situationen außerhalb des Erfah-

rungsraumes der Verfasser:innen einfühlen. Aber kann ich es? Oder schreibe ich über Lisas Schwangerschaft nur aus Florians Perspektive? In meinen beiden ersten Romanen habe ich immer wieder »Sachinformationen« eingespielt. Etwas lexikalisch, etwas aufklärerisch-informativ. Könnte ich jetzt hier auch. Ein kurzer Absatz über Abtreibung und deren Stigmatisierung in der heutigen Gesellschaft. Einen weiteren Absatz über Strategien der Selbstauslöschung, über Anti-Natalisten und all die Bewegungen, die sich zu Kinderlosigkeit verpflichten, um die Erde von der Last des Menschen zu befreien. Kann man googeln, einen Roman liest eh keiner an einem Stück. Bleibe ich also bei Florian.

Nach einer Stunde klingelte es an der Tür. Endlich Lisa. Er drückte auf den Türöffner.

Sie setzten sich mit dem Risotto vor den Fernseher. Lachten, als den Fernsehzuschauer:innen von Simon Koch der Berg samt einer Kurzform der Sisyphos-Geschichte vorgestellt wurde, schüttelten den Kopf, als die Konkurrent:innen von Issa präsentiert wurden, schimpften über die Frau mit ihrer Fitness-App und den Typen, der seiner Freundin einen Heiratsantrag machen wollte. »Wie romantisch, in einer Fernsehshow«, sagte Florian, worauf Lisa ihn schräg ankuckte und er schnell das Thema wechselte – ein richtig schöner Fernsehabend, wenn zwischen den beiden nicht die ungeklärte Frage stünde, welche Art Beziehung sie führten, mit und ohne Schwangerschaft.

Aus den Lautsprechern ertönten Fanfarenklänge, Nebelmaschinen hüllten die Bühne ein, der Berg tauchte auf. Lisa und Florian lachten laut und schämten sich dann unmittelbar, als Simon Koch in seinem Rollstuhl sitzend einen »Ich werde es nie auf den Berg schaffen«-Witz machte. Dann sahen sie

Issa in der Maske, applaudierten, weil sie fanden, dass er seine Sache gut machte, voller Furor und Enthusiasmus für die Folgenlosigkeit kämpfte.

»Er wirkt gar nicht nervös, ganz abgebrüht«, meinte Florian.

»Vielleicht weiß er nicht, dass das gesendet wird«, sagte Lisa.

Florian fragte sich, wie Cornelia über die Kritik an ihrer Stiftung reagieren würde, und ärgerte sich ein bisschen, dass er nicht selbst in die Show gegangen war, er hatte das Potential unterschätzt, andererseits war er froh, dass er nicht den Berg hochklettern musste.

Er sprach die Waldausstellung an, fand, dass Issas Bund der Folgenlosigkeit die bessere, sinnvollere, weitreichendere Idee war.

Lisa stimmte ihm zu, begann ihn zu ärgern, aufzuziehen. »Du bist halt nicht so konsequent wie andere«, hielt sie ihm vor. »Du erzählst gerne was, aber wirklich was machen, das traust du dich halt nicht.« Sie lachte ihn aus. »Du traust dich ja nicht mal in eine Fernsehshow.«

Florian überlegte, ob er dagegenhalten sollte. Sie hatte ja recht, die Waldausstellung war nicht radikal, eher pragmatisch, aber pragmatisch im radikalen Sinne, fand er, keine besonders aufregende, experimentelle Ausstellung, aber das Ergebnis, die Waldzerstörer:innen zum Wiederaufbau des Waldes zu bewegen, das fand er sinnvoll. Doch Lisa hatte sich in Rage geredet, Argumente halfen nichts mehr; er hatte sich den Abend anders vorgestellt, überlegte, wie er die Stimmung befrieden könnte, er wollte noch über so vieles mit ihr reden, dann platzte ein »Ja, so radikal wie John bin ich nicht, und da bin ich auch froh drüber« heraus.

Lisa wurde still. Zum Glück sprangen jetzt Issa und die

beiden anderen Kandidat:innen von ihren Startblöcken, und die Battle begann.

Die Stimmung zwischen Lisa und Florian beruhigte sich wieder, und während die beiden Issa dabei zusahen, wie er immer wieder vom Berg abrutschte, erzählte Lisa, dass es ein Testament von Bernd gäbe. »Seid ihr jetzt befreundet?«, fragte Florian, worauf sie die Achseln zuckte und ihn darauf hinwies, dass sie halt Cornelias Bruder kenne, worauf Florian nicht weiter eingehen wollte.

Die Fernsehshow ging zu Ende, die Kamera zeigte nochmal den traurigen Issa in seiner Kabine, Lisa war aus dem Zimmer gegangen, Florian sah – mit allen anderen Zuschauer:innen –, wie Doreen sich von Issa verabschiedete und ihm einen Zettel zusteckte. Dann kam Werbung, Florian wunderte sich, wo Lisa war.

Sie stand mit Jacke und Handtasche an der Tür. »Danke für das gute Essen«, sagte sie, als wäre es völlig selbstverständlich, dass sie jetzt ginge. »Ich muss dir noch was sagen. Es geht dich zwar nichts an, aber du sollst Bescheid wissen. Ich bin schwanger und werde abtreiben.«

Florian schaute sie verwundert an, legte einen Arm um sie, den sie wegschob.

»Aber …«, setzte Florian an.

»Du hast es doch selber gesagt«, unterbrach ihn Lisa. »In diese Welt sollte man besser keine Kinder setzen.‹«

»Bist du dir sicher«, fragte er.

»Was heißt hier ›sicher‹? Was denn sonst? Ich will kein Kind von dir.« Sie gab ihm einen Kuss auf die Wange und ging.

Katharina, die in *Die Kunst der Folgenlosigkeit* die Rolle von Cornelia einnimmt, erzählt am Set, dass sie bei Kindern immer an Folgen denken müsse, weil in der Erziehung alles eine Folge habe. Für sie sind Kinder das Gegenteil von »Folgenlosigkeit«. Auch für Albert, der Florian darstellt, spielen Kinder in der Debatte um Ökologie und Folgenlosigkeit eine Rolle – oder eben gerade keine.

»Ich bin desinteressiert an Ökologie«, sagt Albert. Er ist müde und sichtlich angestrengt. »Ich lebe doch nicht ewig, wenn ich ewig leben würde, dann würde ich mich für Ökologie einsetzen. Und zwar wegen mir, nicht wegen irgendwelcher blöden Kinder.«

»Ja«, sagt Katharina, »in dem Moment, wo das anfängt, dann ändert sich alles.«

»Das ist doch Politsprech.«

»Nein, das ist kein ...«

»Sicher!«, unterbricht sie Albert.

»Nein, ist es nicht. Kennst du keine kleinen Kinder?«

»Ja, ich kenne kleine Kinder. Ich mag keine Kinder. Die sind nervig und haben ansteckende Krankheiten, von denen man seine Potenz verliert. Masern zum Beispiel.« Albert nimmt einen Zug von seiner Zigarette. »Ich hatte nie Masern, ich habe Panik vor Kindern, ich habe Angst vor Kindern. Die übertragen gefährliche Krankheiten, Kinder sind Keimträger, da ist ein Fuchs harmlos dagegen.«

Florian stand verdutzt an der noch offenen Tür, wunderte sich über Lisas Abgang. Schwanger, abtreiben, das ging ihm alles zu schnell. Wir haben seit Wochen keinen Sex mehr, wann soll es denn passiert sein, dachte er. Er holte eine Flasche Wein aus der Küche und setzte sich an den Esstisch. Lisa hat recht, ein Paar sind wir nicht und werden wir auch nicht mehr. Die Abtreibung ist ihre Angelegenheit und Entscheidung, damit habe ich nichts zu tun.

Als die Flasche leer war, holte er eine neue.

Er wollte nicht mehr an Lisa denken, schrieb Issa eine SMS, wie gut er seinen Auftritt in der Show gefunden habe, »tolle Performance«, überlegte, ob er Lisa noch einmal anrufen solle, entschied sich dann, ihre Nummer aus seinem Adressbuch zu löschen, eine kindische Geste, das wusste er, aber irgendwie erleichterte es ihn. Dann rief er Issa an, ihm war noch eine Idee für die Ausstellung gekommen, nichts Grundlegendes, nur ein Detail, das er noch mit ihm besprechen wollte, »weil Details sehr wichtig sind«. Eigentlich wollte er nur mit jemandem reden, um nicht an Lisa denken zu müssen.

Als er Issa erreicht hatte, bat er ihn um Doreens Nummer. »Der Vater klingt doch interessant, den laden wir zur Ausstellung ein.« Er lachte. Issa erklärte ihm, dass das nicht lustig sei.

Nach dem Telefonat versuchte Florian, sich noch ein paar Notizen zu machen, um die Gedanken an Lisa zu vertreiben. Er trank die zweite Flasche Wein aus.

Es folgte eine unruhige Nacht, durch die der immer gleiche Traum geisterte, in verschiedenen Variationen. Er saß mit einer Frau in einem Wartezimmer. Der Raum war kalt und ungemütlich, die Frau hatte eine Handtasche dabei, die sie auf ihren Schoß gestellt hatte. In der Hand hielt sie einen Papierzettel mit einer Wartenummer, die Zahlen änderten sich ständig. An der Wand hing eine Anzeigetafel, die bei jedem Umschalten laut klackte.

Immer wieder öffnete die Frau ihre Handtasche und holte Bilder heraus; ein Bild aus Florians Kindheit, ein Bild von Cornelia, das Ultraschallbild eines Embryos.

Das Klacken der Wartenummernanzeige wurde immer lauter, bis es wie das Rattern eines Maschinengewehrs klang, die Frau begann zu singen, sang gegen das Klackern an, sie sang Weihnachtslieder und »Happy Birthday«, immer lauter und schräger, dann zerriss sie das Ultraschallbild und ging im

Wartezimmer auf und ab. Dann wurden aus der einen Frau zwei Frauen. Florian saß in ihrer Mitte, die eine Frau war Lisa, die andere seine Mutter. Plötzlich öffnete sich eine Tür, ein buddhistischer Mönch in orangem Gewand kam herausgesprungen, tanzte vor den dreien herum und lachte. Der Mönch nahm Florian an der Hand und versuchte, ihn von Lisa wegzuziehen. Florian wehrte sich, schob den Mönch mit aller Kraft zurück in das Zimmer, aus dem er gekommen war, drückte die Tür zu, sah, dass dort ein Schlüssel steckte, und schloss den Mönch ein. Der Mönch trommelte gegen die Tür und schrie mit lauter, hoher Stimme etwas, das Florian nicht verstehen konnte.

Es öffnete sich eine andere Tür, Lisa stand auf und ging hinein, zog sich langsam aus. Florian bewunderte ihren Körper, dann kam ein Mann in das Zimmer, die beiden hatten Sex miteinander. Florian konnte den Mann nicht erkennen, weil er mit dem Rücken zu ihm stand, dafür schaute Lisa Florian in die Augen. Die Szene kehrte immer wieder, es waren unterschiedliche Männer, der Mönch war auch dabei. Lisa und die Männer hatten Sex in unterschiedlichen Positionen, auf dem Tisch, stehend an der Wand, auf einer Untersuchungsliege. Der Sex war mal sehr gefühlvoll, dann wieder eher technisch wie eine gymnastische Übung, manchmal auch ein Wechsel zwischen Gewalt und Zärtlichkeit. Zwischendurch nahm Lisa eine Rolle Klopapier und wischte sich Spermareste vom Körper und vom Gesicht.

Irgendwann zog sie sich wieder an und ging zurück ins Wartezimmer. Sie setzte sich neben Florian. Er war erregt, aber Lisa interessierte sich nicht für seine Erektion, sondern sammelte die Schnipsel des Ultraschallbildes vom Boden auf, versuchte, sie wieder zusammenzusetzen. Dann klackerte die Wartenummernanzeige, die Nummer auf der Anzeige stimmte jetzt mit der Nummer auf dem Zettel überein.

Wieder öffnete sich eine Tür, der Mönch tauchte auf, der jetzt kein oranges Gewand mehr trug, sondern einen weißen Arztkittel. Er bat Lisa hereinzukommen.

Dann wachte Florian auf.

Manchmal bin ich euphorisch. Alles läuft, die Geschichte wird dichter, die Handlungsstränge komplexer. Dann fällt alles wieder in sich zusammen, meine Figuren erscheinen mir hölzern, die Story langatmig, ich falle in eine der Gruben, die der Drache für mich ausgehoben hat. Weit oben am Himmel kann ich den Adler kreisen sehen, weiß aber, dass er mir nicht wird helfen können.

Am nächsten Morgen hatte Florian Kopfschmerzen, wahrscheinlich die zwei Flaschen Wein. Er schaute auf sein Handy; freute sich, dass Issa ihm, wie gebeten, Doreens Nummer geschickt hatte. »Ich muss sie erst fragen, ob es für sie okay ist«, hatte er gesagt. Issa ist so anständig, dachte Florian. Langsam formte sich sein Plan, was er mit dem Projekt noch erreichen wollte.

Er setzte sich an seinen Computer und stellte einen Verteiler mit allen Menschen zusammen, mit denen er in den letzten Wochen und Monaten über die Ausstellung gesprochen hatte. Es wurde keine allzu lange Liste; die beteiligten Künstler:innen natürlich, Mikael Mikael, auch wenn er nicht kommen würde, Issa, Lisa, Cornelia, das war ja selbstverständlich, natürlich auch Heike Waldmüller und, mit einigem inneren Widerwillen, auch Suzanna Schnejder.

»Im Anschluss an die Eröffnung der kleinen Pop-up-Ausstellung *No Future* in der Neuen Nationalgalerie lade ich herzlich in mein Studio ein. Wir feiern ein ›Fest der Folgenlosigkeit‹. Ich würde mich freuen, wenn jede:r eine Idee mitbringt, eine Idee, was du in deinem Leben unterlassen könntest, was du NICHT mehr tun solltest, damit du ein folgenloses – oder wenigstens ein ›folgenloseres‹ – Leben führen kannst.«

Beim Verfassen der Einladung überlegte Florian – offenkundig noch unter Einfluss seines nächtlichen Traumes –, ob *Fuck the Forest* als Ausstellungstitel mehr Sinn machen würde, aber Issa, den er kurz telefonisch um Rat fragte, hielt ihn davon ab. So blieb es bei *No Future,* wie es auch schon mit Cornelia Stohmann (die den Titel nicht so gelungen fand, aber als kuratorische Entscheidung akzeptierte) und Heike Waldmüller abgesprochen war.

Dann ging er ins Museum. Heute sollte der Aufbau beginnen, die ersten Leihgaben waren bereits eingetroffen.

24

*Florian baut die Ausstellung auf;
Ronald schüttet einen Berg Kohle vor das Museum;
die Presse findet das interessant*

Es war kurz nach Mitternacht, als der Aufbau endlich fertig war. Punktlandung. Noch genug Zeit für Florian, um vor der Pressekonferenz etwas Schlaf zu bekommen. Er war erschöpft, aber zufrieden. Eine Woche lang hatte er mit dem Aufbauteam Transporte angenommen, Bilder gehängt, Objekte platziert und Wandtexte angebracht. Auch eine Pop-up-Ausstellung machte viel Arbeit.

Ein letztes Mal schritt er den Parcours ab, den er für die Besucher:innen aufgebaut hatte. Die große Videoleinwand mit Filmen über die beteiligten Künstler:innen, die mit festem Blick direkt in die Kamera sprachen, kurz in ihre ausgestellte Arbeit einführten und dabei en passant die Wichtigkeit von Wald betonten. Yu Wi, der berühmte chinesische Künstler, hatte einen fast tausend Jahre alten Baumstamm quer in den Raum gelegt; Greg Billmer, ein US-amerikanischer Künstler, eine, wie Florian fand, unglaublich lustige Bildserie von einer Performance, in der er Bäume umarmt, beigesteuert; Verena Schlopert eine Sammlung von Borkenkäfern, die sie in begleitenden Zeichnungen ästhetisch seziert hatte. Auch die Meuws-Stipendiat:innen hatte Florian integriert: Thomas hatte eine Installation aus UV-Lampen und Brutkästen für Setzlinge aus dem Goldbacher Wald aufgebaut; Paul und Nicolette ein Drehbuch für einen Liebesfilm geschrieben, den CO_2-Fußabdruck der Produktion berechnet und das Äquivalent in Kaminholz aufgestapelt. Und, als visueller Höhepunkt der Ausstellung, die Schaufel eines Radbaggers, die fast bis an die Decke des Raums reichte und auf die Lisa mit groben Pinselstrichen in weißer Farbe »The End« geschrieben hatte. Quasi als Epilog, der die Besucher:innen wieder zum Ausgang geleitete, eine Reihe romantischer Gemälde von Caspar David Friedrich aus der Sammlung der Nationalgalerie, traurige Landschaften mit meist kahlen, winterlichen Bäumen. Auf der großen Glasscheibe, durch die man auf den leeren Vorplatz der Neuen Nationalgalerie schauen konnte, stand, als Abschiedsgruß, in Großbuchstaben »THERE IS NO FUTURE WITHOUT A FOREST«.

Ronald wartete auf den Anruf. Der Kipplaster war bis oben hin voll mit Kohle, acht Tonnen, schätzte er. Das Telefon klingelte drei Mal. Das war das verabredete Zeichen. Ronald startete den Motor und fuhr langsam los. Er hatte nichts gegen Kunst. Er hatte auch nichts gegen die Stiftung. Ihn interessierte auch nicht, was der Sohn von Bent Stohmann machte und warum er gestorben war; wobei das unter den Kumpeln schon ein Thema war. Was Ronald interessierte, waren die fünfhundert Euro, die er schon bekommen hatte, und die fünfhundert Euro, die er noch bekommen sollte. Und dass die Aktion für eine gute Sache war, nämlich für die Kohle. Er hatte keine Ahnung, wer dahintersteckte, und es war ihm auch egal. Jedenfalls waren viele aus dem Unternehmen beteiligt, die Aktion war kleinteilig zerlegt. Er hatte nur eine einzige Aufgabe. Er sollte den Kipplaster von dem Parkplatz hinter der Tankstelle zum Museum fahren und dort direkt vor dem Eingang abladen. Dann sollte er ihn wieder zum Parkplatz fahren. Das war alles.

Natürlich wusste er, dass die Kohleindustrie irgendwann

den Bach runtergehen würde. Aber dass in Deutschland die Kohleförderung stillgelegt wurde und gleichzeitig in China neue Kohlekraftwerke gebaut wurden, das sah er nicht ein.

Es war drei Uhr morgens, entsprechend wenig war auf der Straße los. Er sah die Neue Nationalgalerie. Sicherheitshalber schaute er sich auf dem Handy nochmal das Bild mit der Zeichnung an, auf der die genaue Abladestelle für die Kohlen markiert war.

Dass durch die Renaturierung neue Arbeitsplätze entstehen würden, war auch so eine Behauptung, über die Ronald sich immer aufregte. Klar, da entstanden Arbeitsplätze, aber viel weniger, als verloren gingen. Und ob für ihn dabei ein Arbeitsplatz abspringen würde, wusste er auch nicht. Er war Bergmann, nicht Gärtner. Ein Bergmann hat auch seinen Stolz. Immerhin gab es die Gewerkschaft, aber ob die was ausrichten konnte?

Er setzte den Lastwagen noch etwas zurück, dann drückte er den Knopf. Langsam rutschen die ersten Kohlen auf die Stufen, die auf das Podest führten, dann immer mehr, bis die Kippbrücke vollständig entladen war.

Nach einer guten Stunde war Roland wieder am Parkplatz.

Dürfen Figuren aus dem Nichts kommen, wieder verschwinden, nicht mehr auftauchen? Ronald zum Beispiel. Ich dachte, er ist als Vertreter derjenigen wichtig, die mehr Angst um ihren Arbeitsplatz haben als vor dem Klimawandel. Ich habe keine Stelle für ihn gefunden. Jetzt hat er nur eine kurze, ist nur Komparse und gar keine richtige Figur. Oder Berneburg. Ich dachte am Anfang, dass er ein wichtiger Vermittler zwischen Anka, Cornelia und Bent wird. Zwischenzeitlich sollte er sogar der Vater von John sein, aber das habe ich dann wieder verworfen. Was soll ich mit Berneburg und Ronald machen? Soll ich sie aus der Geschichte schmeißen, oder dürfen sie bleiben, auch wenn sie keine besondere Bedeutung haben? Oder sollen sie, nachdem sie ihre Auftritte hatten, einfach in der Versenkung verschwinden? Das tun Menschen im wirklichen Leben ja auch. Man lernt sich kennen, unterhält sich, kommt sich irgendwie nahe – und sieht sich dann nie wieder. Das Leben, eine Reihe nicht genutzter Möglichkeiten.

Oder, wer weiß, vielleicht bekommen Berneburg oder Ronald auch noch eine Rolle, die mir jetzt noch nicht klar ist. So wie Heike Waldmüller. Am Anfang war sie nur in der Jury für das Stipendium in Meuws, und dann wurde sie wichtiger. Im Laufe des Schreibens verändern sich die Rollen, die die Figuren einnehmen. Sie verselbständigen sich. So also auch hier, in diesem Text: Ich lege eine Spur, führe eine Figur ein, und dann verschwindet sie wieder, und ich weiß nicht, ob sie nochmal auftaucht.

Als Heike Waldmüller ins Museum kam, war sie außer sich. Der Sicherheitsdienst hatte sie um sechs Uhr morgens aus dem Bett geklingelt, sie hatte erst nicht verstanden, was mit »Kohleberg« gemeint war, aber jetzt sah sie es. Eine Unmenge von Kohlebrocken, manche so groß wie Grillkohle, andere wie Fußbälle, ein paar hatten sogar einen Durchmesser von einem Meter. Der Berg sah schön aus, die schwarze Kohle glänzte und glitzerte im Morgenlicht. Von diesem Berg zog sich eine schwarze Spur in Richtung Museumseingang, es war nur eine Frage der Zeit, bis der Kohlenstaub ins Museum eindringen würde. Eine Katastrophe. Sie stellte sich vor, wie er sich überall ausbreiten würde, Kohlenstaub, der durch jede Ritze drang und über alles einen unsichtbaren, aber – aus restauratorischer Sicht gefährlichen – schwarzen Schleier legte.

Die Pressekonferenz war für elf Uhr angesetzt, Florian

hatte auf ihre SMS noch nicht geantwortet. Im Internet war ein anonymes »Bekennerschreiben« aufgetaucht. »Lebe stets so, dass dein Leben keine negativen Folgen für andere – Menschen, Tiere, Pflanzen, Materie – hat. Die Berliner Museen produzieren jedes Jahr 30000 Tonnen CO_2. Mit welchem Recht? Ist es nicht besser, die Museen zu schließen?«

In dem Film *Die Kunst der Folgenlosigkeit* sagt Albert: »Arm sein ist das Klimafreundlichste, was man machen kann.« Und, an einer anderen Stelle: »Ich weiß gar nicht, was alle gegen Kohlekraftwerke haben ... Früher waren wir gegen Atomkraft ... Daran merke ich, dass ich alt geworden bin.«

Heike Waldmüller versuchte herauszufinden, wer hinter der Aktion steckte. Sie hatte bei der Polizei Anzeige wegen Sachbeschädigung erstattet. Zwar war nichts beschädigt worden, aber es würden noch Kosten für den Abtransport der Kohle und das Aufräumen anfallen. Und wer weiß, wenn Kohlenstaub ins Depot dringen würde ... Sie wollte es sich nicht weiter ausmalen. Der Fahrer des Lastwagens konnte von der Polizei nicht identifiziert werden, und der Lastwagen war vor ein paar Tagen von einer polnischen Transportfirma als gestohlen gemeldet worden.

Inzwischen war Florian eingetroffen. »Wo ist das Problem?«, sagte er. »Sieht doch gut aus. Passt zur Ausstellung. Nicht jede Kunstausstellung löst Protest aus. Das bringt doch Publicity.«

Er wollte unbedingt, dass die Kohle liegen blieb, weshalb Heike Waldmüller entschied, vor dem Eingang des Museums Wassereimer und Lappen aufzustellen. Etwas improvisiert, aber so konnte jede:r Besucher:in sich vor Betreten die Schuhsohlen saubermachen.

Florian druckte das Bekennerschreiben aus und platzierte es direkt unter den Text »THERE IS NO FUTURE WITHOUT A FOREST«, der jetzt, mit dem Kohleberg im Hintergrund, noch mehr Sinn ergab.

Bilder vom Kohleberg verbreiteten sich über die Social-Media-Kanäle, und schon vor der Pressekonferenz waren die ersten Kamerateams angerückt, die Journalist:innen sprachen von »Ökoterroristen«, keine:r wollte Florian in der Ausstellung interviewen, sondern unbedingt vor dem Kohleberg. Auch das Team von *Insights* war wieder am Start.

»Ökoaktivisten haben Ihre Ausstellung geschändet: Ist die Freiheit der Kunst in Gefahr?«, fragte die Reporterin.

»Nein, nein, überhaupt nicht, Kunst muss Kritik aushalten können, Kunst muss ja selbst kritisch sein«, antwortete Florian. »Unsere Ausstellung ist kritisch, muss sich also auch Kritik gefallen lassen.«

»Können denn die Besucher so überhaupt in die Ausstellung gelangen? Und wann kommt der Berg weg?«

»Der kommt nicht weg. Der Berg bleibt, er passt gut zu unserer Ausstellung. Die Protestaktion zeigt ja, wie wichtig unser Anliegen ist, dass wir uns mit Klimaschutz auseinandersetzen.«

Florian war sehr zufrieden, und in ihm wuchs die befriedigende Vorstellung, dass Cornelia Stohmanns Jury sich dem nun erzeugten Sog kaum würde entziehen können.

Wer den Kohleberg bestellt, organisiert, konzipiert hat, ist egal. Issa, um auf die Verlogenheit aufmerksam zu machen? Lisa vielleicht? Cornelia? Oder Florian selbst, als PR-Coup? Wer den Kohleberg beauftragt hat, spielt keine Rolle, weil ein Streben nach »Folgenlosigkeit« auch erfordert, den eigenen Anspruch auf Folgerichtigkeit aufzugeben. Auf das, was du tust, muss nichts folgen. Für diese Geschichte heißt das, dass die Erzählung kein Ziel verfolgt. Eine folgenlose Erzählung ist eine, die sich auflöst. Spannung aufbauen, dann wieder fallen lassen. Cliffhanger ins Nichts.

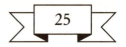

25

*Florian feiert ein Fest der Folgenlosigkeit;
Bent verliest Bernds Testament*

Der Tag war ein Erfolg. Die Pressekonferenz war gut gelaufen, trotz oder gerade wegen des Kohlebergs. Seitens der Presse hatte es keine kritischen Fragen gegeben, Wald aufbauen, das fanden alle gut, der:die eine fand die Auswahl der Künstler:innen mehr, der:die andere weniger überzeugend. Der Kohleberg, so Florians Eindruck, lenkte so viel Aufmerksamkeit auf die Frage, wer damit gegen die Verknüpfung RMW – Stiftung – Ausstellung protestieren wollte, dass über die Verknüpfung an sich gar nicht mehr gesprochen wurde: Sie war klar, offensichtlich, irgendwie akzeptiert.

Auch die Ausstellungseröffnung übertraf Florians Erwartungen. Über tausend Leute waren gekommen; nicht nur die übliche »Stammkundschaft« und die Freund:innen der beteiligten Künstler:innen, sondern Menschen, die sonst nicht in ein Kunstmuseum gehen und von der Ausstellung in den Medien mitbekommen hatten und sich vom Thema »Wald« – oder dem Kohleberg – angesprochen fühlten. Sogar Bent Stohmann – in Begleitung von Anka Schrepelius – erschien, und Florian hatte beide spontan zu seinem abendlichen »Fest der Folgenlosigkeit« eingeladen.

Am liebsten hätte ich einige Projektbeteiligte zum Essen eingeladen – Marco Clausen, der mir die Idee der »Folgenlosigkeit« eingepflanzt hatte, die PR-Expertin Silke Neumann, Michael Marten, der inzwischen nicht mehr im Umweltbundesministe-

rium arbeitet, natürlich die Künstler:innen, die das UBA-Stipendium auf der Insel Vilm erhalten hatten – und ihnen aus dem fast fertigen Roman vorgelesen. Corona erlaubt es nicht, und auf eine Zoom-Session habe ich keine Lust, nein, ich wollte ein richtiges Fest feiern. Dazu noch alle, die beim Film mitgemacht haben: Jakob Brossmann, der Produzent Clemens Schaeffer und die Küchenhelfer:innen Tadzio Müller, Milo Rau, Antje Stahl, die Schauspieler:innen Ahmed Soura, Katharina Meves und Albert Meisl. Natürlich auch meine Frau Hannah, klar, und Jens-Uwe Fischer, mit dem ich seit Jahren gemeinsam arbeite und der mich auch bei diesem Projekt unterstützt hat. Ich hätte gekocht, wir hätten viel getrunken, die Gäste hätten meinen Roman kritisiert, und am nächsten Tag hätte ich versucht, die Geschichte besser zu machen.

Ich hätte gefragt, ob die Fäden nun wirklich zusammenkommen oder die Geschichte doch auseinanderläuft. Und was von beidem besser ist, manchmal ist ja das Zerfasern, das Sichverlieren der einzig richtige Umgang mit der Realität.

Am liebsten würde ich bei diesem Fest die realen und die fiktiven Menschen meines Romans zusammenbringen. Cornelia, Lisa und Anka mit Marco und Jakob. Die Stipendiat:innen von der Insel Meuws mit den Stipendiat:innen, die ich für das Umweltbundesamt auf der Insel Vilm betreut habe. Das Umweltbundesamt mit der Europäischen Agentur für Umweltgestaltung. Die Schafe und die nackten Körper. Vielleicht sogar den Drachen und den Adler, am jeweils anderen Ende des Tisches.

Aber nein. Der Drache lacht mich aus. Ich feiere kein Fest. Aber das hier ist ja ein Roman, entspringt nicht der Realität, sondern meiner Vorstellungskraft. Dann denke ich mir halt ein Fest aus.

Als Florian mit den ersten Gästen in seiner Studio-Wohnung auftauchte, war schon alles vorbereitet; Issa hatte Champagner gekühlt und ein großes Buffet aufgebaut.

Kein Champagner. Kein großes Buffet. Keine Austern, kein Hummer. Keine Lammkoteletts. *This kind of party is over.* Keine Distinktion auf Kosten anderer. *Let's have another kind of party.*

Als Florian mit den ersten Gästen in seiner Studio-Wohnung auftauchte, war schon alles vorbereitet; er und Issa hatten für das »Fest der Folgenlosigkeit« ein Konzept entwickelt, das auf die »unsichtbaren Hände«, die alles vorbereiten, verzichtete. Mehrere Stationen waren aufgestellt, an denen die Gäste in Kleingruppen verschiedene Bestandteile des gemeinsamen Abendessens vorbereiteten; die einen putzten Salat, die anderen schnippelten Gemüse, rollten Teig aus, kochten den Reis, mischten verschiedene Füllungen an. Dazu gab es Wein und Sekt, leider nicht regional, das geht in Berlin nicht, aber zumindest von Winzern, die ökologische Landwirtschaft betrieben. Zwei Stunden dauerte die Vorbereitung, dann saßen alle vor Frühlingsrollen, Gemüsecurry und vegetarischen Dim Sums am großen Tisch.

»Schön, dass ihr alle gekommen seid«, eröffnete Florian das Tischgespräch, nachdem alle sich gegenseitig verschiedene Schalen gereicht hatten und jede:r etwas auf dem Teller hatte. »Und schön, dass ihr alle mitgemacht habt.« Sogar Bent Stohmann hatte geholfen und, recht unbeholfen, Dim Sums gefüllt. »Ich hoffe, es schmeckt euch.«

Zunächst bedankte sich Florian bei Issa. Nicht nur dafür, dass er ihm beim Ausrichten des Festes geholfen, sondern vor allem, weil Issa ihm die Augen geöffnet hatte. »Mehrfach.«

Am Abend in der Neuen Nationalgalerie und später auf der Insel Meuws, als Issa ihm klargemacht hatte, dass er den Auftrag von Cornelia Stohmann annehmen müsse, aber auch jetzt wieder, vor ein paar Tagen, und in der Fernsehshow, als ihm deutlich wurde, wie wichtig Issas Interpretation der Folgenlosigkeit war. »Ich habe ja Folgenlosigkeit als etwas Negatives gesehen. Ich war, wie mir Issa gezeigt hat, in meinem Erfolgsdenken gefangen. Für Issa ist Folgenlosigkeit etwas Positives, weil es keinen Schaden anrichtet. Deshalb hatte ich euch gebeten, etwas mitzubringen: Eine Idee, welche Handlung ihr unterlassen wollt, weil sie anderen schadet. Ich bin gespannt auf eure Vorhaben!«

Ich hatte ein »Stipendium für Nichtstun« ausgeschrieben. Es war offen für jede:n, und als Bewerbung musste man vier Fragen beantworten:

»Was wollen Sie nicht tun?

Wie lange wollen Sie es nicht tun?

Warum ist es wichtig, genau das nicht zu tun?

Warum sind Sie der:die Richtige, das nicht zu tun?«

Insgesamt habe ich drei Stipendien vergeben, jeweils 1600 Euro. Das Feedback war überwältigend: 2800 Teilnehmer:innen aus aller Welt. Berichte auf BBC, CNN, in China, Indien, Russland, Südamerika, Afrika. Positive Mails von vielen Teilnehmer:innen, die mir für die Anregung gedankt haben. Menschen, die davon berichteten, was sie eh schon nicht tun, Menschen, die angefangen haben, etwas nicht zu tun, was sie sich schon lange vorgenommen, sich aber bislang nicht getraut haben. Von pragmatischen Vorsätzen wie z. B. kein Auto fahren bis zu grundsätzlichen wie z. B. keine negativen Gedanken mehr haben. Das eigene Kind nicht mehr anschreien, nicht mehr das Essen auskotzen, das man gerade gegessen hat, kein Rassist mehr sein, keine Angst mehr haben und, und, und.

Es gab auch kritische Nachfragen. Der Bund der Steuerzahler wollte wissen, wie die Stipendien für das Nichtstun finanziert werden – nicht dass da Steuergelder verschwendet wurden. Von anderen gab es die konzeptionelle Kritik, dass es unlogisch sei, ein Stipendium für Nichtstun auszuschreiben, für das man sich bewerben müsse. Und dass die vier Fragen nichts mit Nichtstun, sondern mehr mit Nicht-Tun zu tun hätten. Eine Bewerberin schrieb, dass sie so bleiben wolle, wie sie sei – denn das sei schon ganz in Ordnung –, und dass sie sich nicht dem Optimierungsdruck unterwerfen wolle, dem auch das Stipendium anheimgefallen sei.

Und dann gab es Menschen, die sich von mir betrogen fühlten. Tom Miller, ein amerikanischer Künstler, der einen Film mit dem Titel *Nothing* gedreht hatte, beschwerte sich, ich hätte ihm »Nichts« gestohlen. Das war lustig. Bazon Brock, ein deutscher Künstler, fühlte sich ebenfalls bestohlen, weil er bereits über »Folgenlosigkeit«, »Nichts-Tun« und »Unterlassen« gearbeitet hatte. Wir telefonieren und verabreden uns zum Interview.

Das Fest war noch nicht zu Ende. Es wurde gegessen und getrunken, nur Anka schaute missmutig, als sie an der Reihe war. »Ich will einfach so bleiben, wie ich bin. Ich tue doch schon alles, was ich kann. Ich bin Aktivistin, ich kämpfe gegen den Klimawandel, ich helfe den Menschen in meinem Umfeld. Vegetarierin bin ich eh, Auto fahre ich auch nicht. Nein. Bei dem Spiel mache ich nicht mit.«

»Das ist mehr als ein Spiel«, warf Suzanna Schnejder ein. »Das ist die schwierigste Sache, die es im Leben überhaupt gibt. Sich zu entscheiden, etwas, was man gewohnt ist, was zum eigenen Leben gehört, einfach zu unterlassen. Finde ich jedenfalls.« Und dann berichtete sie, dass sie ihren Job bei der AFED gekündigt hatte. »Ich liebe Kunst. Aber was die Kunst betrifft, verspricht die AFED mehr, als sie tut.« Sie berichtete von den vielen internen Diskussionen und dass sie sich eine Öffentlichkeitsarbeit wünschte, die ein Dialog wäre, ein echter Austausch, aber dass das nicht möglich wäre, weil immer wieder das hierarchische Denken aus Politik und Verwaltung sich durchsetzte. »Die Politiker reden von Beteiligung, von Partizipation, aber dann sind sie so geprägt von ihrem Machtdenken, dass sie keinen echten Dialog zulassen.« Darunter hätte ihre ganze Arbeit gelitten, sie hätte ihre Überzeugungen verraten. »Ich bin doch mal zur AFED gegangen, weil ich dachte, dass wir dort wirklich etwas für die Umwelt tun können.« Dann sei sie in Abwehrkämpfe verwickelt worden, und ein zartes Pflänzchen wie das Kunstprogramm sei daran zugrunde gegangen. »Alles ging verloren, die Liebe, die Schönheit, die Freiheit«, und deshalb habe sie eine Lebensentscheidung getroffen. »Ich habe keine Lust mehr, ein Zahnrad in diesem Getriebe zu sein.« Sie würde nun für drei Monate bei einem Imker arbeiten, um zu lernen, wie man richtig mit Bienen umging.

Florian hatte bei vielem genickt, was Suzanna Schnejder gesagt hatte, zum einen, weil es seine Erlebnisse mit der AFED widerspiegelte, zum anderen, weil er an seinen Vater denken musste. Der hatte davon geträumt, mit seiner Arbeit im Umweltministerium aufzuhören und einen Bauernhof zu kaufen. Ein ökologisch gerechtes Leben zu praktizieren, statt Politik zu verwalten. Aber er hatte sich nicht getraut, sondern war im Ministerium geblieben, bis er Krebs bekam und starb.

Als Suzanna Schnejder zu Ende gesprochen hatte, musste Florian spontan klatschen. Trotz allem Ärger, den Suzanna Schnejder ihm bereitet hatte, freute er sich für sie. Diesen

Mut hätte er seinem Vater auch gewünscht. Vielleicht würde er dann noch leben, dachte er. Auch die anderen in der Runde fielen in das Klatschen ein.

Suzanna Schnejder strahlte, man sah ihr an, dass es für sie eine schwierige Entscheidung gewesen war. »Ich habe das jetzt zum ersten Mal erzählt. Und es fühlt sich gut an.«

Ich besuche Bazon Brock. Ich habe die Texte, die er mir vorher geschickt hatte, gelesen. Viel gelehrtes Geschwätz, aber auch schöne und kluge Gedanken. »Das Nicht-tun wird zur wichtigsten Handlung« ist einer davon. Er ist 85, mein Vater, so er noch lebte, wäre jetzt ungefähr genauso alt. Brock erklärt mir, was seiner Meinung nach Folgenlosigkeit sei – nicht als seine subjektive Position, sondern mit dem Habitus eines unantastbaren Chefdenkers. Ein Gespräch kommt nicht zustande, es ist eher ein Monolog. Er beginnt, Antworten zu geben, bevor ich die Frage fertig gestellt habe. Womit ich mich beschäftige, so mein Eindruck, interessiert ihn nicht. Vielleicht ist es die Generation, vielleicht auch nur das Alter, vielleicht ein persönlicher Wesenszug. Ich bin jedenfalls unangenehm berührt. »Eigentlich müssten Sie mir ja das Stipendium zugestehen«, teilt er mir mit. »Ich bin der Einzige, der alle Kriterien erfüllt. Der Einzige in der Weltgeschichte, der die Kriterien dieser Ausschreibung erfüllt.«

Dann gibt er mir noch einige seiner Bücher mit.

Als Nächste war Lisa an der Reihe. »Ich habe auch mit noch niemandem über das gesprochen, was ich euch jetzt erzählen werde«, begann sie. »Ich höre auf, Kunst zu machen! Ich mache keine Kunst mehr, weil Kunst nichts bringt.«

»Sondern?«, fragte Cornelia, »was bringt mehr?«

»Aktivismus. John hatte recht. Kunst bringt nichts. Kunst

rüttelt nicht wirklich auf. Kunst, auch kritische Kunst, bestätigt nur die Bilder, die man schon hat. Wie die Waldausstellung. Alle können sich toll fühlen, sogar RMW. Sogar ihr!« Sie zeigte erst auf Cornelia und dann auf Bent Stohmann. »Aber es ändert nichts.«

»Und welche Art Aktivismus willst du betreiben?«, fragte Anka. »Wieder den Wald besetzen und den Widerstand neu anfachen?«

Lisa schwieg einen Moment. »Ein John-Gedächtnis-Camp? Nein, das greift zu kurz. Die Probleme fangen früher an.«

Dann begann sie von ihrer Schwangerschaft zu erzählen, von den Anti-Natalisten, die das Ende der Fortpflanzung als Rettung des Planeten vor den Menschen ansehen; dass sie nun eine Beratungsstelle gründen wollen würde, die Frauen und Männer unterstützt, die keine Kinder in die Welt setzen wollen, und zwar nicht, weil sie Kinder nicht mögen, sondern, weil sie es politisch und ökologisch für falsch halten würden. Diese Einrichtung, die ihr vorschwebte, würde Ideen entwickeln, wie die Menschen ihre Entscheidung an ihr Umfeld kommunizierten, den Eltern, den Freund:innen, den Partner:innen gegenüber; allen, die sie mit einer solchen Haltung vor den Kopf stoßen würden, die aber genau die Menschen waren, die sie für die Sache gewinnen mussten. Räume habe sie bereits angemietet, eine befreundete Grafikerin mache gerade die Webseite. Lisa redete sich in Fahrt. Führte ihr Angebot immer weiter aus, Vorbereitungskurse, medizinische Beratung, Gesprächstherapie, psychologische Begleitung.

Issa nickte, denn so etwas würde auch zu seiner »Schule der Folgenlosigkeit« passen, während Florian immer trauriger wurde, als würde er erst jetzt langsam begreifen, was zwischen ihm und Lisa in den letzten Wochen und Monaten entstanden und dann wieder verlorengegangen war.

»Gegenmacht können wir nur mit unserem Körper herstellen. Dem gedemütigten Körper, dem wertvollen Körper. Der puren Fleischlichkeit, die sich aller Vernunft entzieht. Es ist der Körper, der zählt. Es ist der Körper«, erklärte Lisa.

»Ist das dann nicht auch Kunst?«, fragte Suzanna Schnejder vorsichtig.

»Nein, das ist keine Kunst. Das ist das wirkliche Leben.«

»Ums Kinderkriegen geht es bei mir auch«, sagte Cornelia. »Bei mir ist es nur andersherum als bei Lisa. Ich höre auf, darüber nachzudenken, wer meine Eltern sind. Also meine leiblichen. Seit Jahren geistert diese Frage in meinem Kopf herum, und ich habe mich nie getraut, dem richtig nachzugehen, weil ich Angst hatte, damit meinem Adoptivvater wehzutun. Der Gedanke hat mich trotzdem nicht losgelassen. Inzwischen habe ich verstanden, dass es nicht darum geht, wessen Kind man ist … Es geht darum, wer man selber ist. Das ist der Schritt, den Bernd leider nicht gegangen ist. Ich werde deshalb nicht mehr darüber nachdenken, wer meine Eltern sind.«

Nochmal die Möglichkeit, dass Bent Stohmann sich als Cornelias biologischer Vater zu erkennen gibt. Und so auch Anka die Chance erhält, eine Beziehung zu Cornelia als ihrer Tochter aufzubauen. Mache ich aber nicht. Ich könnte die Passage auch weiter nach hinten schieben und die Entscheidung den Leser:innen überlassen. Mache ich auch nicht. Warum? Weil es nicht wichtig ist.

Bent Stohmann saß regungslos da, machte dann ein Zeichen, dass er gerne etwas sagen würde.

Florian nickte ihm zu.

»Ich glaube schon, dass Kunst etwas bringt«, begann Bent zögerlich. »Mir hat sie etwas gebracht. Ich sammele, wie Sie ja wissen, schon lange Kunst. Und ich mochte«, er schaute zu Florian, »Ihre Waldausstellung. Und ich glaube auch, dass Aktivismus etwas bewirkt. Dafür muss ich ausholen.«

Es begann ein langer Bericht über die Aktivitäten und Zukunftspläne seiner Unternehmen, wie zum Beispiel das Pilotprojekt in Island, an dem sich das Unternehmen beteiligte, CO_2-Capturing, bei dem die notwendige Energie aus lokaler Geothermie gewonnen wurde. »Das CO_2 wird in der Tiefe eingelagert, gebunden im Gestein, das verringert den CO_2-Gehalt in der Atmosphäre«, erklärte Bent. »Wir holen das CO_2, das in den letzten 100 Jahren in die Luft geblasen wurde, wieder zurück.«

»Bent, ich muss dir widersprechen«, warf Anka ein, »damit du nicht glaubst, dass dein bisheriges Handeln auf diesem Wege ›folgenlos‹ wird. Es gibt Folgen, die kann man nicht im Nachhinein folgenlos machen. Im Leben genauso wenig wie beim CO_2-Capturing. Das reduziert zwar die Menge an CO_2 in der Atmosphäre und hilft so gegen den Klimawandel, ja, aber die fossilen Energieträger sind trotzdem vernichtet, und viel wichtiger: Was das CO_2-Capturing für ökologische Folgen haben wird, kann man heute noch nicht absehen. Wie wird Island in hundert Jahren aussehen? Eine neuartige Industrielandschaft, die das von uns in die Atmosphäre geblasene CO_2 aus der Luft holt und im Gestein einlagert. Vielleicht sollten wir mehr darüber nachdenken, wie wir wirklich Verantwortung übernehmen, statt weiter verantwortungslos zu handeln und uns einzureden, wir können die entstandenen Schäden durch technischen Fortschritt irgendwann wieder reparieren.«

Es entwickelte sich eine heftige Debatte. Issa betonte nochmal, dass es ihm nicht darum gehen würde, sich etwas schönzureden, sondern um eine andere Lebensform, die wir erlernen müssten, ein Leben, in dem es nicht immer um einen selbst ginge, sondern um die anderen, an die man denken und für die man Sorge tragen müsste.

»Darum geht es ja«, sagte Bent. »Ich hatte ja gesagt, dass ich etwas ausholen muss. Ich versuche es nochmal.« Bernd, so führte er aus, habe ein Testament gemacht; die Firmenanteile, die er von seiner Mutter geerbt hatte, sollten dazu genutzt werden, den Goldbacher Wald zu kaufen und so zu schützen. »Die Wunschvorstellungen von Bernd und Cornelias Ideen waren also gar nicht weit voneinander entfernt.« Bent machte eine Pause, sein Atem ging schneller, er war aufgeregt.

»Ich habe mit NEO einen Kaufvertrag geschlossen. Der Goldbacher Wald, Bernds Wald, bleibt erhalten. Er wird ein Naturschutzgebiet.« Er wandte sich Cornelia zu. »Berneburg hat mir ausführlich von deiner Idee für ›Meaning International‹ berichtet. Mir hat das gefallen. Mich hat das überzeugt. Auch als Konzept für die ganze Holding.« Er schluckte. »Und Bernds Tod hat meine letzten Zweifel … hinweggefegt … Ich habe mich deshalb entschieden … also ich habe meine gesamten Firmenanteile Cornelias Stiftung überschrieben. Was du mit deinem Firmenanteil machst, bleibt natürlich dir überlassen. Aber so oder so ist die Stiftung jetzt gut ausgestattet, um etwas Neues aufzubauen und an einer besseren Zukunft zu arbeiten.«

Suzanna rief »Bravo«, Anka nickte anerkennend, und alle klatschten.

Bent lehnte sich zurück. Er war erleichtert. Cornelia war überrascht, sie hatte mit vielem gerechnet, aber nicht mit so einer weitreichenden Entscheidung.

»Dann kommen John und Bernd in ihrem Tod ja doch zusammen. Und der Kampf, sein Kampf, hat sich gelohnt. Schade, dass er das nicht mehr mitbekommt. Er wäre sehr stolz auf dich, Bent«, sagte Cornelia. Die Erinnerung an Bernds/Johns Tod brachte die Runde wieder zum Schweigen.

Die Geschichte könnte hier jetzt enden. Kein Happy End, aber doch ein positiver Ausblick. Das Selbstopfer von Bernd und das Engagement von Cornelia hätten sich gelohnt. Der Wald ist gerettet. Die Firma wird transformiert. Aus Umweltzerstörung wird Umweltschutz. Doch was ist mit der Kunst? Was ist mit Florian, was passiert mit Issa?

»Wir haben jetzt viel zu tun«, beendete Cornelia die Stille und wandte sich Florian zu. »Es gibt genügend Wald, der nicht nur ein Museum ist, sondern ein lebendiger Raum. Und ein Konzept für die Arbeit der Stiftung ist wichtiger denn je!«

Florian nickte. »Die Ausstellung war so folgenreich, dass ich jetzt nichts mehr zu tun brauche. Die Kunst hat ihre Schuldigkeit getan und kann nach Hause gehen.« Er lachte. »Das war eh das, was ich nicht tun wollte. Ich werde die Stiftung NICHT weiter begleiten – was auch immer die Jury entscheidet.«

»Warum denn das?«, fragte Anka. »Weil Bent den Wald gerettet hat? Das eine hat mit dem anderen doch nichts zu tun …«

»Meine Aufgabe ist erfüllt«, sagte Florian. »Außerdem … geht es noch um etwas anderes. Wenn man so jemand ist wie ich, dann muss man lernen, auf den Erfolg zu verzichten.«

»Warum machst du das«, fragte Issa, brüllte Issa – ein stilles Brüllen, er wurde nicht laut, aber Florian spürte den Zorn in seinem ruhigen Blick.

Warum mache ich das alles, fragte er sich. Wegen der Inhalte, der Rettung der Welt? Ja, das behauptet man immer.

Von Menschen, die sich im Besitz der Wahrheit wähnen, geht eine Form von Gewalt aus, weil sie andere – oder andere Meinungen und Positionen – missachten, klein machen, unterdrücken. Berührt diese Form der Gewalt mich so, weil ich sie von früher kenne?

Ich versuche, meine Gebrochenheit zu thematisieren, das gelingt mir nicht immer. Diese Wahrheitsbesitzer:innen haben vielleicht keinen Drachen, sondern nur einen Adler, und können, hoch oben über allem schwebend, mehr sehen als ich. Vielleicht ist die Gewalt, mit der Wahrheitsbesitzer:innen um sich schlagen, auch nur der Versuch, die inneren Zweifel beiseitezufegen.

Was würde wohl passieren, wenn Adler und Drache sich verbündeten?

Warum also? Wirklich für die Rettung der Welt? Und wie sollte er das Issa erklären? Florian beneidete die Menschen, die sich im Besitz einer Wahrheit wähnten. Oder es zumindest vorgaben. Geltungsdrang, der Wunsch, im Mittelpunkt zu stehen, das typische Verhalten von Menschen, die als Kind nicht genug gesehen wurden. Er dachte an seine Mutter, eine kalte Frau, vielleicht nicht freiwillig, wer weiß das schon, dachte Florian, was weiß ich, was sie für eine Kindheit hatte. Auf jeden Fall hatte er selbst nicht das gehabt, was man eine schöne Kindheit nannte, nichts Schlimmes, keine Vergewaltigung, geschlagen hatte man ihn auch nur selten, aber es hatte keine Geborgenheit gegeben. Mutter gegen Abholung kostenlos abzugeben, das hatte er als Kind in der Zeitung inserieren wollen.

Er war kein Kind mehr. Erwachsene sind für sich selbst verantwortlich, Menschen wollen eine Rolle in ihrem sozialen Gefüge und versuchen, in der Hackordnung möglichst weit oben zu stehen, und dieses grundlegende Anliegen des Menschen als Herdentier sublimiert die Zivilisation auch in der kulturellen Produktion. Kunst, Literatur, all die reflexiven Handlungen, die der Gesellschaft den Spiegel vor Augen halten, sind auch ein Schrei nach Liebe, aller Provokation zum Trotz – das war nun mal sein künstlerisches Mittel, das war seine Sprache.

Das alles hätte er Issa sagen können, als Antwort auf die einfache Frage »Warum machst du das?«. Aber warum soll ich ihm die Abgründe meiner Seele zeigen, dachte Florian und versteckte sich hinter einem Lächeln.

»Issa, das geht dich nichts an.«

»Du sagst, du willst auf Erfolg verzichten. Warum denn das?«, fragte Issa und fügte hinzu: »Dir geht es doch sonst immer nur um Erfolg.«

»Der Erfolg zerfrisst mich von innen«, antwortete Florian, »er vernichtet mich. Deshalb muss ich mich davon irgendwie freimachen.«

»Du bist so ein Egoist«, schrie Lisa. »Du bist einfach nur ein egozentrisches Arschloch.«

Es folgte betretene Stille.

»Florian, habe ich das richtig verstanden? Du willst alles hinschmeißen?«, fragte Cornelia.

»Ich würde es nicht ›hinschmeißen‹ nennen. Ich habe meine Aufgabe erfüllt, das ist alles.«

»Wer hat eigentlich den Kohleberg da hingeschüttet – warst du das?«, fragte Cornelia wütend.

Florian schüttelte den Kopf.

»Wolltest du damit dein eigenes Ausstellungsprojekt torpedieren oder noch eine kritische Metaebene einführen, als doppelten Boden? Damit du das schmutzige Geld meiner Stiftung annehmen kannst, aber die reine Weste des kritischen

Provokateurs behältst? Und hattest du so was von Anfang an vor Augen, oder ist es dir erst im Prozess gekommen?«

Florian lachte. »Die besten Ideen kommen im Prozess, das weißt du doch … Aber in diesem Fall, nein, ich war es nicht.« Er lächelte. »Wobei es aufmerksamkeitsökonomisch eine brillante Idee war. Wer ist die Jury?«

»Die Jury? Das sind alle Leute, die heute hier sind. Deine Freunde. Die eigenen Freunde und Ratgeber sind die strengsten Kritiker.«

»Das stand von Anfang an fest?«, fragte Florian.

»Nein, das habe ich mir erst vor Kurzem überlegt. Das habe ich von dir gelernt. Die besten Ideen kommen im Prozess …«

Mit welchem Recht bestimme ich über die Entscheidungen meiner Figuren? Tue ich ihnen damit Gewalt an, biege sie für meine Dramaturgie zurecht? Mit welchem Recht lasse ich sie sich verlieben, sich streiten oder gar sterben? Und was, wenn sie ein Eigenleben entfalten?

Jakob hatte übrigens auch die Idee für den Namen »Florian Booreau«. Ich glaube, er hatte in ihm ein Alter Ego zu mir gesehen und fand, dass »Florian Booreau« meinem Namen ähnlich klingt. Mich hat das nicht gestört. Erst viel später ist mir aufgefallen, dass »Booreau« genauso ausgesprochen und sehr ähnlich geschrieben wird wie »Bourreau« – das französische Wort für Henker.

Um den Menschen und den Figuren etwas von ihrem Recht wiederzugeben, entstand die Idee, sie über das Ende der Geschichte abstimmen zu lassen. Ihnen Hoheit über ihre Geschichte zu geben.

Jakob und ich wollten das auch im Film umsetzen. Wir haben eine Abstimmung versucht, mit Milo Rau, Tadzio Müller, Antje Stahl, Ahmed Soura, Albert Meisl und Katharina Meves. Es hat nicht funktioniert. Keiner wollte uns sagen, dass wir das Projekt lieber bleiben lassen sollen. Ich glaube, sie waren zu höflich und haben deshalb gelogen. Wir haben die Abstimmung dann wieder rausgeschnitten, weil unser Film ehrlich sein sollte.

»Es gibt nur ein Problem, Florian«, sagte Cornelia. »Du kannst nicht einfach aus dem Projekt aussteigen. 500000 Euro sind viel Geld. Du hast sie erhalten, du hast sie ausgegeben, und damit ist eine Verpflichtung verbunden. Wenn deine Jury – die du dir selbst ausgesucht hast – jetzt entscheidet, dass du das Waldprojekt umsetzen sollst, dann …«

»Ihr könnt mich doch nicht zwingen …« Florian lachte. »Nein, ihr könnt mich nicht zwingen, etwas zu machen … Wenn ich entscheide, NICHTS zu machen, dann mache ich einfach … nichts. Das sagt letztlich doch auch Issa: ›In der Zukunft geht es nicht darum, was man macht, sondern darum, was man NICHT macht.‹«

Lisa fiel Florian ins Wort. Schrie ihn an, dass das alles nur hohle Worte wären. Keine Realität. Keine echten Handlungen. Dass das, was er erzählte, nicht wirklich wichtig sei, weil es keine Lebensentscheidungen seien, sondern nur Eitelkeiten und Selbstgefälligkeiten. »Wichtig ist die Konsequenz im Leben; im Leben und im Tod.«

Dann sprang sie auf, rannte hinaus und knallte die Wohnungstür hinter sich zu.

Florian wartete einen Moment, schaute die anderen an, sagte: »Ich komme gleich wieder«, und ging ihr nach.

26

*Issa erklärt die Schule der Folgenlosigkeit;
die Jury trifft eine Entscheidung*

Als Florian den Raum verlassen hatte, sprach zunächst keiner.

Dann durchbrach Cornelia die Stille. »Issa, du hast noch nicht erzählt, was du machen oder besser nicht machen willst.«

Issa stand auf. »Ist es okay, wenn ich im Stehen rede? Das fällt mir leichter.«

Alle nickten.

»Ich möchte etwas machen, worauf meine Eltern stolz sein können«, begann Issa. »Worauf ich stolz sein kann. Und etwas, worauf meine Kinder stolz sein können. Weil ich etwas machen möchte, das Sinn macht. Ich will keine Scheißarbeit mehr machen. Nicht mehr im Catering arbeiten, nur um Geld zum Leben, zum Überleben zu haben. Aber auch keine Kunst, die man für viel Geld verkauft und die sich dann reiche Leute in ihre Wohnung hängen oder in ihr Büro. Ich will etwas Sinnvolles machen: Ich will für den Bund der Folgenlosen eine Schule errichten. Die Schule ist wichtig, weil wir lernen müssen, wie man folgenlos lebt. Und weil wir nicht einige Wenige brauchen, die die Folgenlosigkeit perfekt umsetzen, sondern viele, die mit all ihren Widersprüchen und Unvollkommenheiten mehr und mehr Folgenlosigkeit üben.«

Issa umriss kurz seine Idee von der Schule als einem Ort, an dem Menschen zusammenkommen, um ganz einfache Dinge zu lernen. »Wir dürfen ›Folgenlosigkeit‹ nicht technisch verstehen. Folgenlosigkeit ist nicht eine Erweiterung von Nachhaltigkeit. Sie ist das Gegenteil. Bei Nachhaltigkeit geht es um das, was bleibt. Was nachhält. Bei der Folgenlosigkeit geht es um das, was nicht bleibt. Aber es geht auch nicht darum, mit welchen Techniken man die Folgen vergangener Handlungen wieder rückgängig machen kann. Es geht um etwas Grundsätzliches. Es geht um unsere Lebensweise, um unsere Wünsche, um unsere Begierden – und wie sie sich in unserem Alltag ausdrücken. Die Sucht nach Erfolg, die Hybris, etwas Besonderes zu bewirken – davon muss man Abschied nehmen. Keine Selbstverwirklichung, die ist am Ende immer leer. Stattdessen etwas lernen, Warten zum Beispiel, Träumen – es haben doch alle das Warten und das Träumen verlernt. Es gibt so viele Fähigkeiten, die in der Schule der Folgenlosigkeit gelernt werden können und die die Voraussetzung dafür sind, ein Leben zu führen, bei dem man nicht selbst im Mittelpunkt steht, nicht der eigene Profit, die eigene Entfaltung, sondern die eigene Folgenlosigkeit.«

In *Die Kunst der Folgenlosigkeit* erzählt Tadzio Müller von einer südafrikanischen Aktivistin, mit der er gesprochen hat. »Ihr Großvater hatte ihr beigebracht, dass die richtige Art zu leben so sei, dass die zukünftigen Generationen noch frei in ihren Entscheidungen wären ...« Und er schlussfolgert daraus: »Wir sollten ein Leben führen, das folgenlos ist, damit die anderen eines leben können, das frei ist. Wir müssen jetzt eine folgenreiche Entscheidung treffen, damit hinterher die Dinge wieder folgenlos sein können. Denn wenn wir das nicht tun, gibt es keine Folgenlosigkeit.« Ich mag die Vorstellung, dass »Folgenlosigkeit« mit »Freiheit« verknüpft ist.

Als Issa fertig gesprochen hatte, schaute Cornelia auf, kuckte die anderen an: »Ich freue mich, dass mein Vater eine weise Entscheidung für die Zukunft von RMW getroffen hat. Und ich finde es toll, dass der Goldbacher Wald nicht gerodet werden wird. Das ist nur eine technische Lösung. Wir müssen weiter gehen. Ich fand alles, was ich von Issa gehört habe, sehr sinnvoll. Wir müssen weiter gehen. Wir brauchen einen Ort, an dem wir alle lernen können, was Folgenlosigkeit ist, wie man folgenlos leben kann. Ein Leben, das keine negativen Folgen hat. Und dafür lohnt es sich zu kämpfen. Das wäre ein gutes Ziel für die Stiftung.«

Erst nickte Bent, dann nickten auch die anderen.

»Noch eine Frage, Issa«, sagte Cornelia. »Wann wäre denn die Schule der Folgenlosigkeit erfolgreich? Wenn sie nie eröffnet? Oder wenn ganz viele Menschen sie besuchen? Soll sie Folgen haben oder folgenlos bleiben?«

»Natürlich macht die Schule nur Sinn, wenn viele Menschen sie besuchen«, antwortete Issa. »Wenn sie ein ›Erfolg‹ wird. Den Zustand einer positiven Folgenlosigkeit zu erreichen, erfordert eine hohe Wirksamkeit. Diesem Paradox der Folgenlosigkeit kann man nicht entkommen.«

Bent hatte ein Zeichen gemacht, dass auch er noch etwas sagen wollte. »So eine Schule, das wäre mehr als Kunst. Das wäre ein Beitrag zu einer echten Lebenskunst.« Dann sagte er langsam, mit bedächtiger Stimme: »Ich finde das gut. Ja, ich finde das gut.«

Cornelia schaute nochmal in die Runde, versuchte Issa, Suzanna, Bent und Anka in die Augen zu schauen. »Wie gesagt: Wir sind die Jury.«

27

*Ich bin endlich am Ende des Romans
angekommen; Florian schreibt einen Brief*

Ich bin am Ende angekommen. Ich bin erleichtert. Es gibt Autor:innen, die schreiben das Ende zuletzt. Ich schreibe es zuerst, damit ich weiß, worauf alles hinläuft. Und wenn sich die Geschichte anders entwickelt, dann schreibe ich das Ende halt nochmal. Ich habe in meinem Leben schon viele neue Enden geschrieben.

Florian rannte die Treppe hinunter, raus auf die Straße, aber Lisa war nirgends zu sehen. Er rief sie an, aber ihr Telefon war aus. Er ging zu dem nahe gelegenen Park, von dem er wusste, dass Lisa ihn mochte. Er rief nach ihr, aber auch hier schien sie nicht zu sein. Der Herbst hatte die Blätter rot gefärbt, einige lagen schon auf dem Boden. Beim Anblick des groben Splitts musste Florian an einen Mönch denken, den er vor Jahren in einem japanischen Tempel in Kyoto beobachtet hatte. In diesem 1499 gebauten Tempel – den Ryōan-ji, was »Tempel des zur Ruhe gekommenen Drachen« heißt – gibt es einen Steingarten. Die Aufgabe des Mönches war, die Kiesel in diesem Garten in eine perfekte Ungleichmäßigkeit zu bringen. Um immer wieder die richtige Entscheidung zwischen Ordnen und Seinlassen treffen zu können, erforderte diese Arbeit innere Balance. Florian hatte dem Mönch stundenlang zugesehen, er beneidete ihn noch immer um seine innere Ruhe, weil er – so hatte sich das Florian zumindest vorgestellt – Frieden gefunden hatte mit der Welt, mit sich und mit dem Universum, und deshalb in der Lage war, jeden Tag mit Ruhe, Akribie und größter Hingabe eine an und für sich sinnlose Tätigkeit auszuführen.

Draußen auf der Straße steht ein Mönch und winkt mir zu. Ich kenne den Mönch, er ist durch den Roman gewandert, hat aber keinen richtigen Platz gefunden.

Er war einmal ein mächtiger Mönch, der in einem japanischen Zen-Kloster lebte und die Wahrheit zu kennen glaubte. Dann wurde er traurig, weil er keinen Sinn mehr darin sah, den ganzen Tag den immer gleichen Kies ins immer gleiche Nicht-Muster zu bringen. Eines Tages schmiss er den Rechen hin und verließ das Kloster. Der Drache hatte seine Ruhe verloren.

Der Mönch ist nun nicht mehr traurig. Im Gegenteil, er ist lustig, frech, übermütig. Den ganzen Tag treibt er Schabernack, ärgert Menschen. Er ist nicht dumm, sondern weise, weil er verstanden hat, dass die ganze Welt ein Tollhaus ist. Der Mönch wohnt in der kleinen Kirche gegenüber, und manchmal erschreckt er mich.

Auf der einen Schulter des Mönchs sitzt der Drache, auf der anderen der Adler. Ich glaube, der Mönch lenkt den Drachen und den Adler.

Ich gehe langsam auf ihn zu, aber immer, wenn ich kurz vor ihm stehe, dreht er sich um und rennt lachend weg. Ich versuche, ihm zu folgen, doch er ist schneller als ich.

Ich gebe auf. Ich drehe wieder um und gehe nach Hause. Ob der Drache mich auf ewig begleiten wird?

Florian streifte mehrere Stunden durch den Park und die angrenzenden Straßen. Er wählte immer wieder Lisas Nummer, erreichte sie aber nicht.

Das Leben ist ein Fest, das am Ende im Nichts zusammenfällt. Ein Fest der Folgenlosigkeit. Ich bin müde, so unendlich müde. Ich setze mich auf eine Bank am Rand des Parks. Der Lärm der Straße zieht an mir vorbei. Ich betrachte den Baum, der auf der anderen Seite des Gehwegs steht. Ein Vogel setzt sich auf einen Ast. Die hässliche Spitze des Schnabels formt sich zu einem kräftigen Maul, die zerfransten Flügel wachsen zu einem prächtigen Gefieder. Ich spüre einen Schmerz, der Schmerz des Drachen, der auf meinem Herzen sitzt. Dann kehrt die Kraft zurück, ich will mein Leben noch nicht aufgeben. Ich will noch nicht gehen. Die Flügel des Drachen werden kleiner. Sie schrumpfen, das Grün weicht aus seinem schuppigen Gefieder. Ich werde leichter, und die Angst weicht, ganz langsam wird sie aus den Poren geschwitzt. Ich stinke, dass die Leute, die an der Parkbank vorübergehen, sich die Nase zuhalten. Angst stinkt. Sie strömt aus mir raus, ganz langsam, breitet sich aus, rinnt in die Senken des Kopfsteinpflasters und legt sich wie ein schmieriger Film über den Boden.

Der Drache in mir wird immer kleiner, er winselt und fleht, ich quetsche ihn aus den Poren meiner Haut und zertrete ihn mit meinen Füßen. Aus dem Baum gegenüber erhebt sich ein prächtiger Adler. Er fliegt zu mir und berührt mich kurz an der Schulter. Meine Müdigkeit verschwindet. Ich bin frei, frei, frei.

Erst lange nach Mitternacht ging er nach Hause. Als Florian in seine Wohnung zurückkam, waren die Gäste schon gegangen, alles war aufgeräumt. Issa hatte ihm einen Zettel hinterlassen, auf dem »Danke« stand. Florian holte eine Weinflasche und setzte sich an den Tisch. Dann begann er, einen Brief zu schreiben.

Jakob hatte mich gebeten, für *Die Kunst der Folgenlosigkeit* einen Brief an meine Kinder zu schreiben. Er kommt im Film nicht vor, wie so vieles, was wir uns überlegt hatten; aber ein Brief, das ist ein gutes Ende für den Roman. Es könnte ein Brief von mir an meine Kinder sein – oder einer von Florian an das Kind, das er nicht haben wird.

Ich hätte Dich gerne kennengelernt, aber Du wirst diese Welt nicht sehen. Vielleicht ist es besser für Dich, vielleicht auch für diese Welt. Ich habe ein schlechtes Gewissen, weil meine Art zu leben Dir den Raum für ein eigenes Leben nimmt. Ich zerstöre die Welt, die ich liebe, nicht vorsätzlich, aber ich unterlasse es auch nicht. Meine Art zu leben hat lauter negative Folgen. Ich mache das nicht aus Bösartigkeit, nicht weil ich Dir schaden will, sondern weil es die Art des Lebens ist, die ich gelernt habe. Ich bin zu undiszipliniert, um das zu ändern. Und zu schwach.

Ich vergehe mich an der Zukunft, die Du deshalb nicht haben wirst. Jeden Tag ein bisschen mehr. Ich wünschte mir, ich könnte es anders machen. Ich wünschte mir, ich würde ein folgenloseres Leben führen. Ja, ganz folgenlos, das geht nicht. Aber wenigstens ein bisschen. Ich würde gerne einen Bund mit Dir schließen, einen Pakt. Den Bund der Folgenlosen. Ziel ist, jeden Tag ein bisschen folgenloser zu leben. Ein Leben zu führen, das keine negativen Folgen für andere hat. Wir werden daran immer scheitern, weil es unmöglich ist. Aber auch wenn wir daran scheitern werden, bleibt die Idee. Ideen sind immer stärker als Menschen. Und wir, wir können dann wenigstens sagen: »Wir haben es versucht.«